나의 도깨비,
홍제

나의 도깨비, 홍제

초판 **1쇄 발행** | 2022년 3월 30일
초판 **2쇄 발행** | 2023년 1월 10일

지은이 | 양수련
펴낸이 | 박영욱
펴낸곳 | 북오션

경영지원 | 서정희
편　집 | 고은경·조진주
마케팅 | 최석진
디자인 | 민영선·임진형
SNS마케팅 | 박현빈·박가빈

주　소 | 서울시 마포구 월드컵로 14길 62 북오션빌딩
이메일 | bookocean@naver.com
네이버포스트 | post.naver.com/bookocean
페이스북 | facebook.com/bookocean.book
인스타그램 | instagram.com/bookocean777
전　화 | 편집문의: 02-325-9172　영업문의: 02-322-6709
팩　스 | 02-3143-3964

출판신고번호 | 제 2007-000197호

ISBN 978-89-6799-667-3 (03810)

인간의 죽음을 동경한

나의 도깨비, 홍제

양 수 련

판타지 스릴러 소설

Bookocean

차례

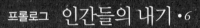

인간들의 내기

도깨비들의 수령인 홍제는 인간에 관한 이야기를 좋아했다. 어이없어 기가 차고, 어찌 저리 아둔할까 싶은 인간의 이야기를 특히 더.

인간의 어리석은 행동을 노골적으로 표현하며 비아냥거리기를 즐겼다. 술상을 앞에 둔 홍제는 자신이 말한 인간의 얘기에 숨넘어갈 듯이 웃고, 그 얘기를 안주삼아 또 술잔을 비운다.

"인간은 우스갯소리로 주고받는 이런 술자리 대화꺼리로나 어울리는 딱 그런 존재라고, 안 그런가?"

귀설은 어색하고 씁쓸한 웃음만 지었다. 동조도 수긍도 그렇다고 정색도 하지 못했다. 거기서 끝났으면 좋았으련만, 인간을 험담하는 홍제의 이야기는 이제 시작이다.

"인간이 얼마나 우습고 염치를 모르는지, 자네의 경험담을 들고 싶네만."

홍제는 귀설에게 인간의 얘기를 종용했다.

"허허, 그것 참!"

귀설은 물 한 모금 입에 물고 하늘 한 번 쳐다보고 땅 한 번 쳐다보는 영락없는 햇병아리 신세였다. 인간에 대한 농이라면, 아는 바도 들은 바도 없다고 뒤로 뺐다. 홍제의 말을 거스르자니 눈엣가시가 될 것이고 인간에 대한 농담을 가볍게 걸치자니 그 또한 곤욕스럽다. 귀설은 무심한 술잔만 빨아댔다.

그것도 그럴 것이 도깨비 귀설의 아내는 인간이었다. 이야기를 하게 되자면 아내를 웃음꺼리로 만들어야 했다. 귀설의 그런 속내를 도깨비의 수령인 홍제가 모를 리 없다. 귀설의 면전에서 인간을 안주 삼는 일은 모욕을 주겠다는 홍제의 심술어린 언사나 다름없었다.

천상에선 천마지기의 우두머리였고, 땅으로 내려온 지금은 도깨비의 수령이 아니던가. 그런 홍제가 인간을 폄하하는 언행은 누가 봐도 눈살을 찌푸릴만한 일이었다. 인간의 사랑을 받지 못한 홍제의 자격지심에서 비롯된 것임을 다른 도깨비들은 감히 상상도 하지 못했다. 그것은 홍제 자신조차도 깨닫지 못한 일이었다.

홍제는 도깨비의 수령이란 지위를 앞세워 유배된 도깨비와 인간을 씹으며 놀았다. 인간에 대한 이야기가 조심스러운 귀설의 심정 같은 것은 홍제가 아랑곳할 것이 못되었다.

"인간에 대한 것만큼 재미난 얘기꺼리가 또 어디 있겠소. 아니 그렇소? 어서 하나만 해보라니깐."

홍제는 뒤로 빼기만 하는 귀설을 설득했다.

버티자니 홍제의 조소를 비켜갈 수 없을 것이고, 얘기를 하자니 아내가 또 마음에 걸렸다. 귀설은 이러지도 저러지도 못하고 홀로 끙끙거렸다. 다행스럽게도 무녀 비령은 그때에 끼어들어주었다.

"재미난 얘기를 듣는데, 그냥 이렇게 민숭민숭하게 할 순 없지 않겠습니까?"

홍제의 호기어린 웃음이 구정물을 뒤집어쓴 듯 싸늘하게 멈췄다. 한낱 인간 주제에 도깨비의 대화에 끼어든 것도 발칙한데, 홍제는 생글거리는 무녀가 심히 거슬렸다. 그녀의 '민숭민숭'이 비릿한 생선내를 풍기며 홍제의 신경을 날카롭게 쪼아되었다.

무녀 비령. 하늘의 뜻을 전하는 그녀는 신령스런 존재나 다름없다. 그렇더라도 홍제에겐 땅에 발을 붙이고 사는 인간일 뿐이었다. 그런 비령을 상대로 분기를 드러내자니, 홍제는 채신머리없는 짓 같아 불편한 기색을 감추었다.

"민숭민숭하다? 그럼, 어디 네가 한번 흥을 살려 보겠느냐?"

귀설의 말에 홍제의 눈썹이 위로 살짝 들렸다가 제자리로 내려왔다. 호탕하게 말을 내뱉으면서도 내심 불쾌함을 감추지 못할 때 나오는 버릇이었다.

"도깨비님도 참! 홍제님이나 할 수 있는 그런 일을 저 같은 하찮은 인간이 어찌 감히 흉내나 낼 수 있겠습니까?"

홍제는 비령의 살랑거리는 저자세에 노여운 마음을 누그러뜨렸다. 그럼 그렇지. 조소가 그의 입가에 슬그머니 달라붙었다.

인간을 도깨비 잔치의 일꾼으로 부리면서, "내가 아는 아무개라는 인간이 있는데 말이지"로 시작되는 홍제의 담화는 인간의 하찮음과 우매함을 꼬집는 것들로 점철되었다. 웃자고 설레발치는 홍제의 농담에 인간은 빠질 수 없는 단골 메뉴이니 그러려니 넘어갔다. 홍제 자신의 힘을 자랑하고자, 그들의 잔치에 무녀를 허드렛일의 일꾼으로 불러들이라는 하명만은 하지 말았어야 했다.

무녀 비령의 '민숭민숭'은 무심코 나온 말이 아니었다. 홍제는 그 사실을 알지 못했다. 도깨비가 인간에게 도움을 주고 있다고는 하나, 인간을 앞에 세워두고 무시하고 멸시하는 일만은 홍제가 삼가야 될 일이기도 했다. 도깨비의 수령인 홍제가 갖춰야할 품격이라면 품격인 것이다.

비령의 눈에 비친 홍제는 힘없는 약자를 위협하는 난봉꾼에 불과했다. 홍제의 그렇고 그런 농담에 곤욕스러움을 피하지 못하는 이는, 비단 귀설만이 아니다. 도깨비 잔치에 억지로 끌려와 인간을 조롱 삼는 홍제의 얘기를 듣고 있어야 하는 비령도 마찬가지다.

무녀의 몸으로 홍제의 술잔이나 채우는 일은 치욕스러웠다. 인간을 위해 비령이 해야 할 일이 있다면, 홍제를 자극하지 않는 것이었다. 술잔을 채우는 일쯤은 아무 것도 아니라고 치부하면 그뿐이었다.

비령은 그러지 못했다. 내심 벼르고 있었다. 안하무인인 도깨비의 수령 홍제의 콧대를 꺾어놓을 수만 있다면, 뭐든지 할 것이다. 섣불리 속내를 들켜서는 안 되는 일이었다.

도깨비가 인간의 손을 빌려 잔치를 벌인다는 것은 풍문으로 들어 알았다. 비령은 사람이 도깨비와 가까이 지내는 것이 탐탁지 않았다. 당장은 잘해주는 듯해도 변덕스런 도깨비의 심술에 어떤 화를 입게 될지 알 수 없다고 충고했다. 사람들은 비령의 말을 귀담아 듣지 않았다.

잔치가 있는 날이면, 홍제는 어부들을 시켜 비령에게 전갈을 보냈다. 도깨비 잔치에 한낱 무녀가 무엇에 필요할 것이냐며, 비령은 도깨비들의 섬에 가는 일을 마다했다. 하늘에서 온 손님이니 하늘과 인간을 잇는 무녀가 맨발로 뛰어나와 도깨비를 환대해야 하지 않겠냐는 전갈을 묵살했다.

홍제의 노여움을 사기에 충분했다. 도깨비의 잔치에 끌려오고야 만 비령은 홍제의 술잔을 채워야했다. 그녀가 어떤 심정으로 술잔을 채우고 있는지, 홍제야말로 둔했다. 비령은 호시탐탐 설욕의 기회를 엿보았다.

비령의 '민숭민숭'에 홍제의 기분이 상한 것은 분명했다. 하찮은 인간 주제에 감히! 홍제의 속내는 얼굴에 그대로 다 드러났다. 홍제의 기분대로라면 무녀 비령의 입을 찢어놓든가, 당장에 목을 쳐서라도 더는 그 입을 놀릴 수 없게 만들어 놓아야 했다. 그래야

기분이 조금이라도 풀릴 터다.

홍제는 모처럼의 잔치를, 하찮은 인간의 고성으로 물들이는 일이 내키지 않았다. 술안주로나 질겅질겅 씹어대기 안성맞춤인 인간이지 않은가. 도깨비의 수령인 홍제가 어떻게 술안주와 맞대응을 할 것인가. 무녀를 잔치에 불러들이기만 한다면, 도깨비들의 신망을 얻을 것이라 여겼다. 더불어 그것이 인간 무녀와의 보이지 않는 전쟁을 선포하는 것이나 다를 바 없다는 것을 홍제는 짐작조차 하지 못했다.

인간을 가까이에 두고 오래도록 부릴 심산이었다면, 적어도 무녀를 불러들여 술을 따르게 하는 일만은 하지 말았어야 했다. 그러나 홍제의 허세는 극에 달한 터였다. 하늘의 뜻을 점치고 헤아려 받드는 무녀라면 하늘에서 내려온 도깨비의 뜻을 따르는 것이 지당하다고 강조했다.

술이 거나하게 취한 홍제는 당장에 무녀를 잡아들이라는 호기를 부리고야 말았다. 귀설이 무녀만큼은 안 된다고, 그 명만은 거두라고 만류했지만 소용이 없었다. 누가 도깨비 수령의 뜻을 거스른단 말인가. 귀설은 홍제의 노여움만 샀다.

홍제는 수단과 방법을 가리지 말고 무녀 비령을 섬으로 데려오라 명했다. 홍제 앞에 나타난 무녀는 천상의 선녀만큼이나 아름다웠다. 홍제는 무녀의 그 고운 손으로 술상을 보게 하고 그 자신의 술잔을 채우도록 명했다. 잔이 비면 채우게 하고, 노래가 필요하면 노래를 부르게 했다.

비령은 자신의 노여움을 섣불리 드러내지 않았다. 설욕의 기회
가 반드시 올 것이다. 그렇게 잔치에 끌려온 지 육일만의 일이었다.

홍제는 득의만면했다. 무녀를 앞에 세워두고 인간을 웃음꺼리
로 만드는 그의 얘기 또한 끝날 줄 모르고 이어졌다.

"홍제 자네의 얘기는 언제 들어도 새롭고 웃음이 절로 나는 것
들이란 말이지. 쭈뼛하게 선 내 머리털을 누가 죄 잘라가도 모를
지경이라네."

귀설은 입에 발린 말을 천연덕스럽게도 내뱉는다. 그가 홍제
의 놀림감이 되기 시작한 것은 인간을 아내로 둔 이후부터였다.
도깨비가 인간처럼 아내를 두는 일은 우스웠다. 귀설에게 아내가
있다는 사실을 알게 된 홍제는 걸핏하면 조롱 삼았다.

수령인 홍제에 대항하자니 말썽과 분란만 일으키는 일인지라,
귀설은 귀 막고 입 막고 청맹과니로 굴었다. 홍제가 그 어떤 것을
말하더라도 귀설은 시치미를 뚝 뗐다. 그렇다고 마음까지 아무렇
지도 않은 척 시치미를 떼기는 어려웠다.

인간을 조롱 삼는 일이 잦을수록 귀설은 홍제와 마주하는 일이
불편하고 껄끄러웠다. 듣기 좋은 꽃노래도 반복되면 지겹다. 무심한
빗방울도 계속되면 바위에 구멍을 내고야 마는 것이다. 인간에 대
한 홍제의 험담은 그 끝을 모르고 귀설의 마음에 구멍을 만들었다.

귀설은 속이 썩어 문드러짐에도 내색하지 못했다. 고뿔이 들어

서. 다리를 다쳐서. 손바닥에 종기가 나서. 집에 일이 있어서. 읽어야 할 서책이 많아서. 온갖 핑계를 주워 삼켜보지만, 허구한 날 찾아대는 홍제를 따돌리는 일이 귀설에게는 만만치 않은 일인 것이었다.

홍제의 담화에 적당히 맞장구를 쳐주거나 인간에 대한 말이 나올라치면 슬그머니 화제를 돌렸다. 그러고는 스스로를 위안했다. 홍제를 상대하고 있으니, 적어도 귀설 자신의 아내가 술상의 안주로 올라오는 일만은 막을 수 있다고 생각했다. 순진한 생각이었다. 홍제의 눈에 밟힌 인간은 언제고 한 번은 술상 위에 올라와야만 하는 안주일 뿐이다.

"자네가 알고 있는 인간의 얘기를 한번 해보라니깐."

홍제는 담화바통을 은근슬쩍 떠넘겼다.

"인간에 관한 것이라면, 자네가 전문이잖은가."

잔망스런 홍제의 속내를 모두 읽고 있는 귀설은 또 시치미를 뚝 뗀다. 거기서 관둘 홍제였다면 문제는 커지지도 않았다.

"인간 여자와 살고 있으니 황당한 재미가 어디 한둘일까. 어서 말해 보라니깐."

홍제는 술기운을 빌어 귀설의 역린을 무심한 척 무던히도 모욕적으로 건드렸다. 귀설을 친구로 여긴다면 적어도 그의 아내에 대해서만은 술상의 안주로 올려서는 안 되었다. 친구라는 이름은 허울뿐이고, 술이 차오른 도깨비의 수령 홍제가 예의를 갖춰야할 상대는 하늘 아래 없는 듯했다.

홍제는 거들먹거렸다. 내키는 대로 온갖 말들을 주워 삼켰다. 곤욕스러워하는 귀설을 채근하는 홍제의 얼굴로 설핏설핏 조소가 묻어난다.

귀설은 부글부글 끓어오르는 속내에 눈을 질끈 감았다. 자신을 욕보이고 싶어 안달하는 홍제의 술수에 말려들지 말아야한다. 마음의 평정을 되찾는 일에 열중했다.

비령은 비령대로 벼르고 있었다. 무녀를 함부로 대한 대가를 반드시 치르게 해줄 것이다. 기회는 생각보다 재빠르게 찾아왔다. 도깨비들의 잔치가 시큰둥해질 무렵이고, 도깨비들의 흥을 돋을 그 무엇이 필요하기도 했다.

"얘기를 재밌게 만들려면 뭔가가 더 있어야 하지 않겠어요?"

비령은 날선 웃음을 머금었지만 거나하게 취한 홍제는 보지 못했다.

"술이 떨어졌군. 가서 술이나 좀 더 가져오지?"

홍제는 무녀를 곁눈으로 꼬나봤다. 인간 따위가 도깨비 일에 웬 간섭이냐고 못마땅해 하는 기색이 역력했다.

"여보게, 홍제. 나보다야 여기 있는 무녀 비령이 인간의 얘기는 더 많이 알고 있을 것 아니겠나."

귀설은 홍제의 살벌한 기운을 다독였다.

"인간의 얘기라면 무녀인 제게 차고도 넘치는 것이지요. 미천하고 우매한 인간이지만, 홍제님을 위해 한 말씀 드릴 기회를 주신다면 제게 좋은 생각이 있습니다만."

"한번 들어보는 게 어떻겠나?"

"그럼 어디 한번 해보든가."

홍제는 마지못해 허락했다.

"인간들은 이럴 때에 내기라는 것을 한답니다."

비령이 속살거렸다.

"내기라니? 그게 대체 뭔가?"

귀설이 호기심에 묻는다.

"홍제님과 귀설님 중 누가 더 재밌는 얘기를 들려주는가, 하는 겁니다. 재미없는 얘기를 하는 쪽이 물론 지게 되는 것이지요."

"응당, 인간에 얽힌 얘기여야겠지?"

홍제가 관심을 보였다.

"명색이 도깨비들의 잔치인데, 인간들 얘기가 아니면 술안주로 올라올만한 얘기가 또 뭐가 있겠습니까?"

"누구 얘기가 더 흥미로운지는 어떻게 구분하지?"

"여기 계신 도깨비님들의 반응으로 결정하면 어떻겠습니까? 반응이 큰 쪽이 이야기의 승자가 되는 겁니다. 반응이 썰렁하거나 적은 쪽이 지는 것으로 하면 좋지 않겠습니까?"

"거, 참으로 기발한 생각이로군."

홍제는 빠져들고 있었다.

"그리고 한 가지가 더 있답니다."

"한 가지 더? 그게 뭔데?"

"내기를 더욱 재밌고 흥미진진하게 만드는 아주 중요한 것이지요. 도깨비 잔치에 술이 빠지면 흥이 나지 않는 것처럼 내기에 이것이 빠지면 술 없는 도깨비 잔치나 다름없는 것이지요."

"그런 것이 있단 말인가?"

"물론입니다. 인간의 얘기에 인간의 방식이 더해지면 더욱 흥미롭지 않겠습니까? 인간의 내기라는 것은 원래 뭔가를 걸어야만 진정한 대결이 되는 법이랍니다. 내기를 하기로 하셨으니 두 분 중에 한 분은 지실 게 아닙니까?"

"당연히, 그렇겠지."

홍제는 곁눈으로 귀설을 주시하곤 말했다.

"내기를 시작하기 전에 벌칙을 하나 정하고 진 쪽이 그 벌칙을 수행토록 하는 겁니다."

비령은 흥분된 속내를 억누르고 홍제의 기색을 조심스레 살폈다. 그의 성미로 보아 인간의 간섭에 벌써 야단법석을 떨어야할 판이지만 홍제는 잠잠했다. 이쯤 되면 비령의 미끼를 홍제가 물지 않았다고 볼 수 없다.

귀설은 난감하기 그지없다. 여우를 피하려다가 호랑이를 만난다더니, 딱 그 짝이다. 얘기의 재미를 발휘할 재주가 없기도 하지만 인간에 대한 이야기라면 그 어느 것도 농담 삼아 꺼내놓을 수 없는 귀설이다. 한숨은 뱃속에서부터 흘러나왔다.

혹시라도 내가 내기에서 이긴다면? 그렇게만 된다면야, 귀설에겐 뿌리치기 힘든 유혹이었다. 홍제의 조롱을 더는 받지 않아도 될 절호의 기회가 될지도 모를 일이잖은가. 홍제를 이길 수 있을 것이라는 생각은 들지 않았다. 그렇게만 된다면, 홍제에게 받은 그동안의 수모를 한꺼번에 날려버릴 수 있을 것이다.

두 번 다시 오기 힘든 기회일지 모른다. 제아무리 도깨비의 수령이라고는 하나 홍제의 오만방자함을 한 번은 꺾어놓고 싶은 마음이 귀설이라고 왜 없을 것인가. 진다고 해도 귀설 쪽에서야 전혀 손해 볼 것이 없는 내기일 듯도 했다.

"생각은 그럴듯하네만, 당치 않은 일이야."

홍제는 고개를 가로저었다.

"이봐, 홍제. 당연히 자네가 이길 텐데, 마다할 이유가 없잖은가? 지는 쪽도 나일 것이 분명하니 인간의 내기라는 그거, 한 번 해보는 것도 재미있을 것 같단 생각이 드네만……."

귀설은 용기백배했다.

"인간들이나 하는 그런 천박한 짓을 날더러 하란 소린가? 도깨비의 수령인 내가?"

홍제는 펄쩍 뛰었다. 상황이 이렇다 보니, 귀설은 나중은 생각도 않고 홍제를 설득했다.

홍제는 벌써 귀가 솔깃했지만 나서지 않았다. 수령 체면에 무녀의 제안에 앞장서서 먼저 하자고 들 수는 없는 노릇 아닌가. 못

마땅한 눈초리만 그들을 향해 쏘아댔다.

"인간들 얘기에 인간의 내기만큼 흥미진진한 것이 어디에 또 있 겠습니까? 자신이 없어서 뒤로 빼시는 것은 아니실 테지요, 설마?"

비령은 잠자리 날개 같은 고운 얼굴로 홍제의 경쟁심을 부추 겼다. 그러고는 삼삼오오로 어울려 노는 도깨비를 홍제 앞으로 불러 모았다. 도깨비들뿐 아니라 수발을 들던 인간들까지 우르르 몰려들었다.

내기는 이제 빼도 박도 못하는 방향으로 흘렀다. 여러 날의 잔 치에 술로 입이 쩐 도깨비들은 그곳에 있는 인간들과 함께 이구 동성으로 "내기해!"를 외쳐댔다.

홍제는 인간의 내기라는 것에 내심 구미가 당겼다. 뒤로 빼는 것도 어지간히 해야지. 홍제는 못 이기는 척 내기에 응했다.

"내기에 무엇을 걸면 되겠소?"

홍제의 승리를 단언하는 도깨비들의 응원에 홍제는 득의양양 했다. 도깨비들의 열광어린 반응에 적잖이 흥분도 됐다.

"무얼 걸지?"

귀설이 비령을 쳐다본다.

도깨비들이 앵무새처럼 귀설의 "무얼 걸지?"를 따라했다.

"인간의 얘기로 시작된 것이니, 인간의 얘기를 거는 것이 좋을 듯싶습니다. 진 쪽이 상대방의 얘기보다 더 재밌는 것을 인간 세 상에 나가 가져오게 하는 건 어떻습니까?"

무녀 비령은 마른침을 소리 없이 꿀꺽 목뒤로 삼킨다. 설욕의 고지가 바로 코앞에 있다. 비령은 침착하고 해맑은 미소로 홍제의 입만 바라본다.

"좋소. 그렇게 하도록 하지."

홍제가 적극 동의하자, 도깨비들의 환호성이 쏟아졌다.

이로써 홍제와 귀설, 둘 중 하나는 인간의 세상에 나가 상대의 것을 능가하는 이야기를 가져와야 하는 도깨비들의 내기가 성사되었다. 귀설은 수령인 홍제에게 먼저 하기를 권했다. 홍제는 짐짓 뜸을 들인다. 그러고는 바다에 나간 어부 남편을 기다리는 장님 여자의 이야기를 비장하게 꺼내들었다.

"물고기를 잡으러 나간 여자의 남편은 삼일이 지나고 열흘이 지나도 돌아오지 않았지. 오매불망 남편이 오기만을 기다리던 어느 날의 밤이야. 외로움에 사무친 장님 여자의 깜깜한 방으로 사내 하나가 남편임을 주장하며 천연덕스럽게 들어왔지 뭐야. 불을 켜지 말라는 음성이 왠지 낯설었지만 바닷바람을 오래 쐬서 그런 것이라는 사내의 말을 장님 여자는 의심 없이 믿었단 말이지. 소리 소문 없이 찾아온 사내를 남편이라 여긴 거지. 부쩍 말수가 줄어든 남편의 품에서 장님 여자는 굶주렸던 욕정과 사랑을 채웠어. 그날 이후, 남편은 새벽이면 도망치듯 방을 빠져 나갔고 밤이면 물고기 두 마리를 들고 도둑처럼 찾아들었지."

장님 여자가 밤에만 찾아오는 사내를 남편으로 철석같이 믿어

밤마다 지극한 정분을 나눈다는 홍제의 이야기가 채 끝나기도 전이다. 도깨비들의 킥킥대는 소리는 여기저기서 터져 나왔다.

"바닷바람에 목소리가 이상해졌다는 말을 믿는단 거야?"

"장님이라지만 너무 하네. 어떻게 몇 년을 함께 산 남편을 몰라봐. 얼마나 모자라면 남편과 도깨비를 구분도 못해?"

"냄새도 다르고, 모양새도 다르고, 밤일하는 자세도 다른데. 그여자가 사는 곳이 어딘지 나도 좀 알고 싶군."

도깨비들은 남편과 숨어든 사내를 구별도 못하는 그런 둔한 아내가 어디 있냐며 깔깔거렸다. 장님 여자의 음탕함을 입에 올리는 도깨비들의 웃음은 쉽게 멈출 줄 몰랐다. 뒤로 나자빠져 웃고, 땅을 치며 웃고, 그곳에 있는 도깨비들은 배꼽을 쥐고 또 웃어댔다.

"그 도깨비도 참으로 미련하군. 여자가 장님이면 낮에 가도 모를 텐데……"

비령은 무심코 나온 자신의 말에 아차 싶었다. 자신의 말을 얼버무리고 이제 귀설의 차례라고 서둘러 말을 돌렸다.

"자네의 얘기가 몹시 궁금하군. 여기 있는 도깨비들의 머리털을 이번엔 자네가 한번 모두 세워 보시게나."

홍제는 득의만면한 얼굴로 귀설을 재촉했다.

귀설은 뒤통수를 호되게 얻어맞은 기분이었다. 친구에 대한 한줌 예의까지 바다 깊은 곳에 던져버린 홍제다. 장님 여자는 귀설의 아내다. 각오를 안 한 바는 아니었다. 홍제 앞에서 아내에 대한 얘기는 정녕 하고 싶지 않았다. 자신의 아내를 두 번 욕되게 만들고 싶지 않았다. 그러나 귀설이 아는 인간의 이야기란 모두 아내와 관련된 것들뿐이다. 귀설은 한참을 깊은 고민에 빠져 시름했다. 도깨비들의 성화가 부대끼게 이어졌다. 장고 끝에 그가 말문을 열었다. 아내에 대한 미안함은 잠시 뒤로 미뤘다.

귀설은 자신을 꼭 빼닮은 아기가 태어나던 그날로 돌아갔다. 도깨비와 인간 사이에서 새로운 생명이 태어나던 그날 말이다.

햇살이 구름을 뚫고 나오고 마당엔 꽃향기가 가득했던 그날. 귀설은 구슬땀을 흘리는 아내의 손을 꼭 움켜쥐었다. 대신할 수 있다면 아내의 고통을 대신하고 싶었다. 그럴 수 없음에 귀설의 안타까움은 매우 컸다. 그 자신이 아기를 낳는 것이 아님에도 귀설의 어금니로, 손으로, 발가락 사이사이로 힘이 차곡차곡 쌓였다.

아내는 꼬박 삼일 밤낮의 진통 끝에 아기를 낳았다. 생명의 신호탄을 쏘아 올리듯 터진 아기의 우렁찬 울음소리에 기진맥진해 있던 아내는 더할 나위 없이 평온한 얼굴을 했다. 아기를 품에 안은 귀설의 심장이 벅찬 감동으로 두방망이질해댔다.

"상상해보게. 하늘을 찢는 울음소리. 꼼지락거리는 가녀린 손가락. 오물거리는 앙증맞은 입술. 나를 응시하는 그 작고 초롱초롱한 눈망울. 내 피와 살을 고스란히 물려받은 내 분신이 틀림없었지. 그 작은 생명에 내 심장이 터질 듯했다네. 그 감동의 순간을 홍제 자네도 느껴봐야 아는데 말이야. 경험해 보지 않고는 절대

알 수 없는 감동이라네. 굶주린 아이에게 나의 배를 갈라 내 심장을 꺼내 먹여야한다고 해도 나는 기꺼이 그럴 것이네만."

귀설은 자신의 얘기임에도 감격스러워 눈물을 훔쳤다.

귀설의 이야기를 채근하던 도깨비들은 다들 얼이 빠졌다. 도깨비의 아기라고? 도깨비에게 어떻게 아기가 있을 수 있지? 이건 거짓말이다. 그들의 황망한 눈초리가 분주하게 그들 사이를 오갔다. 도깨비들의 침묵은 무겁고 길게도 이어졌다. 그 어떤 다른 반응은 일어나지 않았다.

귀설의 턱밑으로 고인 눈물이 술잔 안으로 똑, 하고 떨어졌다. 그들의 무반응 때문이 아니다. 그야말로 경이로운 기적의 순간이었다. 져도 잃을 것이 없는 내기라는 귀설의 생각은 성급했다. 자신의 비밀은 이제 공공연한 것이 되고 말았다.

귀설이 마음을 추스르는 동안 개미 기어가는 작은 소리조차 들려오지 않았다. 심연의 나락으로 빠져드는 절망감. 귀설은 완패했다. 홀가분한 기분도 들었다. 그리고 홍제가 이겼다는 것을 귀설이 받아들이려던 그 찰나였다.

누군가의 얕은 탄성이 기괴한 정적을 뚫고 새나왔다.

"도깨비에게 자식을 주시다니, 어떻게 그런 일이!"

"내 눈물은 슬퍼서 흘리는 게 아니라네. 심장이 뜨겁게 달아올라 나오는 눈물이라네. 내 마음이 이러할 진데, 당사자인 자네야 더 말해 무엇 하겠나. 눈앞에서 꼼지락거리는 아이라니. 오, 옥황상제시여!"

"눈뜨고 자네의 심장을 도둑맞는다 해도 깨닫지 못할 일이지. 아무렴 그렇지. 축하하네, 귀설! 하늘과 땅을 통틀어 그토록 진귀하고 감동적인 얘기를 우리는 어디서도 들어본 적이 없다네."

도깨비들의 반응은 곳곳에서 터져 나왔다. 귀설을 안아보자며, 그 앞에 줄을 서기도 했다. 도깨비들의 부러움과 격려가 뒤섞인 반응은 점점 더 격렬해졌다. 도깨비의 섬은 삽시간에 흥분과 감동의 도가니로 변했다.

"이건 아냐, 아니라고! 내기에 건 것은 눈물이 아니라 웃음이라고!"

홍제는 반발했다.

도깨비들은 저마다 홍제를 향해 고개를 가로저었다.

"귀설이 이긴 거야. 자식을 얻은 도깨비가 있다는 말을 어디서도 들어보지 못했네. 우리 중 누가 자식을 얻을 수 있지? 수령인 홍제 자네라고 해도 그것은 어림없는 일이야. 이번 내기는 확실하게 자네가 졌네."

도깨비들은 귀설의 이야기에 손을 들어주었다. 여자와 숱한 밤을 보내도 도깨비가 자식을 얻을 수 없다는 것은 자명한 사실이다. 도깨비의 숙명. 도깨비의 아기는 과거에도 없었고 미래에도 없을 전무후무한 일인 것이었다.

홍제는 자신이 졌다는 것을 받아들이기 힘들었다. 도깨비들의 돌연변이 홍제. 가질 수 없는 자식을 얻는 도깨비가 있다면, 홍제 자신이어야 했다. 하지만 도깨비들의 격렬한 반응은 내기의 승자가 귀설임을 대변해주고 있었다.

"인간 세상을 유람하게 되었으니, 재미난 얘기꺼리가 이제 홍제님 안에 차고도 넘치겠네요."

비령의 상냥한 미소가 가시처럼 홍제의 목에 걸렸다.

도깨비들은 감동의 물결에서 헤어 나오기를 거부했다. 그들은 그렁그렁한 눈물을 머금은 채로 귀설의 것을 능가하는 얘기를 구해오는 것은 힘들 것이라고 쑤군거렸다. 도깨비들은 내기가 언제쯤 종료될 것인지를 또 궁금해했다.

"이야기 중의 이야기는 하나면 충분하지요. 하지만 귀설의 것을 능가하는 얘기를 홍제님이 언제, 어디서, 어떻게 만나 이곳으로 가져오게 될지는 그 누구도 모르는 일이랍니다."

비령은 나긋나긋 생글생글했다.

"열흘? 아니 한 달이면 충분할 것 같은데……."

누군가 말했다.

"어찌 알겠습니까? 한 달이 될지, 일백년이 걸릴지 아니면 그 이상이 될지. 그것은 이야기를 구해 올 홍제님 능력의 문제라고 생각이 됩니다만."

비령은 거기서 말을 마무리했다. 그녀는 더는 술을 나르지 않았고, 홍제의 술잔을 채우는 일도 하지 않았다.

도깨비의 잔치는 끝났다. 언제 끝날지 모를 홍제의 벌칙 수행만이 남았다. 홍제는 잔치가 있던 그곳에 홀로 남았다. 분을 이기지 못한 그의 발길질에 애꿎은 술상이 뒤집혔다.

홍제의 발길질이 엎어진 술상에 다시 닿으려던 때다. 마른하늘에 어둠이 몰려들고 먹구름 속에 숨어있던 번개가 홍제의 몸을 관통했다. 소스라치게 놀라는 것도 잠시, 홍제는 제 몸의 살퍼가 죄 떨어져 나가는 고통에 몸부림친다. 다리가 오그라들고 팔이 오그라들었다. 홍제의 애끓는 고통의 소리가 섬에 메아리쳤지만 누구 하나 내다보지 않았다.

무녀 비령만이 책으로 변해버린 홍제의 처음과 끝을 모두 지켜보았다. 무녀를 잔치의 접대부로 부린 대가가 어떤 것인지, 이제 혹독하게 깨우칠 일만 남았다. 소리를 먹어버린 비령의 서늘한 웃음이 책으로 둔갑한 홍제를 공포로 몰아넣었다.

삼일이 지나도록 홍제는 엎어진 술상 틈에 있었다. 청소부가 뒤늦게 발견하여 귀설에게 갖다 바쳤다. 아무것도 없는 백지 책이지만 도깨비들의 중요한 물건이지 않을까.

"도깨비의 물건은 아니로군. 쓸모가 있다면 자네가 가져도 좋고 버려도 좋네."

귀설은 책으로 분한 홍제를 알아보지 못했다.

청소부가 잔치의 흔적을 모두 지운 그날 저녁 무렵이다. 홍제는 도깨비 섬을 벗어났다. 그가 그토록 하찮아하던 인간의 허리춤에 덜렁덜렁 매달려서.

홍제는 자신의 신세가 참, 처량 맞게 되었구나, 싶었다.

도깨비의 인간, 인간의 도깨비

시체는 블랙의 벤츠 차량 뒷좌석에서 발견됐다. 차량은 인적 드문 호텔의 외부 주차장에 주차되어 있었다. 인간의 두상이 얼마간은 남아있어 피해자를 확인하는 일은 어렵지 않았지만 몸통이 완전 연소된 상태라는 것은 기괴했다.

차량 안에 그을음의 흔적이 조금이라도 남아있었다면 상황은 좀 더 쉽게 납득되었을 것이다. 불에 탄 시체와 함께 차량도 불에 탄 흔적이 있어야 당연했다. 사람만 태우는 불량하기 짝이 없는 불씨가 따로 있지 않고서야 이런 일은 불가능했다. 그럼에도 불의 흔적은 희생자한테만 있었다.

사망자는 최우필. 한때 국무총리직을 수행한 바 있는 현직 국회의원. 정치인에 대한 불신이 팽배하다지만 최우필만은 예외였다. 정치인으로 국민들로부터 존경까지는 아니어도 신망을 얻은 사람이기는 했다. 그가 자연발화 사건의 희생자가 된 것이다.

발견 당시의 차량 차창은 서너 살 된 아이의 손이 겨우 들어갈 만큼만 열려있었다. 뒷좌석의 오른쪽 차창인 걸 보면 시체 타는 냄새가 벤츠 주변으로 흩날렸을 법도 했다.

그러나 탐문조사에서 경찰이 얻어낸 것은 아무것도 없었다. 경찰은 그저 있을 수 없는, 이해불가의 살인 현장이라는 말만 했다. 이번이 처음도 아니었기에 수사의 혼란은 발밑에서부터 일었다.

주차장의 상황을 담고 있어야할 CCTV는 아무 것도 보여주지 않았다. 오직 검은 화면만을 경찰에게 내놨다.

미스터리한 시체가 또 다시 등장했다는 보도가 경쟁하듯이 쏟아졌다. 사람들은 자연발화 사건이라며 논란을 부추기고, 경찰은 조사할 의욕을 일찌감치 상실한 듯했다.

2

오르는 방안을 어슬렁거리는 수상쩍은 그림자에 이불을 뒤집어썼다. 두려움에 눈을 감고 귀를 틀어막았다. 실눈이라도 뜨자면, 실체도 없는 그림자가 어른거리는 것이 느껴졌다.

"정신병원을 탈출한 사람은 우리뿐일 거야~ 이봐 꼬마야~ 내 말을 잘 들어봐~"

림프 비즈킷[1]의 노래가 오르의 입술 끝에 매달려 나왔다. 공포에 떨며 나오는 노래는 음정도, 가사도, 박자도 엉망진창이다. 노래주머니를 차고도 시원찮은 도깨비의 노래 같다.

얼마나 오랫동안 낮은 포복으로 노래를 부르고 긴장해 있었는지 알 수 없다. 이불자락 틈으로 겨우 살핀 방안에 그림자는 사라진 듯했다. 그럼에도 오르는 이불 밖으로 나올 엄두가 도저히 나지 않는다.

---

1 림프 비즈킷(Limp Bizkit), 미국 플로리다주 잭슨빌 출신의 뉴 메탈 밴드.

언제 다시 불시에 나타날지 모를 그림자. 별것 아니라고 되뇌는 동안에도 통증은 웅크린 척추를 타고 흘렀다.

어느 날인가부터 오르의 방에 수상한 것들이 기생하기 시작했다. 웅성거리는 소리. 습습한 그림자. 까무룩 잠이 들다가도 웅성거림에 오르는 몸이 절로 동그랗게 말렸다. 정체불명의 소리가 자신을 해코지할 지도 모를 일이다.

귀신 씨나락 까먹는 소리도 아니고 장터의 왁자지껄 사람소리도 아니다. 할머니 귀화의 방으로 슬그머니 또 화들짝 도망치는 날도 있었다. 어느 날은 잠든 귀화를 놀라게 할 수 없어 거실 소파에 웅크리고 앉아서 자신의 방문을 눈알 빠지게 노려보았다.

방에 소리를 내는 유령 괴물이 살고 있다. 밤이 되면 소리를 지르고 오르의 주변을 어슬렁거리는 유령 말이다.

"스트레스를 많이 받아서, 내가 예민해져서 그런 거야. 환청이고 다 환영이야, 이건! 다시 나타나기만 해봐라, 어디!"

오르는 스스로를 다독였다. 모든 것이 자신의 착각에서 빚어진 것이었다. 오르는 이불을 히어로의 망토처럼 두르고 벌떡 일어섰다. 파란 불빛이 오르의 몸을 관통한 것은 그때였다. 오르는 으아악, 이불 안으로 다시 숨어들고 방바닥에 납작 엎드렸다.

오르는 이불자락 틈으로 방 이곳저곳을 살폈다. 벽면에 놓인 책장. 그 옆의 옷장을 거쳐 화장대로 시선을 옮겨갔다. 자신을 덮친 파란 불빛을 분명 본 것 같은데, 어디에도 없다. 창문 밖의 불빛을 잘못 본 것은 아닌가. 아무 것도 없음을 확인한 오르는 슬며시 일어나 창문가의 녹색 커튼을 쳤다.

"도대체 정체가 뭐야?"

오르는 수상한 유령 괴물이 어디선가 툭, 튀어나올 것만 같다. 달그락달그락. 소리가 다시 들려왔다. 오르는 벽에 달라붙었다. 꽤나 오랫동안 달그락거리는 소리가 이어졌다. 귀화의 방으로 도망치고 싶은 마음이 굴뚝같았다.

"망할 놈의 소리. 내 방엔 왜 들어온 거야! 나가, 나가라고!"

이번만큼은 물러서지 않을 것이다. 소리의 정체를 꼭 알아내고야 말겠다고 작정한다. 바들거리는 팔다리에도 오르는 마음을 다잡는다. 머리를 귀 뒤로 넘긴 오르는 손확성기를 귀에 댄다.

달그락달그락. 책상서랍의 맨 아래 칸이다. 소리는 확실히 그곳에서 났다. 서랍 안에 난쟁이 괴물이라도 숨어살고 있는 걸까. 오르는 뜨악한 표정으로 서랍을 바라본다.

귀화가 들려주는 옛날 이야기를 무궁무진하게 듣고 자랐다. 서랍에 난쟁이 괴물이 살지도 모른다는 생각을 하자, 오르의 상상력이 급히 무대를 넓혀갔다. 두려움이 물러가고 용기가 들어섰다.

"여긴 내 방이야. 요괴라면, 아니지, 네가 뭐든 어서 썩 꺼지라구!"

오르는 서랍 가까이에 대고 엄포한다. 달그락거리던 소리가 순간 뚝, 하고 멈췄다. 내 말을 알아듣기라도 한다는 거야, 뭐야. 오르는 그 순간 소름이 돋는다. 서랍을 조심스럽게 열었다.

"앗!"

짧은 탄성이 새어나왔다.

까맣게 잊고 있던 물건이 그 안에 있다. 귀퉁이는 닳고 손때가 짙은, 가죽 끈에 허리가 둘둘 말린 책. 묶인 끈을 풀어달라고 아우성이라도 쳤던 걸까. 오르는 서랍 안의 가죽장정 책을 주시했다. 그간의 이상한 일들이 이것 때문인가. 그럴 리 없다 싶으면서도 책에서 눈을 떼지 못한다.

가죽장정 책은 지난해 여름, 대문호들의 발자취를 따라 유럽을 여행하던 중에 얻은 물건이었다. 웅성거림은 간헐적으로 들려왔다.

"네가 소리를 내는 거야? 아니지? 그럴 리가 없어. 아닐 거야."

그럼에도 오르는 소리의 진원지를 찾은 듯했다. 믿어지지는 않았다. 한낱 책이지 않은가. 어떻게 소리를 낸단 말인가. 방울이라면 또 모를 일이다. 말도 안 되는 일이라고 부인하면서도 자신의 등골을 타고 올라오는 서늘함은 책에서 소리가 나고 있음을 확인해 주는 듯했다.

오르가 책을 향해 손을 뻗던 순간이다. 이번엔 우레 같은 소리가 터져 나왔다. 오르는 엉덩방아를 찧으며 상체를 뒤로했다.

"네가, 네가 낸 소리였어."

오르는 혼비백산했다. 탈린에서 있었던 지난 기억들이 악몽처럼 되살아났다.

세기의 문호들을 찾아 런던과 에딘버러, 루앙, 인터라켄 등지를 순례한 오르는 오슬로에서 스톡홀름의 빔메르비 마을을 거쳐 헬싱키에 당도해 있었다.

여행을 시작한 지 백일하고도 팔십 칠일째였다. 몇 개월에 걸친 여정에 지칠 만도 했지만 가슴은 날마다 벅차올랐다. 작가들의 인간적인 삶 앞에 오르는 고개가 절로 숙여졌다. 작가의 생과 그들이 남긴 이야기가 숭고함의 결정체처럼 여겨졌다. 작가가 떠난 지금에도 살아남은 이야기들은 그 자체로 감동이다. 이야기꾼이 되고 싶다는 오래된 미래가 오르 안에 똬리를 틀었다.

말귀를 알아듣기 시작하고 귀화가 들려주는 이야기의 재미를 알아가던 그 무렵부터다. 괴테, 바이런, 톨스토이, 도스토옙스키 등 세계 대문호들의 발자취를 따라가는 그녀의 여행 또한 그때부터 암암리에 지도를 그리고 있었는지도 모를 일이다.

문호순례의 여정은 생각보다 흥미로웠다. 혼자라는 사실이 더는 쓸쓸하지도 않았다. 그것은 사색의 시간을 가질 수 있다는 뜻이고 또 다른 이야기의 자양분이라는 의미니까. 용기는 외로운 가운데 고개를 쳐들었다. 희망에 찬 꿈을 펼치게 했다.

그래서였는지 몰랐다. 헬싱키 선착장에서 만난 낯선 청년의 제안을 흔쾌히도 받아들였다. 바다의 물비늘과 선착장의 거대한 유람선 그리고 청년이 오르가 보는 풍경에 들어앉아 있었다.

청년은 인도의 성자와 같은 이름을 가진 마하비라다. 약간의 갈색 피부가 인도인임을 설명하지 않아도 짐작하게 했다.

"여기서 한 시간만 더 배를 타면 중세시대로 갈 수 있는데, 시간여행을 해보지 않을래?"

오르의 다음 여정은 블라디보스톡으로 가는 시베리아 횡단열차를 타는 것이다. 그러자면 모스크바로 가야했다. 오르는 계획을 변경했다. 청년 마하비라의 제안을 받아들여 탈린으로 가는 유람선에 몸을 실었다.

만난 지 삼십여 분만에 그들은 이미 오래된 여행 동료처럼 가까워졌다. 처음 만난 사람이 짧은 시간 안에 서로에게 동화되는 진귀한 경험인 것이다. 여행 중에는 정신을 똑바로 차려야 한다고. 집시들에게 가방을 털리거나 도둑맞기 십상이라던 귀화의 충고는 잊었다.

오르는 바다를 건너는 동안 책과 영화 속에서 보았던 중세 유럽의 풍경들을 떠올리며, 마음이 설렜다. 정작 탈린의 항구에 도착해서는 실망감을 감추지 못했다. 해상 스포츠의 천국이라던 항구의 번영은 온데간데없었다. 쇠락한 항구는 배의 선착장과

헬리콥터의 이착륙장으로 사용되고 있을 뿐이었다.

우중충한 회색빛 콘크리트로 뒤덮인 항구는 을씨년스러웠다.

"탈린의 매력적인 속살을 들여다보는 일은 이제부터 시작이라고."

마하비라는 어깨를 으쓱거렸다. 미리 실망하지 말라는 의미였다.

오르는 심드렁했다. 불길한 조짐은 거기서 부터였는지 모른다. 만나자마자 마음이 통해버린 여행자 마하비라와 낯선 곳에 와있다는 기분에 사로잡혀 판단을 흐렸다.

탈린의 시내로 들어서자 파스텔톤의 건물들이 여행자들을 맞이했다. 물감을 풀어놓은 듯한 풍경. 거기에 맑았다가 흐렸다를 반복하는 하늘 사이로 들이치는 빛줄기가 신성한 종교의식의 일부처럼 경건하게 다가왔다.

신비로운 도시다, 탈린은.

골목을 헤매다가도 올라브교회의 첨탑을 방위 삼으면 길을 찾는 것은 쉬웠다. 마하비라가 말하던 중세시대는 올드타운이다. 오르가 교회의 첨탑을 북두칠성삼아 방향을 확인하며 건물의 모퉁이를 돌아설 때였다.

"어쩌다가 헬싱키까지 오게 된 거야? 그냥 무작정 여행을 다니고 있던 것은 아닐 테지?"

"이야기 생산자와 그들의 작업현장을 둘러보는 여정이라고 말해두지. 죽어도 죽지 않고 시대를 뛰어넘어 생존하고 있는 불멸의 이야기가 태어난 곳들을 내 눈으로 직접 확인하는 중이라고나 할까. 간단하게 문호순례?"

"오우, 멋진 걸."

마하비라의 반응에 오르는 즐거우면서도 그 이상의 질문을 사양했다. 자신의 여행이 토론으로 골치 아파지는 것은 싫다고. 마음이 동해서 탈린까지 오게 되었지만 그와 깊은 대화를 나누기엔 역부족이라는 것을 알아서였다.

마하비라는 탈린에 오기를 정말 잘하지 않았냐고 설레발쳤다. 빌데[2]를 아냐는 말도 곁들였다. 흥미진진한 것을 찾아낸 소년처럼 그의 눈동자가 반짝거렸다. 빌데가 자신의 친구나 이웃이라도 되는 양 들떠서 그에 관한 말들을 늘어놓기 시작했다.

"비루마아의 푸디베레 농장에서 태어났어, 우리의 빌데는 말이지. 이곳 탈린에 있는 학교에 입학했는데 열일곱에 퇴학을 당했어. 무슨 연유였냐면 그것까진 잘 모르겠다. 어쨌든 빌데가 받은 정규교육은 그게 마지막이었다는 거야. 내가 퇴학을 당했다면, 부모의 걱정이나 끼치는 그런 아들이 되었겠지? 하지만 위대한 인물은 뭐가 달라도 달라."

"빌데가 뭘 했는데?"

---

2   에스토니아의 소설가, 에두아르드 빌데(1865~1933), 작품 「마르타 전쟁 (War at Mahtra)」

"너라면 뭘 했을 것 같아?"

"한동안은 집에 틀어박혀 있었을 것도 같고, 지금처럼 여행하지 않을까, 싶기도 해."

"우리의 빌데는 책을 썼어. 대단하지? 「악마의 길에서」를 썼지. 퇴학당하고 화가 머리끝까지 났을 거야. 책 제목이 그때의 심정을 그대로 말해 주잖아."

오르는 건성으로 고개를 끄덕거렸다.

"작가적 재능을 유감없이 보여준 훌륭한 작품이라고. 처녀작인 그 책 덕분에 신문사에서 일할 기회까지 얻었으니까. 재능을 인정받았다고 봐야겠지. 신문사 재직경험을 살려 나중에는 빌데 자신의 신문사를 차리기도 했지. 빌데의 작품이라면 「마르타 전쟁」을 빼놓을 수 없지. 어머니로부터 영향을 많이 받긴 했지."

"어머니?"

오르 자신에게는 낯선 존재다. 문호들의 삶을 더듬자면 '어머니'란 존재는 그들의 인생에 산처럼 버티고 있었다. 오르는 어머니란 이름 앞에 갑자기 무력해지는 것을 느꼈다. 말수가 갑자기 줄어든 것도 '어머니'란 그 존재 때문이었다.

마하비라가 조용해진 오르의 어깨를 툭, 하고 친다. 고지대로 가자는 말을 몸짓으로 했다. 탈린의 저지대를 빌데와 누빈 오르는 귀족들이 살았다는 그곳으로 향했다.

고지대의 풍경은 저지대와는 달랐다. 견고한 중세의 성과 갑

옷을 입은 중세의 기사가 그들을 맞이했다. 마하비라의 제안을 받아들이지 않았다면 보지 못했을 곳이다. 그들은 시간을 역행하는 여행자가 되어 성벽을 따라 걸었다.

머리에서 발끝까지 검은 옷을 뒤집어 쓴 수도사는 성벽의 저편에서 나타났다. 오르는 보따리를 어깨에 짊어진 수도사와 눈빛이 마주치듯 스쳤다. 자신도 모르게 우뚝 멈춰 섰다. 앞서가던 마하비라가 어서 오라고 손짓했다.

오르는 수도사와 마하비라의 중간지점에서 망설였다.

수도사는 성큼한 걸음을 더 하고는 어깨의 짐을 길바닥에 내려놓았다. 쉬어가려는 것인가 싶었지만, 아니다. 수도사는 성벽가에 짐을 풀고 좌판을 펼쳤다.

벼룩시장이나 노점상이 들어설만한 그런 장소가 아니다. 여행자나 구경꾼이 몰려드는 곳이 아닌지라 오르는 갸웃거렸다. 쓰던 물건을 팔 요량이라면 저지대 쪽이 낫지 않을까. 좌판을 펼쳐놓고 수도를 할 것이 아니라면 말이다.

잠깐사이 온갖 상념이 오르의 뇌리를 스쳐갔다. 오르는 홀린 듯 수도사의 좌판을 향해 걸어갔다.

깃털달린 부채와 깃털달린 펜대. 나무로 만든 인형과 지칼. 낡은 책 몇 권과 메모장, 누군가가 사용했을 찻잔, 나무로 된 오르골 등등. 누군가의 손때 묻은 물건들이 수도사의 좌판에 나와 있었다.

마하비라가 쫓아와 오르의 팔을 잡아당겼다. 그의 손을 뿌리친 오르는 좌판 앞에 쪼그려 앉았다. 잡다한 물건 가운데 눈길을 사로잡은 것이 있었다. 사람들의 손때가 묻어 거뭇해진 표지. 귀퉁이는 닳아서 만지면 금방이라도 헤질 것 같은 책이다. 펼치자면 곰팡이 냄새가 확 올라올 것만 같았다. 책은 가죽 끈으로 둘둘 말려있었다.

생김새만으로도 사연이 모락모락 피어오르는 듯했다.

"이거 한번 봐도 돼요?"

오르는 수도사의 대답을 듣기도 전에 가죽장정의 책을 집어 들었다.

수도사는 오르 뒤편에 있는 마하비라를 주시하고 있었다. 오르가 책의 끈을 풀고 펼치는 것을 뒤늦게 보고는 기겁했다. 수도사는 땅바닥에 납작 엎드려 괴상한 신음을 쏟아냈다.

내가 뭘 잘못했나?

오르는 어리둥절했다. 먹구름이 그들의 머리 위로 몰려왔다. 삽시간에 사방이 기괴한 어둠으로 물들었다.

수도사는 악령이라도 나타난 듯 넋이 나갔다.

오르는 불쾌했다. 자신이 책을 만져서 그런 것이라면 책을 사겠노라고 했다. 가격을 물었지만 수도사는 얼굴을 땅에 박은 채, 손사래를 쳤다. 팔겠다는 것인지, 말겠다는 것인지 알 수가 없다. 팔 물건이 아니라면 애초에 꺼내놓지 않았을 것이다. 오르는 빈정 상해 책을 제자리에 내려놓았다.

먹구름 사이로 한 줄기의 햇살이 들이쳤다. 수도사는 자세를 바로 하더니, 오르를 뚫어져라 바라보았다. 오르가 손을 털고 일어서려는데, 수도사가 낚아채듯 팔을 꽉 붙잡았다.

"왜 이래요? 놔요, 이거."

모국어가 절로 터져 나왔다. 오르는 놀라기도 했거니와 겁도 났다. 잡힌 팔을 빼내기 위해 안간힘을 썼다.

수도사는 악력이 셌다. 수도사의 복장을 했을 뿐 수도사가 아닐 수 있다는 생각이 스쳐갔다. 오르는 그의 힘에 억눌렸다. 머리칼이 곤두서는 두려움이 전신을 타고 흘러내렸다.

마하비라. 그가 가까운 곳 어딘가에 있을 것이다. 주변을 아무리 휘둘러도 그가 보이지 않았다. 오르는 황망했다. 심장이 쿵, 떨어지는 소리가 들렸다.

"이건 파는 물건이 아니오."

"알았어요. 그러니까 이제 그만……."

마하비라를 찾으려면 서둘러야했다. 오르가 수도사의 손아귀를 벗어나려던 찰나였다. 수도사가 문제의 그 책을 오르의 손에 쥐어주었다. 그러고는 어서 가라고 손짓으로 그녀를 밀어냈다.

오르는 억지로 받은 책을 좌판에 다시 내려놓았다. 수도사가 다시 오르의 손에 쥐어주는 광경이 몇 차례 반복됐다.

"이 책을 펼쳐보고도 무사한 사람은 지금껏 없었소. 책을 펼쳤다간 책에 잡아먹혀 다시는 세상구경을 할 수 없는 사람이 되니까. 믿지 못하겠지만 틀림없는 사실이오. 책 속에 들어갔다가 나온 이를 직접 만난 적도 있단 말이오. 아까는 아가씨가 잡아먹히는 줄 알고 깜짝 놀랐소. 이건 아가씨의 물건이오, 확실히. 그러니 이 책을 갖고 어서 이곳을 떠나시오.”

수도사는 책값마저 거절했다. 이제 막 장사를 시작했음에도 좌판의 물건들을 서둘러 챙겼다. 단속 나온 경찰을 피해 도망가는 노점상처럼 황급히 꼬리를 감췄다. 오르는 고장 난 기계처럼 뇌를 삐걱대며 멍하니 그곳에 서있었다.

서로 다른 피부색을 하고 있음에도, 서로 다른 언어를 구사하고 있음에도, 서로 다른 환경에서 별개로 살아왔음에도 헬싱키에서 만난 마하비라와의 짧은 여행은 완벽에 가까웠다. 탈린에서 만난 빌데도 탈린의 올드타운도 오르에게는 모두 깊은 여운을 남겼다.

문제는 수도사가 사라지고 마하비라 역시 사라졌다는 사실이다. 흠잡을 것 없던 오르의 여행이 한순간에 끔찍한 악몽으로 돌변했다. 께름칙한 기운들이 그녀의 등짝에 달라붙었다. 잠시 엇갈린 것뿐이라고. 다른 곳에서 한눈을 팔고 있을 것이라고. 시간이 지날수록 그런 생각들은 위로가 되지 못했다.

마하비라는 오르의 배낭을 들고 끝내 자취를 감췄다. 탈린의 고지대를 빠져나와 교회 인근을 헤매고 다녔다. 혹시나 싶었지만 마하비라와 마주치는 일은 일어나지 않았다.

탈린의 시청광장 앞에 이르러서야 오르는 어처구니없는 자신의 행동을 비로소 확인했다. '소매치기 주의'라는 웃기지도 않는 그림표지판이 운명의 이정표처럼 눈에 들어왔다. 다리가 휘청거렸다. 오르는 문어다리가 된 것처럼 땅바닥에 눌러 붙었다.

여행자의 배낭 하나를 차지하기 위해 헬싱키에서 탈린까지 동행을 했단 것인가. 아닐 것이라고 도리질을 해보지만 눈앞에서 사라진 마하비라는 아무리 좋게 생각을 하려고 해도 되지 않았다.

오르의 문호순례는 탈린에서 멈췄다. 성자를 가장한 마하비라에게 배낭을 선심 쓰고 천신만고 끝에 집으로 돌아왔다.

행운이라고 여겼던 만큼 끔찍한 악몽이 되어버린 여행.

오르의 책상 서랍에는 탈린에서 배낭과 맞바꾼 그날의 저주스런 책이 들어있었다. 여행에서 돌아오자마자 처박아둔. 두 번 다시 거들떠보고 싶지 않았던 물건이다.

오르는 용기를 내 서랍에 있는 책을 꺼내들었다. 책허리를 동여맨 가죽 끈을 풀었다. 긴장이 손끝을 타고 심장으로 전해졌다. 천천히 그리고 빠르게 책장을 펼쳤다. 책이 자신을 삼킬지도 모른다는 생각에 두 눈을 감았다. 책을 펼쳤지만 변화는 느껴지지 않았다.

오르는 살며시 눈을 떴다. 펼친 책은 글자도 그림도 없는 그냥 낡은 공책일 뿐이다. 어떤 책이 사람을 삼킬 수 있단 말인가. 그 반대라면 또 모를 일이지만. 묻어두었던 의문의 꼬리가 조금씩 삐져나왔다.

수도사는 폭탄이라도 터질 것처럼 굴었다. 그리고 또 말하지 않았던가. 이 책의 주인이 오르 자신이라고 말이다.

오르는 코웃음이 절로 나왔다. 자신이 태어나기도 전에 만들어진 물건임은 분명했다. 아니라고 해도 탈린은 처음이지 않은가. 백지로 만들어진 책에 대해 본 바도 들은 바도 없다.

오르의 손끝에서 책장이 휘리릭 바람을 일으키며 넘어갔다. 내용이 없다. 온전한 백지. 글자가 숨어있을까. 오르는 지면을 불빛에 비춰보고 흔들어보기도 했다. 거꾸로 흔들어도 소리를 냈을 벼룩 한 마리 떨어지지 않는다. 허공에 먼지만 날릴 뿐이었다.

자정이 훨씬 넘은 시각. 오르는 잠들지 못했다. 문제의 그 책 때문에. 소리도, 그림자도 자신의 망상이 만들어낸 것은 아닐까. 오르는 상념이 꼬리에 꼬리를 물었다. 파란색의 불꽃이 아지랑이처럼 꿈틀거리며 책에서 피어올랐다.

오르는 멍한 시선을 허공에 두고 있어서 보지 못했다. 화들짝 놀란 오르가 책을 내동댕이쳤을 때는 이미 불꽃이 그녀의 손과 팔을 휘감아 오르고 있었다. 벽에 부딪힌 책이 둔탁한 소리를 내고 방바닥으로 떨어졌다.

오르는 방문에 기대어 옴짝달싹하지 못했다. 너무도 놀란 나머지 외마디 비명조차 목뒤로 넘어갔다. 오르는 방바닥의 책을 생물인양 주시했다. 금방이라도 책이 살아서 하늘을 날 것만 같다.

수도사의 해괴한 언행이 아니었더라면, 잠깐 사이 벌어진 이 모든 일들이 아무것도 아니라고 치부했을 것이다. 두려움에 사로잡힌 오르는 서랍에 책을 던져 넣고 서둘러 닫았다. 서랍 앞에 다른 책들을 잔뜩 쌓아올렸다.

모든 것이 진짜다. 귀신 씨나락 까먹던 소리도 방안을 어슬렁거리던 그림자 같던 불빛도.

오르는 이불 속에 숨어 귀를 막는다. 노래는 나오지 않았다. 서랍 안에선 사람들의 소리가 들리는 듯했다.

아우성치는 그것은 분명 사람의 목소리였다. 아무 것도 보이지 않는 책 속에 사람이 살고 있었다. 오르는 홀린 듯이 서랍 안의 책을 다시 꺼내 펼쳤다. 불꽃이 고삐 풀린 망아지처럼 다시 나왔지만, 오르는 놀라지 않았다.

불꽃은 공처럼 벽과 벽을 튕기듯 옮겨 다녔다.

3

처음부터 방법시스템이 작동되지 않았던 것인지, 누군가 고의로 삭제를 한 것인지는 파악이 어려웠다.

호텔의 외부 주차장에는 벤츠 말고도 다른 차량 두 대가 더 있었다. 하진은 그 차량의 운전자들 중 한 사람을 만났다.

"내가 주차할 때, 벤츠는 없었어."

"어두워서 못 보신 건 아니구요?"

"내가 야맹증이 좀 있기는 해도 저렇게 큰 차를 보지 못할 정도는 아니지."

나이든 운전자와의 대화는 시시하게 넘어갔다. 그리고 하진이 두 번째 만난 운전자는 앞서 만난 그와는 또 다른 정황을 들려줬다.

"봤습니다. 그때가 새벽 두 시쯤이었던가. 벤츠가 주차장에 있었죠."

"차에 뭔가 이상한 것 같은 건 없었습니까?"

"기자님도 참, 그 밤에 뭐가 보이겠습니까. 밝은 대낮에도 벤츠 차량의 안을 들여다보기는 쉽지 않죠. 선팅이 된 차이고 밤이라면 더 깜깜한데."

"그럼, 이상한 냄새 같은 건요? 뭔가 타는 듯한?"

"새벽공기 타는 냄새라면 모를까, 불 냄새는 전혀요." 젊은 운전자는 고개를 절레절레했다. "그런데 말입니다. 그 새벽에 주차장에 누군가 있었던 것도 같단 말입니다."

"인상착의는요?"

하진이 급히 묻는다.

"어두워서 확실하진 않은데, 젊은 사람은 아니었던 것 같습니다. 걷는 움직임으로 봐선 나이가 좀 있는 분 같았죠. 하긴 노인네들이 새벽잠이 없어 이른 산책을 한다고 하던데."

그래도 새벽 두 시는 산책을 하기엔 이른 시간이다. 한 구의 시체가 차 안에서 완전 연소하려면 많은 흔적을 남겨야했다. 시체가 타는 동안 차량의 시트로 불이 옮겨 붙는 건 당연했다. 자칫하면 폭발이 일어날 수도 있는 문제였다.

차량의 외부는 물론 내부 어디에도 불은 흔적도 없이 깨끗했다. 불에 탄 것이라고는 사람뿐이었다. 사람이 수시로 드나드는 호텔 주차장임에도 불기운이나 냄새를 맡았다는 사람은 없었다.

"경찰도 어이가 없는지 그냥 갔습니다. 하기는 저도 이런 사건은 머리털 나고 처음이라니까요."

호텔 직원은 그날의 상황에 혀를 내둘렀다.

"경찰이 오기 전에 현장을 미리 봤습니까?"

"아뇨. 제가 출근했을 땐, 경찰이 이미 진을 치고 있어서 먼발치에서만 봤어요. 차 안에 유골은 있는데, 차는 멀쩡했어요. 불이 지능적으로 사람만 태운다는 게 믿기지 않지만 현장은 그랬어요."

호텔 직원은 끔찍함에 움찔했다.

"살인자가 불이란 겁니까? 게다가 지능적이기까지 한?"

"그렇다니까요, 기자님. 전에도 이런 사건이 있지 않았나요? 자연발화 시체라고 떠들던."

그랬다. 사람의 육신만 알뜰살뜰하게 앗아간 자연발화 사건. 한옥의 건축미를 세계에 알리던 도영훈. 그는 국내보다 해외에서 더 알아주는 건축가였다. 그 역시 봉변을 피하지 못했다.

도영훈의 죽음은 경기도 가평에 있는 그의 자택 서재에서 발견됐다. 그의 집은 현대적인 한옥의 모양새다. 주택 곳곳의 목조가 아름다운 조형미를 자랑했다. 도영훈의 서재는 불씨만 닿아도 화재로 번질만한 건축도면들이 서재 곳곳에 놓여 있었다. 그랬음에도 도영훈은 최우필과 마찬가지로 육신만 불에 타고 뼈만 남은 형태로 발견됐다.

자연발화. 불의 살인. 도영훈의 미스터리한 죽음에 붙여진 말들이다. 호텔 직원 또한 최우필의 사망에 붙일 다른 표현을 찾지 못했다.

하진이 자연발화라는 미스터리한 사건에 관심을 갖기 시작한 것도 도영훈의 사망현장을 보고서였다. 형 길유진의 죽음현장과도 닮은 구석이 있다고 여겼다. 하진은 그들 사건의 연관성을 찾아다녔다. 자연발화로 둔갑한 사건 뒤에 숨은 범인을 밝히기 위해 고군분투했다.

「화재는 전기누전에 의한 것으로 밝혀졌다. 천재 바이올리니스트 길유진(38)의 사망은 화재에 따른 것이며, 부검결과 체내에 알프라졸람 성분이 있었던 것으로 보아 자살의 가능성도 배제하지 않고 조사에 임하고 있다.」

길유진의 사망에 따른 경찰의 발표는 너무도 간단했다. 하진은 경찰의 발표에 의문을 품었다. 유진이 사망한 그 시각, 하진은 형과 만나기로 약속이 되어있었다. 그런 사람이 자살을 할 리는 없었다. 하진의 풀리지 않는 의문에도 경찰의 조사는 제대로 이뤄지지 않았다.

벌써 작년 봄의 일이다. 경찰은 끝내 유진의 죽음을 약물중독에 의한 자살로 종결했다. 화재는 피해자의 자살 이후 누전이 겹쳐서 일어난 우연이라고 결론이 내려졌다.

"형은 살해당한 겁니다. 나와 만나기로 했었다구요. 무엇보다 형은 자살할 사람이 절대 아닙니다."

하진은 경찰을 붙잡고 하소연했다.

"잘됐네요. 기자라면서요? 그럼, 당신이 이 사건을 한번 밝혀 보든가."

경찰의 반응은 심드렁했다.

할 수 없었다. 하진은 한국에서 형이 만난 사람들을 찾아냈다. 그들을 일일이 만나고 다녔다. 유진과 관련된 것이면 뭐든지 수집했다. 의구심은 산더미라도 타살이라는 정황 증거를 찾는 일은 어려웠다.

하진은 형의 죽음이 자살일지도 모르겠다고 처음의 의지를 잃어가고 있었다. 그 무렵에 도영훈 사건이 터졌다. 하진은 적잖이 충격을 받았다. 자연발화든, 불의 살인이든 이는 단계적 살인의 과정이다. 도영훈의 죽음 현장에서 하진이 느낀 것은 바로 그것이었다.

호텔의 침대에서 사망한 유진의 시체는 곱씹을수록 납득할 수 없는 의혹들뿐이었다. 불은 유진의 몸에서 일어난 듯했다. 몸만 태우고 바이올린을 불태우기 직전에 불이 꺼진 듯 바이올린이 너무도 멀쩡했다는 사실이다.

누전이 일어날만한 것은 침대 가까이에 있지도 않았다. 곧 무대에 오를 것처럼 연미복을 차려입은 유진은 바이올린을 가슴에 안고 있었다. 전혀 흐트러지지 않은 자세로. 유진이 자살이라

고 경찰이 종결한 데에는 그것이 또 이유로 작용했지만 하진은
아니었다.

"살아있는 상황에서 불이 났다면 시체가 저토록 반듯할 리 없
잖습니까? 안타깝지만 당신 형은 스스로 목숨을 끊은 게 맞습니
다. 치사량의 수면제를 복용하고 자다가 누전이 됐음에도 깨어
나지 못한 겁니다."

"아니라니까요!"

하진은 절규했다.

아무리 생각해도 사건 당일 정황의 앞뒤가 연결되지 않았다.
죽을 거였다면 만나자는 약속보다 잘 살라는 작별인사가 더 적
절하지 않았을까. 죽을 거였으면서 바이올린은 또 왜 그렇게 끌
어안고 있었을까. 무슨 미련이 그토록 많아서? 바이올린 때문이
라도 형은 죽을 수 없는 사람이다.

하진은 유진의 마지막이 담긴 사건현장 사진을 들여다봤지만
뾰족한 답을 얻지도 못했다. 도영훈 사건이 터지고, 최우필 사망
까지 현장은 유사했다. 하진은 자신의 생각이 맞을지도 모른다
는 생각이 강하게 들었다.

유진의 시체는 불의 살인으로 위장하기 위한 누군가의 연습
이고 도영훈을 거쳐 최우필에 이르러 완벽한 자연발화의 죽음
을 완성해낸 것이다. 발화점도 없이 완전 연소된 도영훈의 시체
를 놓고 경찰 내부에서부터 자연발화사건이라는 말이 슬그머니

나돌았다. 그들 스스로도 말이 안 된다는 것을 알면서도 다른 말로는 표현할 재간이 없었던 것이다.

최우필의 운전기사가 그의 시체를 발견하고 신고했다. 하진은 최우필의 운전기사를 만나기 위해 발걸음을 서둘렀다. 호텔로 들어가기 위해 회전문을 통과하려던 하진은 우뚝 멈춰 섰다.

범상치 않은 패션에 날렵한 골격의 남자가 회전문을 나오고 있었다. 남자는 하진의 시선을 단박에 사로잡았다. 배우? 아니면 모델? 그렇다면 기자인 하진도 본 적 없는 배우이자 모델이었다.

하진이 반한 듯 남자를 바라보는 동안 그는 하진의 앞을 획 지나갔다. 고속촬영의 영상화면이 돌아가는 것처럼 하진의 머리와 어깨가 남자를 따라서 느리게 움직였다. 남자는 광채를 몸에 두른 듯 눈이 부셨다. 눈을 깜빡인 건 그야말로 찰나였다. 그랬음에도 하진이 다시 눈을 떴을 때 남자는 사라지고 없었다.

하진은 흔치 않은 남자의 잔영을 찾아 두리번거렸다. 유진을 닮았다는 생각을 하면서. 유진은 유난히 곱고 흰 피부를 가졌었다. 형과 함께 걷자면 하진은 낯선 이들의 껄끄러운 시선을 느꼈다. 하진이 모델 같은 남자를 바라보던 지금의 시선으로 그들은 유진을 바라보았다.

최우필의 운전기사는 약속된 시간보다 십분 늦게 호텔로비에 나타났다. 그는 최우필의 개인비서 역할을 겸했다. 최우필의 사망 엿새가 지났지만 그는 아직도 현실을 실감하지 못했다. 한편으로 최우필의 운전기사는 하진을 경계하는 날선 표정도 감추지 못했다.

"최근에 의원님이 따로 만난 사람이 있습니까? 의원님께 원한을 품을 만한 그런 사람이 있다거나."

하진은 주문한 커피 한 잔을 그 앞에 놓으며 말했다. 그러고는 지갑에서 명함 한 장을 꺼내 테이블 위에 놓았다.

"의원님은 누구에게 원한을 살만한 그런 일을 하실 분이 아닙니다."

운전기사는 불쾌한 얼굴로 하진의 명함을 외면했다.

"그거야, 저도 잘 알죠. 최우필 의원님이 어디 허튼 일을 하는 그런 분이신가요. 그러니까 말씀해 주세요. 의원님을 이 지경으로 만든 범인이 누군지 잡아야하지 않겠습니까?"

"경찰이 조사를 하고 있으니 곧 잡히겠죠."

"경찰도 놓치는 게 있습니다. 전 그걸 찾고 있는 겁니다. 최우필 의원님을 저도 평소 존경해왔습니다. 이런 해괴한 사건에 휘말릴 분이 절대로 아닌 겁니다."

하진의 말에 운전기사의 눈동자가 살짝이 흔들렸다.

"의원님을 찾아오던 분이 있긴 한데……."

"누굽니까, 그게?"

"그린벨트 지역을 개발할 수 있게 해달라고 했던 것 같습니다. 의원님이 할 수 있는 일이 아니라고 거절했는데, 그 뒤로도 자꾸 찾아와서 의원님이 몹시 골치 아파하셨습니다."

"그 외, 또 다른 사람은요?"

"특별히 더 기억나는 사람은 없는 것 같습니다만."

"그래도 한번 잘 생각해 보세요. 그 중에 분명 이번 사건과 연관된 자가 있을 겁니다."

"그렇게 말하니까, 생각나는 사람이 하나 더 있긴 합니다. 한 달 전쯤이었을 겁니다. 출판사 사장이라는 사람이 찾아와 저녁을 함께 했었죠. 의원님에 관한 책을 내고 싶다면서."

"무슨 얘기가 오갔는지도 혹시 아십니까?"

"뻔한 얘기였어요. 출간제안은 고맙지만 거절한다는 거였죠. 제가 이상했던 건, 한 번 거절하면 유야무야되거든요. 그런데 이 사람은 물러설 줄을 몰랐습니다. 하도 귀찮게 굴어서 의원님이 결국 시간을 내주신 것이기도 했지만."

"그 후로도 계속 만났습니까?"

하진은 마른침을 삼키고 물었다.

"그랬던 것 같습니다. 만나서 거절한 후에도 종종 전화를 걸어왔어요."

"누군지 알 수 있습니까? 모르시면 출판사 이름이라도."

운전기사는 고개를 내저었다.

"멀쩡하게 살아계셨던 분인데, 하루아침에 이런 봉변을 당하시다니……."

운전기사는 넋두리처럼 혼잣말을 했다. 자신이 모시던 분이 뼈만 남은 난해한 현장을 목격했으니 그럴 만도 했다.

경찰이 그토록 쉬쉬하고 감춘 것임에도 비밀은 지켜지지 않았다. 사건 현장의 확산은 빠르게 이뤄졌다. 도영훈과 최우필의 사건 현장 사진이 인터넷상에서 공공연하게 떠돌아다녔다. 어디서 어떻게 유출이 되었는지 알 수 없는 경찰은 곤욕스러워했다.

인체 자연발화현상에 관한 황당한 사망관련 사건보고서는 그렇게 만들어졌다. 사람들은 인터넷에 올라온 사건을 접하고 초자연현상에 기인한 사건이라고 그들 나름의 논리를 펼쳤다. 범인의 흔적과 범행을 규명하기 어렵게 되자, 경찰들조차 인간이 저지를 수 있는 범죄가 아니라며 대중들의 말을 그들의 것으로 만들었다.

"무능하다, 진짜. 일반인들은 그렇다 쳐도 경찰까지 초자연현상 어쩌고 저쩌고 나서면 안 되는 거 아냐? 과학수사는 어디다 치워버린 거냐고?"

과학수사를 해야 할 경찰이 앞장서서 인간이 저지른 사건이 아니라고 말한 꼴이되었다. 경찰은 살인사건을 수사할 의지가 없는 것 아니냐는 비난을 받았다. 대중의 항의와 비난에도 경찰은 침묵으로 일관했다.

급기야 외계인이 지구에 와서 벌이고 간 짓이라는 황당무계한 말까지 흘러나왔다. 희생자의 신체가 불타는 순간을 목격한 이가 없다는 것도 그들의 죽음을 미스터리한 사건으로 몰아가는데 한몫을 했다.

화재가 일어나기 위해서는 연소에 필요한 물체와 불과 같은 발화물질 그리고 산소가 있어야만 가능한 일이다. 불을 일으키는 물질 없이도 인체를 태울 만큼의 화기가 생성될 수는 없는 일이다. 인체 내부의 화학반응으로 열이 생기고 그로 인해 인간의 몸에 불이 붙을 수 있다는 것을 입증하는 과학자가 있지도 않았다.

상황이 이러하니 초자연적인 자연발화현상에 의한 사망이라고 몰아가는 것도 무리는 아니었다. 자연발화 사망사건에 관한 논란은 저마다의 SNS 페이지를 통해 들불처럼 번져갔다. 소설 같은 이야기가 생성되고 거기에 덧댄 말들이 날마다 불어났다.

누군가는 브랜디를 과하게 마셔서 위장에서 불이 난 것이라고 했고, 또 누군가는 담배 때문이라는 등등의 그럴듯한 주장을 SNS상에 올려놓기도 했다.

하진은 그들의 의견에 동조하지 않았다. 사람이 죽는 경우는 정해져 있다. 수명을 다했거나, 치료 불가능한 병에 의해서거나, 뜻하지 않은 사고에 의해서거나 그 외의 자살이거나 살인에 의해서거나. 하진의 생각에 반박이라도 하듯 초자연적인 현상의 죽음이라고 설을 푼 이들은 인체 자연발화 현상을 역사적으로 접근했다.

누군가는 15세기 또 누군가는 17세기의 기록을 들먹였다. 유럽의 어느 백작 부인이 그녀의 집에서 완전 연소된 모습으로 발견됐고, 주변은 멀쩡한데 노파만 불에 타 사망했거나, 불붙은 양초를 입에 넣는 순간 입술에 푸른 불꽃이 번져 재로 변했다는 사례를 또 공유했다.

역사적 기록들은 자연발화가 초자연적인 현상이기는 하나 또 전혀 일어날 수 없는 일은 아니라는 것에 힘을 실었다. 여기에 더해, 자연발화를 경험했다는 사례는 세계 각지에서 인터넷을 타고 올라왔다. 팔이나 다리 등 몸의 일부만 소실되었다는 이가 있는가 하면, 도로 한복판에서 원인을 알 수 없는 갑작스런 불길에 휩싸여 재가 되었다는 여자도 있었다.

자연발화 현상이 역사적으로 존재했다고 해도 과학자와 심령술사가 맞서서 설왕설래하는 일은 그야말로 어처구니 없었다. 세상이 혼탁하니, 그 틈을 타고 헛된 망령이 떠돌아다니는 것만 같다. 그들의 말이 설령 사실일지라도 하진은 그들을 그렇게 만든 범인은 따로 있다고 확신했다.

경찰의 조사는 제자리걸음이었다. 수사가 진행되면 될수록 사건은 더욱 미궁으로 치달았다. 경찰이 초자연적인 자연발화

현상에 의한 죽음에 편승한 것도 그런 이유이기는 했다. 경찰들까지 그런 생각을 하고 있으니, 불의 살인에 대한 조사는 유야무야, 흐지부지 가닥을 잡고 만 것이다.

그러나 하진은 불의 살인을 가장한 누군가의 연쇄살인이라는 의혹을 거두지 않았다. 관련도 없는 그들이 왜 연쇄살인범의 표적이 되었는지는 설명하기 어려웠다. 원한에 의한 살인이라면 사건현장이 이렇듯 이성적이고 치밀할 수 없다.

조무래기 살인청부업자도 아닐 것이다. 배후가 있다. 그것도 아주 조직적이고 엄청난. 하진은 틈만 나면 살인사건의 배후가 누구일지를 생각했다. 초자연적인 현상을 빌미삼아 연쇄살인을 자행할 수 있는 자를 말이다.

"주변 인물. 블랙박스. CCTV. 통신기록. 뒤질 수 있는 건 다 뒤졌는데 없어. 범행의 흔적? 깨끗해. 그것도 비정상적으로다가 아주 깨끗해. 자네도 그만 기운 빼라고. 말만 안할 뿐이지 내부적으론 거의 종결상태야."

하진은 새로운 정보가 없나 알아보려 왔다가, 임계원 형사의 하소연을 삼십 분째 듣고 있다. 최우필의 사망에 관해 미스터리한 불의 살인이라고 공개적으로 밝힌 전임 형사는 면책을 당했다. 임 형사는 후임으로 왔음에도 사건을 밝히는 일에 회의적이었다.

"형사님 생각은 어떤 겁니까?"

"뭔 놈의 생각?"

임 형사는 시큰둥했다.

"연쇄살인이요. 이런 일을 저지를만한 배후가 누군지 짐작이 전혀 안갑니까?"

하진의 목소리에 은근한 힘이 실렸다.

"괜한 상상하지 말게. 살인사건은 증거가 최우선이지. 불이 살인을 저질렀다하니 불이라도 잡아 가두면 세상이 좀 잠잠해지려나."

"형사님은 이 판국에 농담이 나옵니까? 전임자처럼 좌천이라도 당해야 정신을 차릴 겁니까?"

하진이 최우필의 사망이 이번 사건의 끝은 아닐 것이라는, 그 말을 하려던 참이었다. 임 형사의 매서운 눈초리와 딱 마주쳤다. 하진은 말할 타이밍을 놓쳤다.

"좌천이면 나야 좋지. 그리고 다음부턴 오지 말라고."

"기분 상했어요? 그러지 말고 상부상조 좀 하자구요. 네? 형사님."

하진은 간도 쓸개도 빼놓은 놈처럼 배시시 웃는다.

"종결이나 다름없는 사건에 목매기는……."

임 형사는 말꼬리를 흐렸다.

*　4　*

어디선가 금방이라도 도깨비가 튀어나올 것만 같다. 먹구름
도 비도 없이 맑기만 하던 하늘을 뇌성벽력이 삽시간에 장악해
버렸다. 은발의 귀화는 마른하늘의 날벼락보다 더 을씨년스러
운 그림자를 품고 있었다.

오르는 친구들과 모임이 있지만 나갈 채비를 하지 못했다. 제
방에 있는 오르의 시선은 귀화에게 꽂혀있고 거실 창가에 달라
붙은 귀화의 눈길은 험상궂은 날씨에 박혀있었다.

귀화는 좀처럼 평정심을 잃지 않았다. 그런 귀화가 지금 초
긴장의 상태에 있다. 불한당 같은 날씨가 들이쳤으니, 이러쿵저
러쿵 이야기를 들려줘야 했다. 찻잔을 양손으로 움켜쥔 귀화는
걱정과 불안에만 사로잡혀 있었다.

작은 장미가 찻잔 안에서 붉게 피어났다. 연유를 물어야했다.
오르는 귀화의 주위를 에워싼 엄중하고도 불온한 기류에 말을
걸지 못했다. 친구들과 만나는 일은 당연히 미뤄졌다. 못 나간다

는 문자를 보내자, 친구가 무슨 일이냐고 재게 물어온다.

할머니가 이상하다는 문자를 보내려다 지웠다. 날씨가 험상 궂어서, 몸도 좀 아프고 해서 나가기 힘들다는 답장을 보냈다.

[멀쩡한 것 같더니만 왜 갑자기? 지난번에 공모전 떨어진 것 때문에 의기소침해진 거라면 나와. 기분 풀어줄게.]

[한두번 떨어진 것도 아닌데, 뭘.]

[그러지 말고 나와. 딱 보니까 그건 데. 기운 내라고 친구. 언 젠가는 우리도 한 번은 뜨지 않겠어.]

문자는 눈치도 없이 계속 온다. 오르가 답문 대신 귀화의 기 색을 살피는 동안이다. 친구는 대화창에 노래 한 곡과 파이팅을 남겼다. 친구들과 어울려 부르던 노래. 오르가 혼자일 때에도 곧 잘 흥얼거리는 노래다.

오르는 딴 세상에 빠져 있는 귀화를 뒤로 했다. 노래를 찾아 재생시켰다. 휴대폰의 스피커를 타고 나오는 노래는 창밖의 뇌 성벽력에 묻혔다. 오르는 최대한으로 볼륨을 키웠다. 음악소리 가 귀화의 귓가에 닿았으면 싶은 마음도 있었다.

오르는 방문을 활짝 열어놓았지만 귀화는 듣지 못했다. 천둥 소리에 화들짝 놀란 오르가 되레 이어폰을 귀에 꽂고 흥얼거렸 다. 음악에 집중했다. 락 가수처럼 몸을 흔들고 좁은 방안을 이 리저리 뛰어다녔다.

정신병원에 갇힌 기분이다. 진짜 탈출하고 싶다. 할 수만 있다면.

오르의 발광어린 몸부림에도 귀화는 꼼짝하지 않는다.

"이봐요, 귀화 씨. 대체 뭐에 홀려 있는 거야?"

오르에게 가족이라고는 귀화뿐이었다. 엄마든 아빠든 언니든 누가 됐든 상관없다. 하지만 귀화가 동생이 되는 일은 탐탁지 않았다. 귀화를 멀뚱히 바라보다가 눈길이 마주쳤다고 느낀 순간이었다. 오르는 현기증이 났다. 귀화의 눈에 오르가 비치지 않는 듯했다.

창문 밖뿐만 아니라 거실은 물론 오르의 방까지 을씨년스럽게 변했다. 서랍에서 들려오는 소리는 오르의 신경을 더욱 곤두서게 만들었다. 불안하고 두려운 마음을 더욱 들쑤셔놓았다. 지금은 귀화가 낯설게 변해있으니, 귀신 씨나락 까먹는 소리를 상대해줄 여력이 없다. 곧 제풀에 지쳐 잠잠해질 것이다.

그럼에도 기괴한 것은 날씨만이 아니다. 귀화만이 아니었다. 서랍 안의 책도 마찬가지였다. 다른 때보다 유난히 야단스럽고 더 귀 따가운 소리를 냈다.

"제발, 너라도 조용히 하라고. 불 속에 확 던져버리기 전에!"

화풀이는 엉뚱하게도 책을 향해 날아갔다. 언제 시끄럽게 굴었냐는 듯 조용해졌다. 말귀를 알아듣기라도 한 것처럼.

"귀화 씨, 정신 좀 차려봐. 나 좀 보란 말이야."

오르는 흔들의자에 앉아있는 귀화 앞에 무릎을 접었다. 그러고는 그녀의 무릎에 얼굴을 기댔다.

"무슨 일 있니?"

귀화가 오르의 머리를 쓰다듬으며 묻는다.

"내가 보여? 귀화 씨, 내가 이제 보여?"

오르는 고개를 번쩍 들고 되물었다.

"무슨 뚱딴지같은 소리야. 내가 해태 눈도 아니고 보이냐니? 노안이긴 하다만 그렇다고 내 새끼가 안 보일 정도는 아니지."

오르의 근심과 불안 그리고 두려움까지 귀화로부터 번져나온 터였다. 당사자인 귀화는 정작 아무 것도 모른다는 투였다.

"날씨도 도깨비 같은데, 귀화 씨까지 을씨년스러워서 무서웠단 말야."

"마른하늘에 천둥번개가 치잖니. 무슨 변고가 생긴 건 아닐까, 걱정이 좀 되는구나."

귀화는 또 다시 창밖을 내다본다. 잠시나마 방그레했던 귀화의 얼굴로 그림자가 들어선다.

"변고라니? 누구한테?"

"참으로 홍제스러운 날씨잖아."

참으로 뚱딴지같은 말을 하고 있는 사람은 귀화다. 홍제스럽다니? 오르의 뇌가 분주하게 버퍼링을 해댔다. 기억 어디에서도 '홍제스럽다'는 말은 검색되지 않았다. 귀화가 들려주던 옛이야기 속에도 그런 표현은 없었다.

"홍제의 눈물이 마른하늘을 천둥번개로 물들이는구나."

"그 사람이 대체 누군데?"

오르의 물음은 그 순간의 천둥번개에 의해 묻혔다.

귀화는 심란한 창밖의 풍경에서 눈을 떼지 못했다. 그리고 그녀의 주름진 입술을 뚫고 "홍제, 나의 홍제"라는 말이 튀어나왔다. 도깨비 같은 날씨가 귀화를 홀린 게 틀림없다.

귀화의 입술에 누군가의 이름이 달린다면 그것은 '오르, 나의 오르'여야 했다. 말귀를 알아듣기도 전부터였다. "오르, 나의 오르야." 그것은 오르가 자신을 누군가의 전부라고 믿게 만드는 힘이 실린 부름이었다.

그런데 나의 홍제라니? 오르는 자신 말고 다른 누군가가 귀화에게 그렇게 불린다는 사실에 뜨악했다. 궁금증이 정수리를 뚫고 나왔다. 확인해야했다. 대체 홍제가 누구냐고. 귀화를 추궁하지 못했다.

귀화가 마지막 꽃잎이 떨어지는 순간을 지켜보는 듯한 얼굴을 하고 있었다.

'나의 홍제'나 '나의 오르'뿐 아니라 제3, 제4의 이름을 들먹거렸다고 해도 전혀 놀랄 일은 아니다. 백세가 코앞인 은발의 귀화다. 그녀의 일생에 각인된 이가 어디 한둘일까. 그럼에도 오르는 할머니 귀화 말고, 여인 귀화나, 아가씨 귀화, 소녀 귀화를 떠올리지 못했다. 자신의 생을 거슬러 또 거슬러도 할머니가 아닌 귀화의 모습은 오르의 머릿속에 저장되어 있지 않았다.

귀화가 들려주던 수많은 이야기에도 그녀 자신에 관한 것은 없었다. '나의 오르'만을 기억하는 오르에게 '나의 홍제'는 무심한 배반처럼 다가왔다.

"홍제는 내게 꿈같은 사랑이란다."

귀화의 숨겨진 이야기가 비로소 새나오기 시작했다. 귀화가 홀로 평생을 간직해온 지난날들의 일들. 백세를 바라보는 나이에도 귀화 인생에 전인미답의 것일 수밖에 없는 이야기였다.

하얀 구름이 하늘에 휘장으로 내걸린 그날. 오르는 뇌성벽력과 함께 찾아온 홍제를, 귀화의 입을 통해 들었다. 들으면 들을수록 고개가 갸우뚱해지는 홍제의 이야기. 이십 년에 걸친 몇 번의 만남으로 점철된 귀화의 사랑이야기는 도무지 납득되지 않았다.

고작 몇 번의 만남만으로 귀화가 평생을 독신으로 살았다는 것인가. 실로 믿기 어려운 얘기였다. 그렇게 시작된 귀화의 고백은 오르에게 닥칠 새로운 인연의 운명을 내다보지 못한 채였다. 바람의 한 조각 같은 그 사랑이 일생의 전부였던 귀화. 그것이 오르의 것이 될지도 모른다는 생각을 귀화는 하지 못했다.

말로는 표현할 수 없고, 머리로도 이해되지 않는 일들이 세상에 널려있다. 절대로라거나, 결단코라거나 장담할 수 있는 일이 세상에 있지 않다.

승용차가 귀하던 그 시절이었다. 귀화는 자신의 눈으로 확인했다. 승용차 뒷좌석에 앉아있는 젊은 청년, 홍제다. 열다섯 소녀의 마음을 송두리째 가져가버린. 만남은 짧고 굵었다.

이제와 돌이키자면, 단 하나의 사랑이었다. 현재에도 여전히 진행 중인.

"오르에게도 언젠가는 찾아오겠지. 네 사랑 얘기를 듣고 싶구나."

"당연히 그럴 거야. 귀화 씨는 엄마, 아빠, 언니, 이모, 고모……, 내 모든 이름의 가족이잖아. 귀화 씨가 아니면 누가 내 얘기를 들어주겠어."

오르는 안심했다. 이제야 귀화가 정상으로 돌아온 듯했다. 애틋하면서도 이해되지 않는 일들을 오르의 마음 깊은 곳에 남기긴 했지만, 홍제스러운 날씨도 물러갔다.

5

불속에 던져버리겠다는 위협 때문이었을까. 가죽장정의 침묵은 오래갔다. 불꽃이 책에 기생한다는 것도 믿기 어려운데, 말귀를 알아듣는 책에 오르는 헛웃음만 흘렸다.

"내가 조용히 있고 싶을 땐, 탈린 너도 시끄럽게 굴지 않았으면 해. 너도 분명히 들었지? 내가 네 주인이라고, 수도사가 그렇게 말했잖아. 무슨 말인지 통 이해는 안 된다만, 넌 뭔가 알고 있는 거야. 그게 뭔지 나도 알고 싶어."

오르는 가죽장정의 책에 '탈린'이란 이름을 붙여 불렀다.

탈린을 펼치자면, 파란 불꽃은 그 안에서 빠져나왔다. 그 불꽃 역시 오르는 탈린이라 불렀다. 탈린은 귀화가 잠든 틈을 타집안 곳곳을 훑고 다녔다. 나중엔 오르가 있는 곳이면, 학교든 아르바이트를 하는 곳이든 상관하지 않고 사람들의 눈을 피해따라다녔다.

"네가 특별하다는 건 알아. 하지만 그러다가 사람들한테 들켜서 물벼락이라도 맞게 될까봐 걱정이라고. 불이 사람을 죽였다고 세상이 떠들썩하단 말이야."

오르는 손바닥에 올라앉은 탈린을 보며 말했다.

탈린은 오르의 손을 감싸고 팔을 감싸고 그녀의 온몸을 휘감고 커져갔다. 그뿐이다. 열기라고는 없는 파란 불꽃 탈린. 걱정은 그래서였다. 열기도 없고 무엇을 태울 수 있지도 않은 불꽃이건만 불의 살인에 관한 말들은 공공연했다.

오르가 탈린과 있는 것을 누군가 보게 된다면 말이다. 사람이 불타고 있다고. 불의 살인을 목격했다는 증언이 줄을 잇게 될지도 모를 일이다. 탈린이 사람의 생명을 앗는 일은 전혀 불가능한 일임에도 말이다.

탈린을 보고 있자면, 소설가 빌데에 대해 진중하던 마하비라의 배신이 절로 떠올랐다. 믿음만큼 배신은 뒤따라오는 것이리라.

"네가 말을 할 수 있다면 얼마나 좋을까? 내 의문을 단박에 풀어줄 수 있을 텐데." 오르의 마음을 이해라도 하는 것처럼 탈린은 얌전했다. "불이 사람을 죽인다는 전 정말 끔찍한 일이야. 네가 살인불은 아니라서 다행이지 뭐야."

탈린이 서랍을 향해 날아갔다. 쉬고 싶은 모양이다. 오르가 서랍을 당겼지만, 탈린은 들어가지 않았다. 오르와 책 사이를 분주하게 오갔다.

"나보고 어쩌라고? 꺼내달라고?"

오르는 책 탈린을 꺼내들었다. 불꽃 탈린이 그녀의 손을 책갈피 사이로 이끌었다. 오르는 손끝으로 백지를 쓸어내렸다. 글자도 없는데, 뭘 보라는 거냐는 말을 하려고 했다. 오르는 말문이 닫혔다.

"어머나! 헉!"

오르의 손끝을 타고 뭔가가 훅, 읽혔다. 화들짝 놀란 오르는 탈린을 방바닥에 내동댕이치고 말았다. 백지를 만진 오르의 손이 전기에 감전된 듯 저릿저릿했다. 심장이 나대고 마음의 평정은 쉽게 잡히지 않았다.

오르는 망설임 끝에 책을 다시 집어 들었다. 지면에 손끝을 갖다 댔다. 그 어떤 표식도, 글자도 없던 탈린이 그 순간 자신의 존재감을 강렬하게도 드러냈다. 지면과 접촉한 손끝을 통해 신기하게 글이 읽혔다.

감탄을 금치 못했다. 오르는 누군가의 이야기에 푹 빠져들었다. 그것은 귀화가 들려주던 이야기와는 비교할 수 없게 기이하고 신비로웠다. 읽고 또 읽었다. 끝날 줄 모르는 누군가의 무한한 생이 그 안에 펼쳐져 있었다. 눈으로는 읽을 수 없던 내용들이 오르의 손끝을 타고 뇌로 눈으로 전달됐다.

수천 년의 생을 인간들과 함께 살아온 홍제. 그저 백지뿐이라고 여겼던 그곳에 도깨비 홍제의 이야기가 살고 있었다. 장구한 세월에 걸친 홍제의 비애 가득한 모험이 그 안에 들어앉아 있었다. 인간에 대한 이해가 부족한 홍제의 슬픔이 하늘을 가르는 번개가 되고 천둥이 되어 포효했다.

오르는 홍제의 기막힌 생을 정신없이 읽어내렸다. 새벽이 오고 낮이 지나고 밤이 되어도 홍제의 생에 머물러 있었다. 잠은 오지 않았다. 몇날 며칠을 읽어도 끝을 보일 줄 모르는 홍제의 지난한 생이었다.

오르는 끝내 몰아치는 잠을 뿌리치지 못하고 탈린 위에 쓰러졌다. 그대로 잠의 나락으로 떨어졌다. 시작과 끝을 알 수 없는 홍제의 이야기가 잠든 오르의 뇌리를 휘젓고 돌아다녔다. 꿈인지 현실인지 분간되지 않는 그곳에서 오르는 홍제를 만났다.

그는 걸리버가 여행했던 럭낵이라는 나라에 살고 있는 도깨비에 다름 없었다. 죽음을 모르는 스트럴드브럭[3]. 그들은 평범한 사람들 사이에서 태어났다. 눈썹 위에 붉은점을 갖고 있는데, 시간과 함께 그 색이 서서히 변해간다. 나이 삼십이 넘어가면 노인의 징후를 드러내기 시작하고, 그로 인해 우울한 일상을 보내게 된다. 감정은 급속도로 메말라가고 친구를 사귈 수도 없게 된다. 기억력은 흐릿해지고 젊은 시절에 배운 것들만을 겨우 기억하는 노후를 맞이한다. 여든이 지나면 법적으로 사망선고

—
3   영국의 소설가인 조나단 스위프트(1667~1745)의 풍자소설「걸리버 여행기」에 나오는 불로장생인.

를 받고 스트럴드브럭의 유산은 자손들이 가져갔다. 아흔부터는 머리카락과 치아가 빠지고 백세가 되면 더 이상 말을 할 수도 없게 된다. 산 사람들 틈에서 스트럴드브럭은 귀신의 모습으로 그렇게 살았다.

홍제 또한 죽음을 모르는 스트럴드브럭처럼 영생불사의 몸을 가졌다. 그들과 다른 것이 있다면 홍제가 시간을 지배한다는 사실이다. 나이 삼십이 넘어가면서 노인이 되어가는 스트럴드브럭과 백년이 지나도 청년의 육체를 지닌 홍제를 어찌 견줄 수 있을 것인가.

시간은 홍제의 몸을 관통하지 못했다. 인간을 쥐락펴락하면서 영원한 생을 누린다는 것. 그것은 신만이 가능한 일이 아닐까. 그런 신의 능력을 지녔음에도 홍제의 생은 비애로 점철되어 있었다. 인간의 세상에서 그가 만난 것은 인간의 탐욕과 배신의 굴레다.

형언할 수 없는 측은함이 슬픔으로 다가왔다. 잠결임에도 오르의 눈가는 눈물로 젖어들었다.

산모들은 하늘이 무너져 내리는 산고를 겪고 다시는 아기를 낳지 않겠노라, 다짐한다. 눈앞의 아기를 보는 순간 까맣게 잊어버리고 마는 다짐인 것이다. 둘째, 셋째로 산고가 이어지는 것은 바로 그 때문이다.

홍제 또한 그랬다. 반복되는 인간의 배반에 다시는 신뢰하지 않겠다, 맹세했다. 그럼에도 어느 순간, 도깨비 홍제는 인간의 곁에 있었다. 인간의 홍제가 되어서.

인간이 없는 곳에서 그는 불행했고 생의 의미를 찾지 못했다. 그것이야말로 살아있는 죽음이 아니고 뭐란 말인가. 인간의 배신에도 인간을 등질 수 없는 홍제는 도깨비의 건망증을 다행으로 여겼다.

탈린 안에 깃든 홍제의 이야기는 잠든 오르의 뇌리를 헤집었다. 곰팡내만 머금고 있을 줄 알았던 탈린 안에 이토록 엄청난 사연이 담겨 있었다니 경이로웠다. 오르는 어디서도 본 적 없고 들은 바 없는 이야기에 잠속에서도 전율했다.

인간 세상에 온 이유가 뭐였더라. 홍제의 인간 세상 유랑은 내기로부터 비롯되었다. 그것은 웅장한 협곡을 건너는 일처럼 장구했다. 홍제의 생 일부를 들여다본 것뿐임에도 표현할 길 없는 먹먹함이 오르의 심장을 옥죄었다.

탈린은 잠 아닌 잠에 빠져있는 오르의 주위를 맴돌았다. 몸을 부풀려 푸른 망토처럼 그녀를 덮었다. 눈가에 맺힌 그녀의 눈물이 신기하게도 말라간다. 오르는 평온한 낯빛으로 곤히 잠들었다.

창문가로 거대해지는 탈린의 그림자가 비친다.

6

도시는 자정이 가까워오는 시간에도 낮같은 밤을 이뤘다. 인간의 왕성한 활동과 번식력으로 물든 밤. 유리창에 반사된 불빛이 하늘에 걸린 별만큼이나 반짝거렸다.

기문은 평생에 걸쳐 자신이 건설한 도시를 바라보고 있었다. 자신이 건설한 도시를 밟아보지 않은 사람은 없을 것이다. 자신이 이룬 것을 한 번도 누려보지 못한 이 또한 없을 것이다.

기문이 정복하고 이룬 세상. 그는 원 없이 이뤘고 원 없이 가졌다. 고층의 스카이라운지로 커피열매만 먹인 사향고양이의 배설물로 만들었다는 루왁 커피의 향이 은은하게 퍼져왔다. 최고의 향을 지닌 최고의 커피가 고작 고양이의 배설물로 만들어진 것이라니, 웃기는 일 아닌가.

그럼에도 그것은 진리다. 생명을 앗아가는 비소가 생명을 살리는 데에 쓰이는 것처럼. 뒷골목을 전전하며 쓰레기통을 뒤지던 날들은 지워졌다. 지금의 기문은 자신의 부귀영화를 입지전적으로 일궈낸 상징의 인물이 된지 오래다.

맑기만 한 물에는 큰 물고기가 살지 못하고, 청결하고 고귀한 연꽃은 진흙에서만 핀다. 시대의 영웅은 난세에 태어나고, 세상에 존재하는 아름다운 것들은 고통과 더러움에 뿌리를 두고 있다. 기문의 찬란한 생이 뒷골목에서 시작된 것처럼.

어둠은 빛을 위해 존재하고 열매는 명분을 쟁취한다. 뒷골목의 부랑아 기문의 인생에 홍제가 없었다면? 지금의 기문은 생각할 수도 없는 일이다. 살아남기는 했을 것이다. 남의 지갑과 가방이나 털면서. 걸핏하면 교도소를 들락거리면서. 그렇게 한평생을 허비했을 지도 모를 인생이었을 것이다.

홍제는 기문의 인생을 시궁창에서 건져낸 구세주고, 그들 사이의 계약은 사소했다. 소원을 하나만 들어주면 되는 일. 약속된 일이었음에도 기문은 자신의 세상을 만들어가는 동안 까맣게 잊고 있었다.

홍제는 기다리고 있었던 것이다. 기문 자신의 요구가 더는 없을 때까지. 자신이 세속적인 욕망을 다 내려놓을 때까지. 반세기가 넘도록 기문이 원하는 것이면 홍제는 완벽하게 이뤄줬다. 거기에 견주면 홍제를 위해 기문이 할 수 있는 일이란 것은 없었다. 자신이 원하는 것을 하나씩 손에 넣을 때마다 홍제의 바람이 무엇일지 조바심이 일었다. 기문 자신이 들어줄 수 있는 것이긴 한 것인지 짐작할 수도 없었다.

한편으로 홍제의 능력이 어디까지일지 무던히도 궁금했다.

기문의 인생은 홍제를 만나기 전과 그 후로 명확하게 갈렸다. 그와의 만남은 친지개벽의 일이었고 불가능한 일은 기문 앞에 있지 않았다. 홍제 덕분에 자신의 세상을 손에 쥐었다.

홍제를 만나지 못했더라면, 그에게 자신의 생을 맡기지 않았더라면 얻지 못했을 것들. 기문은 무한의 능력을 가진 홍제가 있어 든든했다. 실망시키게 될까봐 또 두려웠다. 환갑을 훌쩍 넘긴 기문에게 홍제의 소원을 들어주는 일은 무엇보다 중요했다.

그것은 어린 기문이 홍제와 했던 약속이기도 했다. 먹을 것을 구하러 다녔지만, 어린 기문은 아무것도 먹지 못했다. 부모도 형제자매도 없는 아이. 하늘에서 홀로 뚝 떨어진 아이처럼 기문은 그렇게 하루하루를 살아내고 있었다. 동가식서가숙하면서.

예닐곱의 아이가 주린 배를 채우기 위해 사람들의 틈을 비집는 일은 전쟁보다 더한 혹독함이었다. 가진 것도 힘도 없으면서 동정이나 연민은 거부했던 당돌한 아이. 엉뚱한 자존심으로 똘똘 뭉친 아이, 기문.

그리고 그날은 어린 기문에게 결단이 필요한 날이었다. 동정을 구걸하느니, 도둑질을 하는 편이 낫다고 생각했다. 초저녁부터 거리를 배회했건만 손에 잡히는 것은 없었다. 어린 기문은 밤이 깊도록 버스정류장 인근에 있었다. 힘들게 찾아낸 먹잇감에 매서운 눈초리를 꽂아두고서.

고주망태가 된 남자는 두툼한 지갑을 갖고 있었다. 나무기둥 아래에 주저앉아 있는 남자는 놓칠 수 없는 먹잇감이다. 하지만 남자의 가까운 곳에서 떠날 줄 모르는 성가신 청년. 어린 기문의 밤이 그렇게 기다림으로 깊어갔다.

청년 역시 남자의 주머니를 노리고 있는 것은 아닐까. 자신이 사라지기를 기다리고 있는 것은 아닐까. 어린 기문의 마음은 착잡했다. 이번에도 빼앗길 순 없다. 기문은 고주망태가 된 남자의 아들을 가장하고 다가갔다.

청년은 의자에서 꼼짝하지 않았다. 기문을 돌아보는 일도 하지 않았다. 그냥 앉아있을 뿐이다. 청년의 눈치를 살피는 기문은 손으로는 취객의 지갑을 챙겼다.

"여기서 잠들면 어떡해? 일어나봐. 안되겠다. 엄마를 데려올게."

청년이 듣기를 원하며 한 소리였다. 자신이 도망치기 위해서 한 말이다. 움직일 줄 모르는 청년에 어린 기문은 여유로운 비웃음을 지으며 뒤돌아섰다.

기문은 남들의 눈이 없는 곳에 숨어 지갑의 돈을 확인했다. 그리고 가뿐한 마음으로 발길을 돌리던 그곳에 아까의 그 청년이 버티고 서있었다. 그를 피해 가려고 해도 좀처럼 길을 내주지 않는 청년은 어린 기문에게는 높고 웅장한 장벽과도 같았다.

한참을 실랑이했지만, 기문은 벗어나지 못했다.

"비켜요."

어린 기문이 소리쳤다.

울분에 겨운 그와 달리 청년은 야릇하게도 웃고 있었다.

"경찰이에요?"

청년은 대답하지 않았다. 기분 나쁜 웃음만 흘렸다. 기문은 훔친 돈의 일부를 그에게 내밀었다. 자신을 쫓아왔다면, 용건은 뻔한 것이라고 여겼다. 전부 다 뺏기기 전에 일부라도 상납하는 하는 편이 낫다.

"이런 종이라면 땔감으로 쓰고도 남을 만큼 있는 걸."

거짓말이었다. 돈 때문에 따라왔으면서. 기문은 코웃음을 쳤다.

"아닌 척 하면 누가 모를 줄 알아요? 어서 받고 길이나 비켜 줘요."

비키기는커녕 청년은 한걸음 더 바짝 다가와 섰다. 어린 기문은 뒷걸음질을 쳤다. 청년의 얼굴을 노려보던 기문은 잽싸게 움직였다. 삼십육계 줄행랑. 그럼에도 기문은 한 발짝도 도망치지 못했다. 자신의 다리가 허공에서 버둥거렸다.

청년에게 뒷덜미를 잡히고 만 것이다.

"벼룩이 간을 내먹지. 생긴 것은 멀쩡하게 생겨서는 갈취나 하다니."

기문은 곧 죽어도 쩍, 이다. 발버둥을 치면서도 구시렁댔다.

애들을 잡아다 앵벌이를 시키는 질 나쁜 어른들이 있다. 기문이 아는 친구들 몇몇은 실제로 그 밑에서 감시와 학대를 받으며 일을 하기도 한다. 수입이 생기면 상납했고, 상납하지 않으면 목숨을 위협받았다. 경찰에 신고하는 일은 꿈도 못꿨다.

앵벌이 조직과 나쁜 경찰은 어디에나 있고 그들은 한 몸이기도 했다. 기문은 도망치고 싶으면 어디 도망쳐보라는 청년의 웃는 얼굴에 기분이 더러웠다. 십여 분을 벗어나려고 기문은 기를 쓰고 덤벼들었다. 무력감은 점점 더했다.

기문은 할 수 없이 청년 앞에 꼬불친 돈 전부를 내놨다. 기문은 굴욕적이어서 한시라도 빨리 청년의 손아귀에서 벗어나고 싶은 마음뿐이다.

"씨발, 보내줘요."

훔친 돈을 몽땅 내줬건만 청년은 기문을 보내줄 생각이 전혀 없는 듯했다. 그럼에도 발버둥을 치는 기문은 당해낼 재간도 없이 힘만 뺐다.

청년은 제풀에 지쳐 도망치기를 포기했을 때에서야 기문을 놔줬다.

"나는 홍제라고 하는데, 넌 이름이 뭐니?"

"그런 거 없어요!"

기문의 대꾸는 심통 사나웠다. 뿔난 기문을 바라보는 청년은 웃음을 머금었다. 그를 빤히 바라보던 기문은 다리의 힘이 풀리고 맥없이 마음이 무너지는 것을 느꼈다.

이상한 일이다. 청년의 손길이 주저앉은 기문의 머리에 따뜻하게도 내려앉았다. 기문은 끝내 울음을 터뜨리고야 말았다. 돈을 빼앗겨 억울해서도 아니고, 청년의 손아귀를 벗어나지 못해서도 아니었다.

청년 홍제의 미소는 해맑고 너무도 따뜻했다. 그의 손길은 온기로 넘쳐 흘렀다. 힘들기만 했던 지난 순간들이 사르르 녹아들었다. 기문의 근심걱정은 물론 불순했던 마음까지 청년의 손길이 거두어가는 듯했다.

"경찰에 넘기든, 데려가 앵벌이를 시키든 마음대로 하세요."

처음 느껴보는 따뜻함에 한참을 울고 난 다음이었다. 기문의 마음은 그 어느 때보다 평온했다.

"하루하루가 참 고단하지?"

기문은 고개를 외로 꼬았다. 대답하고 싶지 않았다. 자신을 어떻게 하든 상관없다. 그렇다고 꺾여버린 자신의 의지까지 아무렇지 않을 순 없었다.

"네 인생을 내게 맡겨보지 않을래?"

참으로 모를 노릇이다. 집도 절도 없이 생활의 전쟁터를 떠도는 기문에게 더 나빠질 상황이란 것은 없었다. 쓸모도 없을 것 같은 자신의 인생을 맡기라니. 먹여주고 재워주고 하는 일을 도맡겠다는 건가.

길바닥에 버려진 쓰레기나 다름없는 인생. 아니 그보다 더 못했다. 쓰레기는 누군가 수거라도 해갔다. 자신을 데려다 밥 한술이라도 먹게 해주겠다고, 돌봐주겠다고 나서는 이들을 기문은만나본 적이 없다. 그랬다하더라도 그들을 순순히 따라갈 기문자신은 물론 아니었겠지만.

청년의 해맑은 웃음에 넋을 잃은 기문은 그가 달라는 것은 뭐든 내주고 싶었다. 고단한 삶이든, 쓰레기 같은 자신의 인생이든그가 가져갈 수만 있다면 기문은 다 퍼주고 싶었다.

"네 인생을 내게 맡길 의사가 있냐고?"

청년은 묵묵부답으로 있는 기문에게 재차 물었다.

인생을 맡긴다는 게 무엇을 의미하는지 알지도 못하면서 기문은 고개를 주억거렸다. 지친 몸에 희미한 미소를 머금고서 말이다.

"내 인생을 가져다 뭐에 쓸 거죠? 그보단 내 인생을 아저씨에게 주고 내가 얻는 건 뭔가요?"

어린 기문은 그 와중에도 셈을 하고 있었다. 제법이다. 자신스스로 생각해도 대견하다 싶었다.

"원하는 건 뭐든지."

"그게 말이 된다고 생각해요? 아저씨가 손해잖아요. 나 때문에 귀찮고 나쁜 일만 생길 텐데……. 내가 원하는 건 다 주겠다고 꼬셔놓고는 혹시, 내가 잘 때 간이나 심장을 꺼내먹을 심사인가요?"

"조그만 녀석이 쓸데없는 노파심이 많군. 너를 잡아먹진 않을 거야. 심장을 꺼내 먹지도 않을 것이고. 일단은, 네가 원하는 것은 뭐든 다 들어줄 거야."

"그 다음엔요?"

"그 다음엔 내가 원하는 걸, 네가 좀 해주면 돼, 아주 먼 나중의 날에 말이지."

"그것뿐인가요, 정말로?"

"정말로 그것뿐이야."

"그래도 만약, 내 심장이 필요하면 일 년, 아니 십년 뒤에나 가져가요. 아니, 아니에요. 내가 죽고 싶다고 말할 때 그때 가져가요."

"십년 뒤에도 그런 일은 없을 거야. 내 손으로 네 목숨을 거둬가는 일 같은 건 안 해."

밤톨 같은 기문의 머리통을 쓰다듬는 홍제는 해맑게 웃었다.

"그럼 이제, 뭐부터 할까요? 내 돈은 아저씨한테 이미 상납했으니까, 그 돈으로 배부터 채우면 어때요?"

"좋아. 네 주린 배부터 채워주마. 이제 난 너의 홍제란다. 지금까지와는 전혀 다른, 상상할 수도 없는 일들을 경험하고 누리게 될 거야. 기대해도 좋아."

기문은 마음이 놓였다. 청년, 아니 홍제는 달처럼 훤했다. 그의 목소리는 한없이 달짝지근했다. 자신이 상상할 수도 없는 일이라는 게 어떤 것인지, 기문은 하루라도 빨리 알고 싶었다. 너의 홍제. 아니, 나의 홍제다. 어린 기문은 달콤하게도 그 말을 곱씹었다. 든든한 뒷배가 생긴 것처럼 거칠 것이 없었다. '나의 홍제'라는 그 말은 참으로 힘이 났고, 기문은 그 말을 오래도록 기억했다.

어린 기문의 인생은 청년의 말처럼 하루아침에 달라졌다. 그 자신이 상상하지 못했던 그런 세계다. 홍제에게 기문 자신의 인생을 맡긴다는 것은 말이다.

홍제의 약속에 거짓은 없었다. 기문이 자면서 홀로 꾸는 꿈도 아니었다. 공부를 원하면 학교에 보내줬다. 갖고 싶은 것이 있거나 하고 싶은 것이 생기면 기문은 말만 하면 다 되었다. 기문이 꿈을 꾸면 꿈으로 가는 그 길에 홍제는 탄탄대로를 놔주었다.

기문이 홍제를 만난 그때부터 그는 기문의 보호자이자 후원자였으며 기꺼이 혈육 삼촌이 되어주었다. 주린 배를 부여잡고 뒷골목을 누비며 눈빛만 살아 으르렁거리던 아이는 흔적도 없이 사라졌다.

기문은 자신의 높은 자존감만큼이나 거기에 걸맞은 능력과 배경을 얻었다. 어디를 가든, 무엇을 하든 기문은 돋보였다. 모두가 부러워하는 기문이 되었고, 국내외 기업을 아우르는 마이다스의 손이 되었다.

세상의 그 어떤 부모도 홍제처럼 해줄 순 없었다. 그는 부모 그 이상의 무소불위의 힘을 가진 특별한 존재였다. 기문이 홍제를 통해 얻지 못하거나 이루지 못할 것은 없었다. 홍제에게 자신의 인생을 맡긴다는 것은 어떤 꿈을 꿔도 좋다는 뜻이다. 또 기문 자신의 세상을 가질 수 있다는 의미였다.

기문의 끝없는 욕망을 채우는 일과 다르지 않았다. 홍제에게 인생을 맡긴다는 것은. 기문에게는 전혀 손해날 게 없는 어마어마한 기적 같은 일이었다.

언제쯤이면 홍제가 자신의 원을 털어놓을 것인가. 홍제와 함께한 수십 년 동안 기문은 자신에게 뭔가를 부탁하는 그와 맞닥뜨린 적이 없었다.

젊은 기업가 기문의 세는 나날이 확장일로였다. 전쟁으로 폐허가 된 나라는 그야말로 금싸라기 시장이다. 토목건축은 물론 지하철공사, 아파트개발, 환경플랜트 등의 일에 가담하면서 기문의 회사는 명실상부한 기업으로 거듭나는 행군에 행군을 지속했다.

기문에겐 기업가다운 자질과 시대를 앞서가는 안목이 있었다. 그것을 뒷받침해줄 홍제의 약속도. 홍제에게 기문 자신의 삶을 맡기던 그날에 기문의 새로운 하늘이 열렸다고 해도 과언이 아니었다. 뭘 상상하든 홍제는 그 이상을 기문에게 내주었다.

기문은 여의주를 물고 승천하는 용이라 실패도 없었다. 하루하루를 버티기 힘들었던 뒷골목의 아이는 완벽하게 성공했다.

그 성공이란 것이 인간의 부와 권력과 명예를 손에 쥔 것이라면 단연코 그랬다.

기문이 얻어낸 것에 비하면, 홍제가 꺼내놓은 소원은 소박하다 못해 시시했다.

"인간의 미담을 찾아오는 것, 진정 그것뿐입니까?"

고작 인간의 미담 하나를 얻기 위해 기문 자신에게 그토록 많은 것을 안겼단 말인가. 믿기지 않았다.

"그것뿐이다."

"인간의 이야기라면 곳곳에 넘쳐납니다. 미담도 얼마든지……."

기문은 방그레한 홍제의 미소에 말꼬리를 흐렸다. 홍제를 처음 만난 그 시절의 웃음이다. 기문을 무장해제하게 만들었던 그 웃음. 기문은 고개를 갸웃거렸지만 더 반문하지 않았다. 사람이야 얼마든지 있고, 미담 하나 만들어내는 일쯤은 식은 죽 먹기보다 쉬운 일이라고 자신했다.

"내가 네게 준 감동 만큼이면 돼. 그 이상의 감동을 안기는 미담이라면 더 좋고."

기문은 반세기 내내 궁금했다. 자신에게 홍제가 원하는 게 무엇일지. 이런 시시한 일일 줄은 짐작조차 하지 못했다. 초로의 노신사가 되고서야 알게 된 홍제의 소원은 고작 이야기 하나였다.

인간의 이야기라면 질리도록 듣지 않았던가. 눈알이 무르도록 읽지 않았던가. 그럼에도 홍제가 원하는 것이 정녕 그것뿐이란 말인가.

그것이 얼마나 어려운 일인가는 나중에야 알았다. 인간의 이야기. 그것도 홍제의 심장을 뒤흔들어놓을 절대적인 감동의 이야기. 기문은 그 미담 하나를 찾기 위해 그룹 총수직에서 물러났다.

금방 해결하고 자신의 자리로 돌아갈 수 있으리라 여겼다. 기문이 가져온 어떤 이야기에도 홍제는 반응하지 않았다. 기문의 눈과 귀가 뻔쩍하는 것임에도 홍제의 감흥을 얻어내기는 역부족인 것들뿐이었다.

시간이 갈수록 당차던 의욕이 조금씩 꺾여갔다. 의구심은 기문 자신도 모르게 싹텄다. 홍제를 감동시킬 미담이 과연 있기나 한 걸까. 홍제에 대한 보은의 마음은 깊지도 오래가지도 못했다. 자신의 인생에 절대적인 지지자가 되어주었음에도 기문은 자신의 한계 앞에서 자꾸 딴 생각을 했다.

초로의 노인이 된 기문에게 미담을 찾아다니는 일은 버거웠다. 사람들을 만나고 그들의 생을 책으로 편찬하자고 제안했다. 흔쾌히 수락하는 이들에겐 감동이 없고, 거절하는 이들에게서도 감동을 얻기는 힘들었다.

고층 빌딩의 스카이라운지. 기문은 홍제를 기다리는 중이다. 통화는 어려웠다. 뵙고 싶다는 문자를 남겼지만 기문이 남긴 내용은 확인조차 하지 않았다.

기문은 유리창에 비친 자신을 바라봤다. 안으로 굽은 등과 처진 어깨가 검게 염색한 머리에도 불구하고 노인의 것을 닮아있다. 감추고픈 좌절감이 그의 몸을 타고 뚝뚝 떨어졌다.

완벽한 고독의 시간. 기문의 생이 얼마 남지 않았다. 홍제와의 약속을 이행할 시간도 얼마 남지 않았다.

7

오르는 교차로 횡단보도 중앙에 갇혔다. 제멋대로 날아다니는 탈린을 쫓아서다. 붉은 신호등이 켜지기 전에 건너가야 했다. 탈린이 도로를 건넌 상황이지만 오르는 뒤처졌다.

미국과 유럽 그리고 가까운 일본에서도 자연발화로 의심되는 시체가 발견되었다는 가십거리 뉴스가 연일 인터넷을 도배했다. 불의 살인. 그것은 발화점을 찾지 못한 사건에 붙여진 또 다른 표현이었다.

누군가 탈린의 존재를 알아채기라도 한다면, 오르는 생각만으로도 오금이 저렸다. 탈린이 서랍에 있거나, 방에 있거나, 집에서 돌아다니는 것이라면 괜찮았다. 바깥을 돌아다니는 것은 문제가 심각했다. 그럼에도 벼룩처럼 튀어나온 불꽃 탈린은 대문 밖으로 도망치듯 줄행랑을 쳤다.

깜짝 놀라 뒤쫓아 갔지만, 탈린을 따라잡는 일은 어림도 없었다. 오르는 차가 오가는 교차로에 위태롭게 서있었다.

"죄송합니다. 죄송합니다."

오르는 급정거한 운전자들의 불같은 화에 허리만 연신 굽실거린다. 위험천만한 교차로 횡단보도에 서서 운전자를 상대하느라 탈린의 꼬리도 놓치고 말았다.

"맘대로, 멋대로 어디 한번 돌아다녀보라지. 문도 열어주지 않을 거야. 물벼락을 맞아도 난 모른다고!"

오르는 분한 마음을 그대로 싸질렀다. 홧김에 아무 말이나 주워 삼켰지만 그 한편으로 탈린이 걱정되는 것은 어쩔 수 없었다. 경찰에게 발각되기라도 하면, 살인범 탈린이 되어 유치장에 갇히게 될지도 모를 일이다.

오르는 뒤늦게 행단보도를 무사히 건넜지만 탈린은 어디에도 보이지 않았다. 근심어린 한숨은 절로 터져 나왔다.

오르는 사나운 심사를 참지 못하고 발에 걸린 깡통을 냅다 찼다. 지나가는 남자의 정강이를 때린 깡통이 소리를 내며 바닥을 구른다.

"어떤 녀석이야!"

남자가 신경질적으로 뒤돌아섰다.

오르는 부랴부랴 대로변 안쪽으로 숨어들었다. 그러고는 성난 남자를 빼꼼 내다봤다. 남자의 화가 지나가기를 기다리는데, 누군가 뒤에서 오르의 어깨를 톡톡, 친다.

"엄마야!"

오르는 예상치 못한 상황에 외마디 비명을 질렀다.

"여기 숨어서 뭐해?"

뜻밖에도 귀화다.

"귀화 씨야말로 왜 여기서 나타나는 건데?"

비명을 물린 오르는 어안이 벙벙했다. 뭔가 헛것을 본 것처럼 자신의 눈을 비볐다. 이번엔 제대로 보이겠지. 아니었다. 오르는 머리가 띵해왔다. 눈앞의 귀화는 레스토랑의 유니폼을 입고 있었다. 매일 어디를 가냐는 말에도 볼일이 있다며 둘러대던 그녀다. 문화센터를 들락거리거나 친구를 만나러 다닌 게 아니라는 것은 확실해졌다.

귀화는 오르도 가본 적 있는 레스토랑의 직원 유니폼을 입고 있었다.

"내가 저기서 일한다는 것을 알고 온 것 아니었어?"

귀화가 되레 뜨악한 표정을 짓는다. 레스토랑에 온 손님을 문 앞까지 배웅하던 차였다. 귀화는 골목의 건물외벽에 달라붙어 있는 오르를 발견했다. 자신을 마주하기 민망해서 돌아서있는 줄로만 알았다.

"왜, 말 안했어요? 저기서 일한다는 거?"

"음, 첫 월급이라도 받으면 그때 말할 참이었지. 그 전에 잘릴지도 모르고……."

귀화는 아무렇지도 않은 얼굴로 말했다.

젊은 사람도 하기 힘든 레스토랑 일을? 하기는 귀화가 한가롭게 시간 쓰는 것을 본 적이 없다. 항상 무엇인가에 열중해 있었다. 돈이 생기는 일이든, 생기지 않는 일이든 귀화는 뭔가를 하고 있는 자신의 모습을 좋아했다. 누가 청하지 않아도 누군가는 해야 되는 일이면 귀화는 먼저 다가갔다. 그리고 행동했다. 귀화는 천성이 그런 사람이다.

그것이 정상인지, 아닌지 오르는 모른다. 귀화가 고령이라는 것을 감안하면, 활동량이 유난히 많다는 것만은 확실히 했다. 유니폼이 아니었다면, 귀화가 일을 한다고 해도 그냥 넘겼을지 모를 일이다. 유니폼은 귀화를 완전 딴 사람처럼 만들어버렸다.

"귀화 씨 나이가 몇인 줄이나 알아? 낼모레면 두 자리 수를 가뿐이 넘어설 나이라고."

오르는 유니폼의 귀화를 보고 있자니, 왠지 슬프다.

"해마다 먹는 나이가 무슨 대수라고. 그리고 나만 먹어? 너도 먹는 거거든."

"백발에 힘도 없는 할머니를 어떻게 직원으로 부릴 수가 있어! 앞장 서! 아무래도 거기 사장님이 제정신이 아닌 것 같아. 내가 가서 한마디 해줘야겠어."

"아서라. 우리 사장님, 마흔 청년이야. 내 집 같은 레스토랑을 운영하는 게 우리 사장님 철학이야. 집에선 나를 맞아주고 배웅해주는 엄마가 당연히 있어야지."

"귀화 씨가 무슨 엄마야, 할머니지."

"누군가에게는 할머니가 되겠지만, 또 누군가에게는 엄마가 되지 않겠니? 세상에 젊은 엄마만 있는 건 아니란다. 어느 집에 선 할머니 엄마가 있기도 하고 그러는 거지."

"그런 거, 난 몰라."

오르는 험상궂게도 눈살을 찌푸렸다.

"속상해 하지 마. 내가 몇 살인가 하는 건, 내가 하는 일과 상관도 없고 중요하지도 않아. 나이보다 중요한 건 살아있기 때문에 뭐든 할 수 있다는 게 중요하지. 젊은 사람들처럼 빨리 움직일 수야 없겠지만, 느린 게 꼭 나쁜 것만은 아니잖니? 나 같은 늙은이가 좋다는데, 필요하다는데 내가 마다할 이유가 없지. 이렇게 버젓이 살아있는데, 내가 방구석에만 있으면, 우리 오르가 좋아라할까? 행복하다고 할까?"

"귀화 씨의 말재간을 내가 어떻게 이기겠어. 당해낼 재간도 없는 거지. 힘들지는 않아?"

"전혀. 손님을 가족처럼 반겨주고 배웅해주는 게 내가 하는 일의 전부인걸. 집에서도 우리 오르를 위해 내가 하는 일들이지. 좀 더 많은 사람들을 반겨주고 배웅해주는 것뿐이라고. 이만하면 몸도 꼬장꼬장하고, 걸음걸이도 반듯하고, 움직임도 꽤나 쓸만하게 민첩하지 않아?"

"힘들면 언제든 관둘 거지?"

"세상에 안 힘든 일이 어딨어? 힘든 만큼 보람이 따르는 게 노동이란 거야."

"내가 또 졌어."

오르는 새침하게 군다.

귀화가 특별한 사람이라는 것은 오르 자신이 누구보다 잘 안다. 정말 모르겠는 것은 귀화를 움직이게 만드는 무한의 원동력이 무엇인가 하는 것이다.

귀화는 단 몇 차례 만난 남자를 가슴에 품고 뚜벅뚜벅 살아왔다. 생각한 대로 움직이고 행동하는 대로 생각했다. 그러면서 일생 독신의 삶을 구가해온 그녀다.

오르가 아는 한 귀화는 이 세상의 많은 이야기들을 알고 있는 사람이기도 했다. 개미의 똥이 어떻게 생겼는지, 구름은 왜 마당까지 내려오지 않는 것인지, 어떻게 하면 사람의 어깨에 날개가 생길 수 있는지, 코끼리를 마당에 키울 수 있는 방법은 무엇인지 등등. 묻기만 하면 답변은 자동으로 나왔다.

오르는 귀화로 인해 무한한 상상의 세계에서 살았다. 생각의 날개가 광야를 향하고, 험준한 산을 타고 오르며 때로는 구름을 마법의 양탄자삼아 허공을 날아다녔다.

귀화는 그런 사람이다. 어떤 말로도 표현하기 어렵고, 그 어떤 자판도 찍어내지 못할 진귀한 이야기들을 들려주는 그런 사람 말이다. 귀화와 있자면, 오르의 날들은 매일 흥미로운 모험의 연속이었다.

탈린을 만나기 전까지, 오르에게 귀화는 이야기 창구였다. 탈린에 정신 팔려 귀화가 어떤 존재였는지를 잠시 잊고 있었다. 귀화를 움직이게 하는 원동력, 그것은 어쩌면 새로운 오늘이 아닐까.

"귀화 씨는 다른 인생을 꿈꿔본 적 있어? 혼자 독신으로 사는 거 말고."

"네 말대로 낼모레 백세인 꼬부랑이 젊은 애들 입는 유니폼을 입었는데, 그럼 됐지. 뭐가 더 필요해? 어제와는 다른 유니폼 인생이잖아. 복잡하게 다른 생 찾지 말고, 지금 네 앞에 주어진 생을 마음껏, 열심히 누리라고. 우리에게 있는 건, 흘러간 과거도 다가올 미래도 아닌 바로 지금뿐이거든."

귀화는 눈을 찡끗했다. 그러고는 소녀처럼 입을 가리고 키득거린다.

귀화는 다른 삶을 꿈꾸지 않고 매일 뭔가를 한다. 그것으로 충분히 다른 삶을 살고 있는 것인지도 모른다. 햇살 알갱이를 땅에 뿌리며, 주름진 계곡을 천천한 걸음으로 건너가고 있는 것이다.

"언제쯤이면, 나도 귀화 씨처럼 멋진 사람이 될 수 있을까?"

오르는 레스토랑을 향해 걸어가는 귀화의 팔짱을 끼고 건는다.

"지금도 멋진 아가씨지. 실은 내게 온 그날부터 멋진 아이였어, 넌. 그러니까 그런 쓸데없는 생각일랑 하지 말고, 네가 하고 싶은 걸 하란 말이야."

"귀화 씨처럼?"

"네가 나처럼 하면 안 되지. 아직 한창인데……."

귀화는 거기까지 말하고는 레스토랑으로 들어가는 것을 서둘렀다.

오르는 귀화가 문으로 들어가는 것을 바라봤다. 새로운 하루가 매일 펼쳐지고, 새로운 일들이 오르 앞에 있었다. 학교를 가다가도 들판의 잠자리를 쫓아서 혹은 친구나 낯선 풍경을 쫓아 엉뚱한 곳에 있기 일쑤였다.

오르가 없어졌다고 난처해하는 선생님들을 뒤로하고 귀화는 그때마다 용케도 오르를 찾아냈다. 오늘은 또 어떤 새로운 것을 봤냐고. 새로운 무엇을 했냐고. 귀화는 붉어진 눈시울에도 화사한 미소를 머금고 물었었다.

지금은 그 반대가 된 듯했다. 이렇게 지내도 되는 걸까? 오르의 머릿속엔 유니폼의 귀화가 들어앉았다. 탈린은 홀로 집에 돌아와 있었다.

"한번만 더 멋대로 나가면, 그땐 내 손으로 널 물속에 집어넣고 말거야."

오르는 귀화로 들쑤셔진 마음을 탈린에게 화풀이하듯 쏟아냈다.

노트북의 전원이 제 스스로 켜진 것은 그때다. 오르는 눈이 휘둥그레진다. 탈린의 소행이다. 서랍에서 탈린을 발견한 후로 생경한 일들이 종종 일어났다. 탈린은 이번에도 노트북 모니터 앞을 얼쩡댔다. 인터넷 화면이 현란하게도 넘어가더니 어느 순간에 고정되었다.

단 하나의 심장을 찾아서! 그것은 감동을 안길 이야기 공모에 대한 내용이었다.

"나보고 이걸 하란 거야?"

불꽃 탈린의 몸체가 부풀어 올랐다.

오르는 할 수 없다고 거부했다. 마음은 묘하게도 움직이고 있었다. 설레기도 했다. 이야기를 짓는 사람이 되는 것. 오르의 오래된 꿈이다. 하지만 '단 하나의 심장을 찾아서'는 픽션이 아니라 논픽션의 이야기를 찾고 있었다.

오르는 거기에 어울릴만한 아니 안성맞춤인 주인공 하나가 떠올랐다. 영겁의 시간을 몸에 두른 늙지 않는 젊음의 홍제. 그의 이야기를 쓴다는 것이 선뜻 내키지는 않았다. 그럼에도 오르의 마음은 혹했다.

"그래도 될까? 탈린이 들려준 홍제의 이야기를 내가 써도 될까?"

탈린의 사위가 또다시 크게 부풀었다.

수도사는 분명히 말했다. 책을 펼치고도 무사한 오르가 책의 주인이라고. 게다가 백지 책을 읽을 수 있는 사람은 자신 밖에 없지 않을까. 오르는 망설였다. 유니폼을 입은 백발의 귀화가 눈앞에서 오락가락했다.

오늘따라 귀화의 귀가가 늦다.

오르 자신도 뭔가는 해야 한다는 생각에 마음이 어수선했다. 오르는 귀화의 조언대로 지금을 살기 위한 채비를 했다. 살펴보고, 들여다보고, 사유하고, 곱씹어보고. 필요로 하는 것들은 오르 자신 안에 모두 있었다.

오르는 노트북 앞에 앉는다. 배 밑바닥에서부터 끌어 모은 숨으로 가슴을 부풀렸다가 후우, 하고 뿜어냈다. 오랫동안 꿈꿔왔던 일이다. 탈린의 이야기를 읽어내던 그때처럼 열 개의 손가락이 밤낮을 모르고 자판 위에서 춤을 췄다. 실패하더라도 좋은 경험이 되어줄 것이다.

오르는 브레이크 없는 자동차처럼 서사의 도로를 질주했다. 마지막 문장이 잉크 냄새를 풍기며 프린트기를 빠져 나올 무렵, 오르는 기진맥진해 큰대자로 뻗었다.

8

- 길하진 기자님?

하진은 신문사로 걸려온 국제전화를 받았다.

"그렇습니다만, 누구시죠?"

- 크리스입니다. 길유진의 매니저. 아, 이젠 전 매니저라고 해야겠군요.

유진이 사망하고 도망치듯 한국을 떠난 그의 연락은 의외였다. 하진의 목소리가 떨떠름하게 바뀌었다.

"제게 남아있는 용건이 없을 텐데요."

- 내게 아직도 화가 많이 나 있는 모양이군요.

하진은 그럴 리가 있겠냐고 대꾸했다. 하지만 풀리지 않은 응어리가 마음 어딘가에 있는 것만은 확실했다.

유진이 사망하기 전, 마지막으로 대면한 사람은 크리스다. 경찰의 발표와는 다른 뭔가를 크리스는 알고 있을 것이다. 하진은 그렇게 믿었다. 유진의 매니저로 십년 넘게 일했고 연주회가 있을 때마다 각국을 동행한 것도 그다.

하진은 만나주지도 않고 전화도 받지 않는 크리스를 찾아 무작정 호텔로 갔었다. 크리스는 이미 인천공항에 있었다. 곧장 공항으로 쫓아갔지만 크리스를 만날 수는 없었다. 그토록 한번만 만나달라고 간절히 청할 땐 도망치듯 가버렸으면서, 이제 와 무슨 할 말이 있다고 연락을 한단 말인가. 염치도 없이.

유진의 시간은 유럽과 러시아를 오가는 일정으로 늘 빠듯했다. 내한 일정이 잡히지 않으면 유진을 볼 수 있는 기회도 없었다. 유진은 몇 년에 한 번 올까 말까였다.

크리스와 인사를 나누게 된 것은 형 유진의 장난 때문이다. 하진과 통화를 하던 유진이 뜬금없이 휴대폰을 크리스에게 넘겼다. 한국어에 능숙하긴 했지만 그렇다고 하진이 그와 나눌 대화는 딱히 없었다. 형을 잘 부탁한다고 말했던가. 그것이 전부였던 것 같다.

유진의 내한공연 일정이 공식화되면서 크리스는 유진과 함께 한국에 왔다. 남자인지 여자인지 헷갈렸다. 언뜻 보기엔 남자 같은데 치렁치렁한 레이스가 달린 블라우스가 하진의 눈엔 거슬렸다. 하진은 처음부터 그가 마음에 들지 않았다.

- 그땐 어쩔 수 없었습니다. 유진의 죽음은 내게도 말할 수 없는 충격이었으니까 말이죠. 제 입장도 좀 헤아려주면 안되겠습니까?

"제 입장이 좀 바빠서 말입니다. 그럼, 이만 끊겠습니다."

- 잠깐만요. 중요한 얘기가 있어요.

크리스가 다급히 하진을 붙잡았다.

하진은 끊으려던 전화를 다시 귀에 댔다.

- 서두가 길 필요는 없겠네요. 본론만 말하죠. 유진의 아이를 찾았으면 합니다.

"네? 아이요?"

하진은 적잖이 놀랐다. 농담이라면 사양이다. 성인이 되기도 전에 유럽으로 간 유진이다. 아이가 있다는 말은 들어보지 못했다. 있다고 한들 한국에 있을 리 없잖은가. 그럼에도 하진의 심장이 무던히도 나댄다.

"그런 거라면 나보다 당신이 더 잘 알겠죠? 그 애가 어디서, 어떻게 사는지도……."

하진은 냉소적으로 대꾸했다.

- 나도 유진한테 말만 들었습니다. 한국을 떠날 때, 자신의 아이를 가진 여자가 있었다고……, 한 번 찾아볼 수 있을까요?

유진이 그 시절에 만난 여자라면 줄을 세워도 백 미터는 거뜬히 넘을 것이다. 하진은 자신도 모르게 코웃음을 쳤다.

"농담할 상대가 필요하다면 번지수를 잘못 짚으셨습니다, 그럼."

- 당신에게도 조카가 생기는 일인데 좋은 일, 아닌가요? 찾아

봐 주세요.

크리스는 자신이 할 말만 하고는 먼저 전화를 끊었다.

하진은 못내 불쾌했다. 유진의 아이? 웃기지도 않는 소리다.

학창시절, 유진은 인기 많은 소년이었다. 그의 목소리는 또 얼마나 많은 여학생들의 심금을 파고들었던가. 여학생들은 한 번만이라도 좋으니 유진과의 만남을 소원했다. 연습실 주변뿐 아니라 유진이 다니는 길목은 그를 쫓아다니는 여학생들로 늘 인산인해를 이뤘다.

인기 많은 유진 덕분에 하진은 귀찮은 일들에 종종 시달렸다. 여학생들은 하진을 보면 "유진이 동생?"하며 다가왔다. 유진에 게 전해달라며 편지와 선물을 하진에게 떠안겼다. 하진은 그들 이 막무가내로 떠맡기고 간 것들을 유진 앞에 팽개쳤다.

"이런 일, 정말 싫다고. 짜증난다고."

하진은 심통을 부렸다.

유진은 소리 내 웃었다. 그 웃음이 하진의 비위를 더 상하게 한다는 것을 유진은 모르는 듯했다. 하진은 괜한 짜증과 심술을 잔뜩 부리고 난 뒤면 괜스레 머쓱했다. 방에 들어가 한참을 나 오지 않거나 아예 집밖으로 뛰쳐나갔다. 한참을 쏘다니다가 으 슥한 밤이 되어서야 돌아와 조용히 잠자리에 들었다.

유진이 열여덟에 유학을 떠난 후로는 모든 것이 잠잠했다. 하 진이 심심하고 따분할 정도로. 영국으로 유진이 떠나고 그의 삶은 가족과는 동떨어진 것이 되었다. 형의 얼굴을 보는 일은 어려웠다. 세계적인 바이올리니스트라는 명성을 얻은 후에는 더욱이.

유진은 몇 년에 한 번 한국에 올까말까 했다. 그것도 공연 일정이 잡혀야만 오는 한국행이고 유진은 일정을 소화하는 것만으로도 분주한 날들을 보냈다.

사람들은 유진을 바이올린 천재라 불렀다. 하진이 기억하는 유진은 피멍이 올라온 손가락이거나 거북이 등껍질 같은 굳은 살뿐이다. 어느 땐 그의 손에 경의를 표하고 싶을 정도였다. 그만큼 유진은 연습이 전부인 음악가였다.

아버지와 어머니를 한꺼번에 잃은 그날에 유진은 관객들 앞에서 바이올린을 연주했다. 하진이 고등학교를 졸업하던 해다. 장마에 비가 억수로 내리던 그날. 건설현장을 살피러 갔던 하진의 부모는 빗물에 허물어지는 모래를 피하지 못했다. 비에 젖은 모래를 뚫고 나오는 일은 역부족이어서 그것이 마지막이 되고 말았다.

하진은 홀로 장례식을 치렀고 자원해 군에 입대했다. 바이올린에 미친 형이라고 원망할 여력도 없이. 유진이 부모 앞에 나타난 것은 세 번째 기일을 앞두고서였다. 유골이 안치된 납골당. 그곳에서 유진은 보란 듯이 바이올린을 연주했다. 하진은 분통을 터뜨렸다.

그러나 납골당을 무대삼은 유진의 애잔한 연주는 하진의 마음을 달래놓기에 충분했다.

"지랄."

하진은 감동의 속내를 그렇게 드러냈다.

"좀 더 일찍 오지 못해 죄송합니다."

부모의 납골함 앞에 선 유진의 미소는 무던히도 아파보였다.

유진이 국제전화라도 걸어오면 하진은 무뚝뚝하기 그지없었다. 잘 지내니? 응. 별일은 없고? 응. 그리고 침묵. 어색함. 잘 지내라. 형도. 통화는 토막 난 말들이 차지하고 종료는 맥없이 이뤄졌다.

그때에 뭐가 됐든 좀 더 많은 대화를 나눴어야하지 않았을까. 유진이 없는 상황에서 하진이 할 수 있는 것은 없었다. 짜증을 부리는 일도, 화를 내는 일도, 하진 자신의 조카에 대해 물어보는 일도 할 수 없다.

하진은 취재를 핑계로 신문사를 나왔음에도 심란한 마음은 수그러들지 않았다. 그 무렵의 유진이 연애를 할 짬이나 있었나? 그럼에도 짚히는 여학생이 있기는 했다.

"설마, 아니겠지? 아닐 거야."

하진은 이내 고개를 내저었다.

여학생들이 떠안긴 선물과 팬레터를 형 앞에 내팽개치던 그날이다. 하진은 잔뜩 불어터져 있었다. 바이올린을 켜는 형이 자랑스럽고 내심 또 부러웠다. 미처 표현하지 못한 마음이다. 쑥스러운 감정에 툴툴거리며 대문을 나섰다.

처음 보는 여학생 하나가 그곳에 있었다.

"네가 유진이 동생이구나. 난 리아야."

리아는 다른 여학생들처럼 똑같은 말을 하진에게 했다. 또야? 신경질적인 눈초리가 그녀를 향해 날아갔다. 그리고 하진의 생각과 몸이 경직되어갔다.

유행가 가사의 제목처럼 그녀는 예뻤다, 였다. 금방 머리를 감고 나온 사람처럼 리아에게선 향긋한 비누냄새가 풍겼다. 하진은 그 냄새에 아니, 그녀에게 자신의 마음을 내주고 말았다. 하진의 코는 민감하게도 반응했다. 사람들의 머리냄새를 맡는 버릇은 자신도 모르는 사이에 생겨났다. 성인이 된 후에도 버릇은 남아서 부지불식간에 나왔다.

여학생의 머리칼에 코를 박는 일이 빈번하게 발생했다. 그들은 변태가 나타났다고 소리를 질러댔다. 그저 냄새를 조금 맡았을 뿐인데, 욕설은 기본이고 붙잡히면 뭇매를 맞았다. 하진은 해명할 쯤도 없이 봉변을 당했다.

가까이 하기에는 너무 먼 리아의 냄새. 잊어야했다. 어려웠다. 중학생 하진은 비누란 비누는 종류별로 죄 사들였다. 리아의 냄새를 찾기 위해 용돈을 다 쏟아 부었다. 욕실을 비누천지로 만들어놓는 것도 모자라 하진의 방은 비누와 샴푸로 발 디딜 틈이 없었다.

리아의 관심이 유진에게 있음에도 하진의 관심은 온통 리아에게 닿아 있었다. 하진이 비누를 마구잡이로 사들인 일로 혼쭐을 당하는 때에도 유진은 구경만 했다. 엄마를 좀 말려달라는 동생의 말에 그저 빙긋이 웃기만 했다. 어떤 때는 혼나는 동생 앞에서 바이올린을 켰다. 미쳤다.

어쨌든 하진이 비누와 샴푸를 정신없이 사들이는 동안이다. 유진은 리아와 만남을 이어갔다. 하진의 눈앞에서 곧잘 사라지던 그들의 만남은 일 년을 넘기지 못했다. 유진이 전액장학금이라는 파격적인 조건으로 영국 유학길에 오른 것도 그 무렵이다.

리아가 유진을 불러달라고 청하는 일이 더는 없게 됐다. 하진이 리아를 볼 수 있는 기회도 사라졌다. 유진의 유학과 더불어 같은 동네에 살았던 리아도 이사를 갔다. 이십년도 더 지난 까마득한 시절의 일이다.

크리스가 유진의 아이를 찾는 데에는 그만한 이유가 있을 것이다. 하진이 모르는 유산을 유진이 남기기라도 한 것일까. 알 수 없다.

유진이 사망한 지 일 년이 지났다. 형의 죽음에 얽힌 하진의 복잡한 심사는 시간이 지나도 여전히 그대로다. 하진은 불현듯 리아의 일상이 궁금해졌다. 어디서, 어떻게 살고 있는지 알아보는 거야 나쁠 것 없잖은가.

9

기문이 홍제를 딛고 서겠다거나 뛰어넘겠다는 생각은 언감생심이다. 그러나 인간의 욕망이 늙지도 않고 죽지도 않는 것임에야 기문은 쓰고 헛한 웃음만 나왔다.

들켜서는 안 되는 일이다. 홍제의 젊음이 기문의 눈앞에서 아른거리고 그의 생을 자신이 원하고 있다는 사실 말이다.

기문은 가질 수 없다는 것을 알면서도 시나브로 갈구하기 시작했다. 인간의 부귀영화를 다 가졌다고 해도 홍제의 젊음 그 하나를 얻는 것과는 비교할 수 없는 일이다. 기문이 죽었다가 환생을 한다고 해도 가질 수 없는 생이다.

기문이 홍제의 젊음을 탐한다는 것은 불경스런 죄나 다름없었다.

홍제와 있자면, 사람들은 아들이냐고 묻는다. 세월의 흔적은 기문의 몸에만 새겨졌다. 홍제와 함께한 세월은 행운이자 또 불운이었다. 홍제의 기나긴 생에 견주자면 기문의 생은 핏덩이조차 되지 못했다. 핏덩이 생조차 되지 못한 기문의 인생이 어느새 노년에 있었다.

기문은 홍제의 손바닥 안에 있고, 홍제의 생을 가늠한다는 것은 어려운 일이다. 홍제가 늙지 않는 병을 앓고 있는 것이라면, 기문은 그것을 원했어야 했다. 그때는 몰랐다. 의술의 힘을 빌린다고 해도 홍제의 젊음은 감히 흉내조차 낼 수 없는 것이다.

기문이 나이를 먹어가는 동안에도 홍제의 젊음은 붙박이로 있었다. 초로의 노인 기문은 아들 같은 홍제를 삼촌이라 부르며 깍듯이 받들었다. 백발이 성성한 기문과 청년 홍제의 대화를 조금이라도 엿들은 이들은 노골적으로 눈살을 찌푸려댔다. 세상 말조를 운운하며 혀를 쯧쯧 거리기도 했다.

그도 그럴 것이 언론과 방송매체를 연일 장식하던 기문을 사람들은 한눈에 알아봤다. 조로증을 앓고 있어서 삼촌보다 늙어 보인다는 농담은 식상했다.

"제가 노망이 났던 모양입니다. 이제 그만 노여움을 푸시지요?"

오랜만에 마주한 홍제다. 기문은 죄송하다는 말을 먼저 했다.

홍제는 기문의 수발을 받는 저녁 내내 아무런 말도 하지 않았다. 빈말로라도 화난 게 아니라고 대꾸를 해줘야했다. 껄끄러운 침묵이 무겁게도 기문의 주변을 맴돈다.

보름 전, 기문이 병원에 다녀온 날이다. 건강검진을 다시 받은 것뿐인데, 홍제의 건강한 육체가 그날만큼은 기문의 심기를 무던히도 건드렸다. 그렇더라도 홍제 당신이 자신의 속을 어떻게 알겠냐는 막말은 하지 말았어야했다.

그날따라 텅 비어버린 것 같은 기문의 마음이 문제였다. 감정의 취기가 올라와 있던 것이 문제였다.

"삼촌이 원하는 이야기를 찾게 되면 그때는 어떻게 되는 겁니까?"

홍제의 두터운 침묵을 깨는 건 그가 찾는 이야기를 입에 담는 것이 그나마 빨랐다.

"언제까지 나를 삼촌이라 부를 거냐?"

홍제는 말끝에 찻잔을 입가로 가져갔다.

"입에 붙은 말이 돼놔서 그렇습니다. 싫으십니까? 늙은 놈이 삼촌이라고 자꾸 불러서? 달리 뭐라 불러드리면 좋겠습니까?"

기문은 또 눈치를 본다. 무슨 실수를 한 것은 아닌가. 홍제가 먼저 꺼내놓지 않는 한, 기문은 그의 생각을 알기 어려웠다.

"달리 부른다고, 내가 다른 누군가가 되는 건 아니지. 상관없어, 뭐라 부르든."

홍제는 먼저 말을 꺼내놓고는 원점으로 돌아갔다.

"말씀은 안 해 주실 겁니까?"

"뭘 말이냐?"

"삼촌이 원하는 이야기를 얻게 되면 그때는 어떻게 되느냐고 여쭸습니다."

"그거야……, 제자리를 찾아가겠지."

"뭐가 말입니까?"

홍제는 제자리를 찾아갈 '그것'에 대해 말하지 못했다. 그 자신도 아직은 알 수 없는 일이다.

이야기 하나가 무엇을 제자리로 돌려놓을 수 있다는 것인지, 기문은 통 이해되지 않는다. 자신이 가져온 책들을 홍제는 거들 떠보지도 않았다. 아예 관심이 없는 듯했다.

홍제는 기문을 보자마자 말했어야 했다. 특별한 것이 없냐고. 심장을 펄떡거리게 만들, 그게 아니면 심장을 멎게 할 그런 것이 없냐고. 기문이 숱한 이야기를 가져다 상납했지만 홍제의 말은 항상 같았다. 나중에 볼게. 홍제는 그 말조차 이제 하지 않는다.

"내가 지금껏 이곳에 있는 연유를 알아?"

홍제의 '이곳'이 인간 세상을 뜻한다는 것쯤은 기문도 알았다.

"그거야, 삼촌을 만족시킬 이야기를 제가 가져오지 못해서겠지요."

"뭐어, 틀린 말은 아니지. 하지만 이곳에 내가 있을 수 있는 건, 기억력이 나빠서야. 인간에 대해 기억해야할 것들을 내가 쉽게 망각해서."

그랬다. 안 그랬다면 홍제는 지금쯤 끔찍한 괴물이 되어있을지 모를 일이다. 홍제는 분연히 기문을 돌아본다.

"제가 잘못한 것이 있다면, 저로 인해 상심하셨다면 너그러이

용서해 주십시오. 다시는 그런 일이 없게……."

기문은 전에 없이 무릎을 꿇고 홍제 앞에 저자세를 취했다.

"용서를 구하는 건가?"

홍제의 눈초리에 의구심이 담겼다.

"염치없지만 그렇습니다, 삼촌."

"한 번 행한 일은 두번, 세번을 향해 가지. 그래서 다들 처음이 어렵다고들 하는 거야."

"다시는, 절대로, 안 그러겠습니다."

기문의 이마가 바닥에 닿았다.

"장담은 안하는 게 좋아."

홍제는 믿는 것도 안 믿는 것도 아닌 투로 말했다.

"모든 것이 제자리로 돌아갈 수 있게 제가 온 심혈을 기울이겠습니다."

기문은 홍제의 노여움을 풀기 위해 아는 것도 없이 또 장담했다.

"아둔한 인간은 정말 질색인데……."

"네에? 무슨 말씀이신지?"

홍제는 맥락도 없이 종종 그 말을 내뱉었다. 아둔한 인간. 어리석은 인간. 그 말을 들을 때마다 기문은 어리둥절했다. 자신을 향해 하는 말인지, 인간에게 하는 말인지 헷갈렸다. 몇 십 년을 홍제와 함께했음에도 기문은 그의 말이 어려울 때가 많았다.

기문이 자신의 인생을 통째로 내맡겼던 그때는 모든 것이 극명했다. 서로가 원하는 것을 서로에게 준다는 것. 공부를 하고 싶다. 차가 필요하다. 사업을 꾸려보고 싶다. 자금이 필요하다. 기문은 원하는 것을 말만 하면 되었다.

홍제의 약조는 금강석보다 견고했다. 기문이 하지 못할 것은 없었다. 홍제의 요구는 오로지 이야기 한 편. 심장이 먹먹해지거나 두뇌가 활동을 멈출 만큼 감동의 물결이 넘치는 이야기. 기문의 요구들에 견주면 보잘 것 없는 소원이다.

그러나 감정조차 계산적인 기문이 홍제의 하나뿐인 그 부탁을 들어줄 능력은 처음부터 없었다. 홍제는 그 사실을 처음부터 알고 있지 않았을까. 자신의 소원을 이뤄주기에는 기문이 싹수가 노랗다는 것을 말이다.

"왜 저를 선택하신 겁니까?"

"네 일이 순조롭지 않은 게, 너를 선택한 내 탓이라고 말하고 싶은 거야?"

"그럴 리가 있겠습니까. 삼촌의 부탁하나 제대로 들어드리지 못하는 제 자신이 미치도록 한심해서 그러는 것이지요."

홍제의 시선이 허공에 공허하게도 닿았다. 그가 기문을 선택한 게 아니다. 기문을 만난 그때, 홍제는 무참한 회의에 빠져있었다. 자신을 도울 채잡자들은 많았다. 그들은 모두 홍제가 원하는 것을 안겨주지 못했다. 홍제 자신도 못한 그 일을 인간이 할 수 있을 것이란 생각은 들지 않았다.

그저 한조각의 위로. 인간 세상에 머물러 있는 동안의 위로. 홍제가 인간을 통해 얻고 싶은 것은 그것이었다. 찾는다고 찾아지는 것이 아님을 홍제는 익히 알고 있었다.

찾을 수 없다면, 찾아지는 게 아니라면?

왔던 곳으로 돌아가는 일은 홍제 자신의 능력으로 할 수 있지 않았다. 신세한탄은 침통했다. 그런 홍제의 시야로 어린 기문은 무심하게도 흘러들었다. 자신이 버젓이 있음에도 능치고 달아나는 기문은 당돌했다.

홍제가 무력한 생각에 빠져있던 그때에 기문은 살기 위해 뭐라도 해야 했다. 어린 기문을 골려주려는 심사 같은 것은 털끝만큼도 없었다. 기문의 기를 꺾은 건 의도치 않은 일이다. 어린 기문이 홍제 앞에서 꺼이꺼이 목청껏 울부짖었다.

이상하게도 그 울음이 홍제의 마음을 울렸다. 그래서였을까? 어린 기문이 세상에 기대어 홍제 자신이 잠시나마 위로를 받았다는 것. 기문의 요구가 바닥을 드러낼 때까지 기다릴 수 있었던 것도 어쩌면 그 때문일지 모른다.

홍제의 수천 년 생에 비하면 기문의 시간이야 새 발의 피도 못되는 것이잖은가. 기다림은 언제나 홍제의 몫인 것이다.

"내가 맡긴 일은 어떻게 되어가고 있지?"

기분이 이제 좀 풀린 모양이다. 기문은 별것도 아닌 그 말에 기분이 고조됐다.

"조금만 기다려주십시오. 지구 반대편에 있는 이야기도 오는 데는 몇 초도 안 걸립니다. 제가 가진 전부를 걸고서라도 삼촌이 원하는 것을 반드시, 꼭 가져다드릴 겁니다."

"가진 것, 전부를 걸고서라도? 아깝지 않겠어?"

"제가 가진 것 중에 삼촌이 주지 않은 게 없지 않으니 괜찮습니다. 삼촌 덕분에 한 세월 가질 수 있는 건 다 가졌고, 누릴 수 있는 건 누려봤습니다."

한 가지만 제외하고. 기문은 그 말을 하고 싶었지만 목 뒤로 넘겼다. 입 밖으로 뱉을 수 있는 말이 아니다. 홍제의 영원한 젊음을 누려보지 못했다고. 홍제의 생은 나눠가질 수 없다는 것을 알면서도 유혹은 코앞에 있었다.

"시간이 얼마 남지 않았군."

"네에?"

기문은 시간이 얼마 남지 않았다는 홍제의 말에 뜨끔했다. 홍제는 어디까지 알고 있는 걸까. 무엇을 알고 있는 걸까. 기문은 애써 부인했다. 자신의 목숨이 얼마 남지 않았다는 것을 뜻하는 것은 아닐 것이라고.

기문은 안경 밑으로 손가락을 넣고 눈의 가장자리를 비볐다. 아무리 들여다봐도 홍제는커녕 자신의 마음조차 움직이지 않는 이야기들뿐이다. 쓰레기 같은 것들을 읽어내느라 자신의 눈만 짓무르고 있었다.

인터넷을 통한 이야기의 수집은 폭발적이어서 기문의 예상을 초월했다. 직원들이 거르고 거른 것들만이 기문 앞에 놓였다. 그것만 살피는 데에도 눈은 피로하고 몸은 고됐다.

홍제가 원하는 이야기를 곧 찾게 될 것이다. 기문의 그 기대는 시간이 갈수록 흐물흐물해졌다. 기문은 시간만 죽이고 있었다. 한심하기 짝이 없는 노릇이다. 눈을 마사지하던 기문은 안경을 아예 벗어든다. 의자에 등을 기대고 목을 뒤로 젖혔다.

언제쯤이면 약속을 지킬 수 있게 될까. 생각할수록 막막한 일이다.

똑똑. 누군가 문을 두드린다.

"도통 쉴 시간을 주지 않는군."

기문이 자세를 바로 하는 동안 편집실의 직원이 안으로 들어섰다. 기문은 무슨 일이냐는 얼굴로 직원을 바라본다.

"마지막 파일이 담긴 겁니다."

직원은 USB 하나를 기문의 책상 위에 놓아두고 나갔다.

"마지막이라고?"

기문은 코웃음이 절로 나온다. 홍제가 원하는 이야기가 이 안에 있다면 마지막이 될 것이다. 지금껏 봤던 응모작만으로 기문은 충분히 가늠했다. 홍제에게 바칠만한 이야기는 없다. 그럼에도 다른 방법이 있지 않았다.

기문은 직원이 가져온 USB를 컴퓨터에 꽂았다. 확인해야 할 파일의 수는 많아서 눈살이 절로 찌푸려졌다. 혹시나 싶은 마음도 이젠 없다. 그저 몸에 밴 습관처럼 파일을 열어보던 기문의 손길이 불현듯 멈춘다.

사랑 이야기에 붙은 「괴물」이란 제목이 묘하게도 기문의 마음을 끌어당겼다. 파일을 클릭했다. 화면이 열리는 동안 기문은 안경알을 닦는다. 안경 너머로 넘긴 페이지들이 보였다. 기문의 표정이 조금씩 굳어진다.

이 글을 쓴 응모자를 만나봐야겠다.

홍제가 반길 이야기일지는 알 수 없으나 기문의 관심과 흥미를 낚는 데는 성공한 이야기였다.

10

홍제는 바다와 마주하고 있었다. 기문의 흰머리만큼 홍제의 번민도 늘어갔다. 그가 만난 인간은 적당이란 선을 알지 못했다. 원하는 것을 다 주었음에도 만족은 그들의 것이 아니었다. 홍제를 위협했고 돌아서자면 비수를 등에 꽂았다. 그런다고 죽을 홍제는 아니지만.

괴물은 홍제가 아니라 인간들이다. 인간은 홍제를 손아귀에 넣기 위해 측은하게도 몸부림쳤다. 홍제에게 인간은 흔하게 태어나고 흔하게 죽는 생명에 불과했다.

인간은 아둔해서 그것을 알지 못했다.

홍제는 인간의 세상 저쪽 끝에서 이쪽으로 인간의 욕망을 타고 건너왔다. 인간의 살과 피 냄새를 맡으며 지옥천이나 다름없는 시간을 유랑하면서. 인간의 곁에서 홍제가 터득한 것이 있다면, 그것은 무한한 기다림과 인내심. 인간과 지내는 일은 절대적으로 인내심을 발휘하는 일이다.

그렇지 못했다면 장구한 홍제의 생은 어딘가에서 절단이 나도 났을 것이다. 더불어 인간도 무사하지는 못했을 것이다. 참아내지 못한 홍제의 분노가 인간의 세상을 가만두지 않았을 테니까.

홍제의 생은 장대 끝에 내걸린 깃발처럼 바람 불면 날리고 비가 내리면 젖기를 거듭했다. 숱하게 무수하게 끝도 없이 말이다.

기문이 차마 꺼내놓지 못한 말. 홍제는 듣지 않아도 알고, 그를 보지 않아도 알았다. 어린 기문의 통곡어린 눈물이 그랬던 것처럼 홍제의 마음을 달래주는 것은 돈으로 살 수 없는 것들에 있었다.

홍제가 찾아야하는 이야기는 그래서 수월하지 않았다. 감정조차 수학적인 기문이 가져오지 못하는 것은 당연한 일이다. 문명의 온갖 이기를 활용해서라도 홍제가 원하는 것을 찾아다주고야 말겠다는 기문의 마음은 기특했다.

홍제로 하여금, 혹시나 하는 기대감마저 들게 하는 것이다. 찾고 또 찾고를 반복하다보면 언젠가는 어딘가에 있을 단 하나의 영롱한 진주를 캘 수 있지 않을까.

파도가 하얀 거품을 물고 홍제를 향해 달려든다.

발표 전에 응모자를 만나는 일은 상식적이지 않은 일이다. 게다가 근무시간도 아닌 야밤에 이를 알려온 전화는 수상쩍었다. 오르는 고개를 갸우뚱했다. 한 번 만나주겠냐니? 의문은 꼬리에 꼬리를 물었다.

그리고 약속 당일, 오르는 시간보다 이르게 도착해 있었다. 고층 빌딩의 스카이라운지에서 약속의 상대를 기다렸다. 이런 곳에서 만남을 청한 것을 보면 상대는 평범한 직급의 직원은 분명 아니다.

오르는 나름의 추론을 하며 발밑으로 보이는 도시의 풍경을 내다봤다.

"차오르 씨?"

"네에?"

오르는 소리를 향해 고개를 돌렸다. 그리고 벌떡 일어섰다.

"글을 봤을 땐 나이가 좀 있는 줄 알았는데, 이렇게 젊은 아가

씨라니 의외군요. 많이 기다리셨습니까?"

쥐색의 가디건이 잘 어울리는 노신사는 말투도, 행동도 점잖았다.

"아니요. 저도 방금 왔는걸요."

오르는 긴장했다.

"단 하나의 심장을 찾아서, 공모전 책임자 정기문입니다. 앉으시지요?"

오르가 의자에 앉고 나서야 기문은 맞은편에 자리했다.

"마감일이 겨우 지난 것 같은데, 저를 보자고 하신 이유가……."

"음, 궁금했다고 하면 대답이 되겠습니까?"

기문은 말허리를 자르고 말했다.

좋은 징조인지는 알 수 없다. 단순한 궁금증일 수도 있지만 오르는 자신의 글이 누군가의 관심을 끌었다는 사실이 기분 나쁘지 않았다.

"우리 공모가 논픽션이란 건 알고 계시겠죠?"

"물론이죠."

"허구라는 게 밝혀지면 선정이 되어도 차후에 취소될 수 있다는 것도 당연히 알고 계실 테고요?"

"이야기가 진짜인지 아닌지, 그걸 확인하려고 저를 보자고 하신건가요?"

그런 것이라면 굳이 만나자고 할 필요까지는 없었다. 오르의

118

이야기가 평범한 인간의 것은 아니어서 믿기 어렵다면 누락하면 그만이다. 전화로 물었어도 얼마든지 답해줄 수 있는 내용이었다.

"그럴 리가 있겠습니까. 이곳에 좋은 루왁 커피가 있는데, 어떻게 한 잔 하시겠습니까?"

오르의 대답을 듣기도 전에 기문은 스카이라운지의 직원을 손짓으로 불렀다. 기문의 태도는 주문이 아니라 지시하는 것처럼 보였다.

스카이라운지의 운영자인가? 어디서 본 듯한 낯익은 얼굴이지만 오르는 그가 누구인지 떠올리지 못했다.

직원이 내온 커피의 향은 고급스럽고 풍미 또한 훌륭했다. 아직 오르가 맛보지 못한 커피다. 찻잔 또한 다른 테이블에 있는 것과는 비교되지 않게 독특해서 자신의 앞에 있는 사람이 평범한 사람은 아니라고 확신했다.

"오르 씨의 이야기 주인공을 직접 한 번 만나봤으면 싶은데 말입니다."

기문은 커피를 한 모금 마신 후에야 본론을 꺼내놓았다.

글 속의 주인공을 만나고 싶다는 것을 어떻게 받아들여야할지 난감했다. 오르는 생각 끝에 자리를 털고 일어섰다.

"죄송합니다. 이건 아닌 것 같습니다."

"뭐가 말입니까? 오르 씨의 주인공을 만나는 거 말인가요? 제 말이 불쾌하게 들렸다면 사과하죠."

기문의 말은 차분하고 부드러운 힘이 작용했다. 젊은 아가씨의 성급한 행동쯤은 힘 안들이고도 제압할 수 있는 어조다. 기문의 앉으라는 눈빛과 마주한 오르는 최면에라도 걸린 듯 도로 의자에 앉았다.

막대한 상금이 걸려있다는 것은 그만큼 경쟁이 쟁쟁하다는 뜻이다. 선정과정 또한 만만치 않게 치열하다는 것을 의미했다. 그렇더라도 글 속의 주인공을 만나고 싶다는 상대방의 말은 달갑지 않았다. 모욕처럼 느껴졌다.

오르는 귀화의 사랑에 관한 이야기로 공모에 응모했다. 영원한 젊음을 가진 남자를 사랑한 여인의 인생에 관해 오르는 아는 만큼 적었다. 처음 쓴 글이 제대로 될 리 없지만, 귀화의 일생에 걸친 사랑만큼은 진짜였다.

"제 얘기가 그냥 허튼 소설을 쓴 것이라고 여긴다면 쓰레기통에 버려주세요."

오르는 자신을 주시하는 기문의 눈초리를 피해서 말했다. 그러고는 다시 벌떡 자리에서 일어섰다. 인사는 하는 둥 마는 둥 했다. 화끈거리는 얼굴로 기문과의 자리를 벗어났다.

기문은 붙잡지 않았다. 대신, 휴대폰을 꺼내 들었다.

"차오르. 그 아가씨에 관해 좀 알아봐. 가족, 친구, 남자친구, 전부 다."

12

언덕바지에 자리한 동네는 별반 달라진 것이 없었다. 이십 여 년 전, 하진이 살았던 그 동네다. 초입에 들어선 대규모의 아파트 단지로 인해 자신이 살던 집마저 사라졌으면 어쩌나 우려했다.

언덕길을 따라 쭉 올라서자 산자락 동네도 하진이 살던 집도 그대로인 것이 눈에 들어왔다. 주택 외관이 리모델링되었고, 마당에 있던 소나무가 아름드리가 됐다는 것 말고는 달라진 것이 없는 듯했다.

하진은 어릴 적 추억이 고스란한 집 주변을 한동안 얼쩡댔다. 집주인인 듯한 남자의 등장에 하진은 서둘러 발길을 돌렸다. 리아가 살던 집이 이곳에서 그리 멀지 않다. 유진과 헤어지고 집으로 돌아가는 리아를 뒤쫓던 기억을 떠올리며 하진은 가는 길을 더듬는다.

어두운 골목길을 뛰어가던 리아. 그녀가 눈앞에 있다는 것만으로도 어두운 골목은 대낮처럼 환했다. 리아가 대문 안으로 사라진 다음에도 하진은 담장 아래서 밤이 가는 줄도 모르고 서있었다.

하진이 살던 집에서 몇 분의 거리다. 다시 찾은 리아의 집은 재개발지역이 되어 어수선했다. 하진은 간판이 멀쩡한 도로 건너의 세탁소에 들렀다. 머리가 허연 남자가 고객의 와이셔츠를 다리고 있었다.

"마당에 목련나무가 있던 집을 혹시 아십니까? 저기 재개발 지역 안에 있던 집인데……."

하진은 세탁소 전면 유리창 밖으로 보이는 건너편을 손짓하며 물었다.

"그런 집이 어디 한둘인가요. 지금은 저렇게 폐허나 다름없지만 이년 전만 해도 집집마다 목련 한 그루씩은 다 있었습니다."

세탁소 주인은 대수롭지 않게 말했다.

리아의 성을 알면 찾기가 더 수월하지 않았을까. 하진은 입맛만 다셨다. 크리스의 말을 무작정 신뢰할 수도 없는 일이다. 그럼에도 유진의 사생활에 관한 것이라면 자신보다 그가 더 많이 정확하게 알고 있을 것이다.

하진은 폐허가 된 동네를 관망만 하다가 퇴근 무렵 신문사로 돌아왔다. 유진의 아이는커녕 리아를 찾는 일도 쉽지 않을 것이란 생각을 하면서.

그리고 그 다음날이다. 세탁소에 두고 온 하진의 명함을 들고 누군가 신문사를 찾아왔다. 차리아를 찾는다면서요? 하진은 전화를 끊자마자 로비로 쏜살같이 달려 나갔다. 차리아. 하진은 그제야 리아의 성이 '차'라는 것을 알았다.

하진이 로비에 나타나자, 통통한 몸매에 안경을 쓴 중년여자가 손을 번쩍 들었다. 하진은 그 여자를 향해 걸었다.

"차리아 씨와는 어떻게 아시는 사이신지?"

"거의 단짝이었죠. 갑자기 이사를 간 뒤로는 연락도 안 되고 통 만날 수도 없었는데, 아버지가 신문사 기자가 다녀갔다면서 리아의 이름을 꺼내지 뭐예요. 친정집에 잠깐 들렀던 건데, 리아를 찾는 소식을 듣게 될 줄은 몰랐어요."

여자는 마른입술을 침으로 적시고 말했다.

"리아 씨에 관한 소식은 모른다는 거네요?"

"그렇죠. 리아가 어떻게 지내는지 궁금하던 차에 기자님 명함을 받게 된 거죠. 실은 그때 서울 외곽으로 간다는 말을 듣긴 했거든요. 근데, 기자님은 리아를 왜 찾으시는 건데요?"

"길유진이란 사람을 혹시 아십니까?"

"내 생각이 맞았네. 그 사람 동생이죠? 길씨가 흔한 성은 아니잖아요. 리아가 가끔 그쪽 얘기를 했거든요."

여자는 호들갑스럽게 손바닥을 쳐댔다.

"내 얘기를요? 뭐라고요?"

하진은 눈을 끔뻑거렸다. 유진에 관한 얘기라면 또 모른다. 리아가 자신의 얘기를 했다는 말에 심장이 괜히 쿵, 한다.

"유진이 동생이 있는데, 꽤나 귀엽다고……, 하하하."

하진이 몰래 따라다녔다는 것을 리아는 알고 있었다. 여자의 말에 객쩍어진 하진은 먼 산을 보듯 시선을 돌렸다.

"그렇게 유명한 바이올리니스트가 될 줄은 리아도 몰랐겠죠? 그때 그렇게 헤어지지 않았다면 유진이 죽지 않았을지도……, 아, 미안해요, 내가 괜한 말을."

"지나간 일입니다."

하진은 담담하게도 말했다.

"리아가 바이올린 켜는 남학생과 사귄다고 하길래, 나도 한 번 만나게 해달라고 졸랐었는데……. 잘생긴 남학생으로 소문이 났었잖아요. 샘도 나고 리아가 부럽기도 하고."

"그땐 그랬죠. 하하."

하진도 인정하는 바다.

여자는 오래 알아왔던 사람처럼 흉허물 없이 말을 늘어놓았다. 리아가 비밀로 했던 말은 세월이 흘러 단짝이라는 여자의 입을 통해 흘러나왔다.

"아무 말도 없이 이사를 가서 한동안은 서운했죠. 유진이 유학을 갔다는 소식을 듣고서야 고개를 끄덕였죠. 그래서 리아네가 느닷없이 이사를 갔구나."

"형의 유학과 리아네 이사가 연관이라도 있단 겁니까?"

"몰라요? 리아가 임신해서 그런 거잖아요."

"진짜요?"

하진이 귀를 쫑긋 세웠다.

"그때도 우리 집은 세탁소를 했고, 동네 손님들이 오면 그런 말들을 흘리기도 했거든요. 고등학생이 임신을 했다고……, 리아가 소문의 당사자일 줄은 몰랐죠. 나중에서야 동네를 떠난 이유가 그거였구나, 했죠."

"그 뒤로는 한 번도 본 적이 없단 말씀이군요?"

"네에. 그랬는데, 누가 리아를 찾는다고 하니까, 혹시나 싶어서……."

여자는 홀로 상념에 빠져든다.

"아이를 낳았을까요?"

하진은 여자를 현실로 불러들였다.

"모르긴 몰라도 낳았을 걸요."

"왜요?"

"언제더라, 그 집에 놀러간 적이 한 번 있거든요. 방송에서 낙태에 관한 얘기를 했었던 것 같아요. 그걸 본 리아 엄마가 우리를 앉혀놓고 생명은 축복이라면서 일장 연설을 했던 적이 있어요. 선생님이라 그런가보다 했어요. 거 왜, 훈계하기 좋아하잖아요, 선생님이란 직업이 자체가. 당신 딸 리아가 임신을 했다면,

충격을 좀 받긴 했을 테지만 낳게 했을 것 같긴 해요. 아, 이제 알겠다. 그 아이가 유진의 아이라고 여기는 거죠?"

"꼭 그런 건 아니지만……."

하진은 말꼬리를 흐렸다.

샌님처럼 굴던 유진이 리아와? 학생인 리아가 임신을 했고 아기를 낳았다면? 전혀 불가능한 것만도 아니었다. 그럼에도 하진은 머리가 복잡해왔다. 리아의 인생이 순탄치만은 않았을 것이기에. 하진의 우려와 달리 잘 살고 있을지도 모를 일이지만 마음은 편치 않았다.

하진은 일부러 와준 여자를 건물 앞까지 배웅하고 사무실로 돌아왔다. 또 다른 불의 살인이 그를 기다리고 있었다.

핀란드에서다. 동료기자의 언질에 하진은 서둘러 인터넷에 접속했다. 핀란드에 산다는 교민의 SNS에 한글로 번역된 불의 살인에 관한 글이 올라와 있었다.

교민은 자연발화 시체를 놓고 벌이는 한국에서의 논쟁을 관심 있게 본 듯했다. 교민이 올린 기사는 캠핑카 한 대가 산타마을의 인근 숲에 한 달이 지나도록 방치되어 있었고, 주민의 신고를 받은 핀란드 경찰이 캠핑카 인근에서 두 사람의 유골을 발견했다는 내용이다.

하진은 그들의 신원을 알기 위해 핀란드 소식통을 샅샅이 뒤졌다. 주차된 캠핑카에서 1킬로미터쯤 떨어진 곳에서 발견된 시체는 여행 중이던 외국인 부부로 밝혀졌다. 숲이긴 하나 눈이 많이 내린 상태여서 불이 나더라도 번질 위험은 그리 높지 않았다. 그럼에도 시체는 뼈만 남은 상태여서 휘발유를 뿌린 방화 살인이 아닌가에 초점이 맞춰져 있었다.

한국 내에서 일어난 사건과 유사함에도 자연발화라는 터무니없는 수사는 없었다. 하진은 핀란드 경찰에 전화를 걸었다. 그들은 캠핑카에 있던 여권을 확인한 결과, 사망자가 스위스인 남자에 한국인 여자라고 신원을 확인해 주었다.

하진이 그토록 찾아다니던 리아의 소식은 핀란드 경찰의 입을 통해서였다. 사망한 한국 여자의 이름을 경찰은 한 음절씩 끊어서 들려줬다.

차. 리. 아.

하진은 다른 것은 대충이어도 이름만은 명확하게 알아들었다. 그리고 얼이 빠졌다.

13

　오르는 숨을 헐떡거리며 뒤쫓아 갔다. 지쳐서 멈춰 서자면, 탈린은 먼발치에서 더 멀어지지 않고 기다려줬다. 오르가 좀 쉬었다 싶으면 탈린은 이동을 다시 했다.

　"대체 어디를 가자는 거야?"

　오르는 힘에 부쳐 투덜거렸다. 앞서 가는 탈린을 놓치지 않기 위해 따라붙었다. 탈린의 움직임만 보고 쫓아온 걸음이건만 오르는 끝내 놓치고 말았다.

　탈린을 찾아 오르가 고개를 돌렸을 때다. 오르의 시야로 들어온 '클럽 도깨비'의 네온사인 불빛이 번쩍거렸다.

　"클럽 도깨비?"

　오르는 네온사인의 파란 불빛에 이끌렸다. 안으로 들어서자, 고막을 찢을 듯한 소리가 윙윙거렸다. 현란한 조명이 정신 사납게도 오르를 향해 달려들었다. 뭔가 끈적끈적한 분위기는 나중이었다. 이런 곳에 탈린이 있을 리 없다. 오르는 들어온 발길을 돌렸다.

그리고 출구를 향해 나가려던 찰나다. 오르는 자신의 앞을 막아서며 들어서는 남자와 정면으로 맞닥뜨렸다. 그를 피해 움직임에도 그때마다 남자의 구두가 자신 앞에 놓였다.

"이러다간 밤새 좌우로 스텝만 밟겠군."

시끄러운 음악소리에도 남자의 말은 오르의 귀에 쏘옥 들어와 박혔다. 오르는 그제야 고개를 들었다. 남자와 눈이 마주친 오르는 첫눈에 반한 듯 멍하니 서있었다.

클럽에 있던 여자들의 눈초리가 오르를 향해 쏟아졌다. 그랬음에도 오르는 그곳에 남자와 자신만 있는 것 같은 착각에 빠졌다.

"죄송합니다."

오르는 뒤늦게 정신을 차렸다. 옆으로 비켜섰다.

"나는 홍제, 당신의 홍제입니다만."

남자는 지나가기는커녕 오르를 마주했다.

"네에?"

남자는 웃고 있었다.

여자들의 따가운 눈총. 시샘과 질투 그리고 부러움과 실망이 뒤엉킨 것이지만 오르는 짐작조차 하지 못했다. 어디선가 들어본 듯도 한 '홍제'가 오르의 입안에서 계속 맴돌았다.

오르는 클럽 안 사람들에 의해 일순 둘러싸였다. 이래서는 나갈 수도 없다. 오르가 난감해 하는 동안 홍제가 눈길 한 번으로 사람들을 물리는 놀라운 광경이 펼쳐졌다. 바다를 둘로 가르는 모세의 지팡이처럼 홍제는 눈빛으로 자신의 길을 만들어냈다.

홍제는 오르에게 손을 내밀었다. 이 손을 잡고 나를 따라오시오, 그런 표정이다. 오르는 홀린 것처럼 홍제의 손에 자신의 손을 얹는다. 클럽의 여자들이 오르를 홍제의 저편으로 데려가는 일도 그 순간에 벌어졌다.

오르는 제발 좀 놔달라고, 발버둥을 치다가 번쩍 눈을 떴다. 자신의 방이다. 꿈이다. 클럽 도깨비도, 시끄러운 음악도, 홍제도.

이렇듯 생생한 꿈이라니. 눈을 뜨기 직전 꿈속의 남자는 오르를 만나러 오겠다는 말을 하고는 사라졌다.

"당신의 홍제입니다만, 이라고?"

오르는 닭살이 돋는다.

새벽, 4시. 탈린은 책상 위에 있었다. 오르는 탈린을 서랍에 넣고 다시 이불속에 눕는다. 잠은 오지 않았다. 꿈에서 봤던 홍제는 눈을 감아도 아른거렸다.

아무리 생각해도 신기한 꿈이다.

이틀이 지난 늦은 밤. 오르는 귀화가 잠든 것을 확인하고는 집을 빠져나왔다. 올라오는 열기에 을씨년스런 밤길을 홀로 쏘다녔다. 어둠이 내린 골목엔 정체를 알 수 없는 소리들이 모여

사는 것만 같다. 밤고양이의 울음이 날카롭게 어둠을 가르고 오르는 무작정 뛰었다.

비는 예고도 없이 내렸다. 오르의 머리가 젖고 어깨가 젖고 팔과 다리가 젖어들었다. 발걸음이 더뎌진다. 오르는 아스팔트에 부딪혀 깨지는 빗방울을 밟으며 걸었다. 땅만 보며 걷다가 마주오던 이와 부딪고 말았다.

"죄송합니다."

오르는 눈앞에 보이는 구두에 대고 사과를 했다.

"사과는 사양해, 피차일반. 그나저나 이 밤에 왜 비를 맞고 다니지?"

구두가 내는 소리는 귀에 익었다. 오르는 구두의 주인을 바라본다. 달처럼 하얀 그의 얼굴이 검정 우산 아래서 가로등처럼 빛났다. 꿈에서 봤던 바로 그 홍제다.

오르는 다리의 중심을 잃고 휘청거렸다. 홍제의 환한 얼굴이 고장 난 전구처럼 깜빡거리더니 급기야 픽, 나가버렸다.

"멘탈이 이렇게나 약해서야, 원. 몸이 부실한 건가?" 홍제는 쓰러지는 오르를 부축했다. "정신 좀 차려봐."

오르는 겨우 뜬 눈으로 홍제의 눈동자를 응시했다. 홍제가 비에 젖은 오르의 머리칼을 쓸어 올렸다. 두피에 닿은 그의 손끝에서 전류가 흘러나오는 듯했다. 오르는 찌릿한 기운에 또 몸을 떤다.

홍제는 시종일관 다정하고 부드러웠다. 그의 손길에 오르는 긴장했고 또 설렜다. 우산 위로 후드득거리며 빗방울이 떨어졌다. 나대는 심장소리. 고양이 울음소리. 어둠의 소리. 홍제의 목소리. 그곳의 소리들이 모여 오케스트라를 이룬 듯했다.

홍제가 지휘하는 밤의 소리는 청아하고 또 웅장했다. 골목이 거대한 공연장이 된듯했다.

"병원에 데려다 줄게. 아니면 집으로?"

괜찮다는 말은 하지도 못했다. 오르는 달싹이는 홍제의 입만 바라봤다. 홍제는 그런 오르를 들춰 안고 빗속을 성큼성큼 걸어 나갔다.

이건 꿈이다. 꿈에서 만난 남자를 꿈에서 또 다시 만나는 꿈. 내려놔달라는 말을 하고 싶었지만 오르의 말문은 좀처럼 열리지 않았다. 꿈에서 깨는 일도 일어나지 않았다.

진짜란 말인가?

비현실적인 지금의 상황이?

오르는 얼떨떨하기만 했다.

홍제의 우산이 홀로 골목을 뒹굴고 으슥한 밤이 숨죽이며 그들을 따라붙었다.

14

　귀화는 마른하늘에 뇌성벽력이 일던 날만큼이나 비장한 얼굴
이다. 칼처럼 출근하던 귀화가 출근도 하지 않고 집에 있었다.
외출하려는 오르의 팔을 붙잡고 말이다.

　무슨 일이 생긴 게 분명했다. 그것도 엄청난 일이. 귀화는 결
연한 표정에도 슬픔이 어렸다.

　"귀화 씨, 할 말이란 게 대체 뭔데? 나 늦었단 말이야."

　"오르야, 네 엄마가……."

　귀화는 차마 말을 잇지 못했다.

　"갑자기 웬 엄마? 내게 엄마가 어뎄다고? 귀화 씨뿐인데……."

　귀화는 망설였다. 그래도 들려줘야하는 얘기였다. 몰랐던 엄
마의 존재지만 일이 이렇게 될 줄은 귀화도 몰랐던 일이었기에.

　"네 엄마가 떠났다는구나."

　"무슨 소리야? 귀화 씨도 어서 출근해. 늦겠어."

　"네게 엄마면 내겐 딸이기도 해."

오르는 황망한 눈길로 실소를 지었다. 엄마가 있다는 것도 몰랐는데, 그 엄마가 죽었다는 말을 듣게 되다니 웃기는 일이다.

황새가 물고 온 아이. 오르 자신의 출생은 그 이상도 그 이하도 아니다. 귀화가 들려준 얘기였다. 황새가 아기를 집집마다 놓고 가지 않는다는 것을 알게 된 후에도, 누가 뭐래도 자신은 귀화에게 맡겨진 황새의 아이였다. 버려진 아이보다 황새가 데려다 준 아이가 되는 편이 좋았다.

"내겐 귀화 씨가 엄마야. 나갔다 올게요."

귀화는 나가려는 오르를 다시 잡았다.

"네 엄마도 나처럼 항상 네 곁에 있었어."

"무슨 말도 안 되는 소리를 하고 그래요. 내 곁에 있어준 건 귀화 씨잖아."

오르는 알 수 없는 짜증이 올라왔다. 엄마 얘기는 더 듣고 싶지 않았다.

"혼란스럽겠지. 네가 충격을 받았다는 것도 알아. 충분히 이해해. 유럽여행 중에 만난 여자를 기억할 거야. 엄마 같다고 네가 말했잖니?"

"뭐라구요?"

그랬다. 핀란드에서 차리아라는 여자를 만났다. 그녀는 캠핑카를 타고 미루고 미뤄두었던 뒤늦은 신혼여행을 즐기고 있었다. 처음 만나는 사람인데도 운명 같았던 만남은 좀도둑 마하비라만이 아니었다. 스위스인 남편과 뒤늦은 신혼 여행길에 오른 한국인 리아도 남 같지 않게 친숙했다. 마하비라에게 경계심을 품지 않게 만든 장본인.

핀란드를 여행하는 동안 리아의 과분한 호의를 받았다. 타국에서 만난 한국인이라 친절을 베푸는 것이라고만 생각했다. 전화번호를 적어줄 땐 과하다 싶었지만 그런가보다 했다. 탈린에서 가방을 통째로 도둑맞고 국제 미아가 될 뻔한 오르를 리아는 기꺼이 도와줬다.

오르의 전화 한 통화에 남편과 탈린으로 와줬고 오르를 대신해 대사관을 오가는 일도 마다하지 않았다. 해외에서 처음 만난 자신을 위해 엄마가 아니면 또 누가 그렇게 할 수 있단 말인가. 왜 의심하지 못했을까. 그토록 말도 안 되는 일들을 나서서 해결해 주었는데 말이다.

"내가 자신의 딸이라는 걸, 다 알고 있었다는 거네. 귀화 씨가 부탁했어? 날 도와주라고? 아, 아니지. 내가 문호순례를 가겠다고 했을 때부터 뭔가 수상하긴 했어. 없는 돈에 거금을 쥐어줄 때부터 알아봤어야 했는데……, 여행할 생각에 들떠서 미처 눈치를 못 챘던 거야. 미리 말이나 해주지 그랬어. 그랬으면 짧은 시간이나마 원 없이 엄마라고 불러봤을 거 아냐. 이제 와서 날더러 어떡하라고 죽었다는 말을 해요? 네에?"

"네가 여행을 좋아하는 건, 네 엄마를 닮아서지. 네 엄마는 파리 여행 중에 만난 남자와 사랑에 빠졌고, 둘은 곧 결혼을 했단다. 생활이 안정되자 널 보내라고 했지만 내가 안 보냈다. 그땐이미 네가 없이는 하루도 살 수가 없는 상태가 되었거든. 원망하고 싶으면 얼마든지 해. 너와 네 엄마를 갈라놓은 건 나니까."

오르는 쓴웃음만 터져 나왔다. 귀화를 원망할 마음은 없었다. 뜻하지 않은 엄마의 등장은 무던히도 혼란스러웠다. 친구들과 만나기로 했던 약속은 안중에서 사라졌다. 귀화가 미안하다는 말을 몇 번이나 반복했지만, 오르는 방문을 닫아걸었다.

오르는 방안에 틀어박혀 리아가 들려줬던 얘기들을 떠올렸다. 짧은 만남이지만 꽤 많은 대화를 나눴던 것 같다. 리아는 스위스인 남편과 인터라켄에서 호텔을 운영했다. 그곳에 발목 잡혀 십 수 년을 살았다는 그녀의 손은 오르가 보기에도 많이 거칠어져 있었다.

한국은 가고 싶어도 연을 끊어낸 지 오래라고 했다. 파리여행 중에 만나 부부가 되었지만 파리가 리아의 첫 여행지이자 마지막 여행지가 되었다. 호텔의 붙박이로 살면서 잠깐의 휴식조차 누려보지 못했다고 했다. 캠핑카로 하는 여행은 남편의 소원이었고, 그들은 묵혀뒀던 신혼여행을 십수 년 만에 실행에 옮겼다.

오르는 그들의 여행을 응원했다. 그리고 환호했다. 오르 자신만 몰랐던 모녀 상봉. 그 모든 것이 귀화와 리아의 계획이었다니. 뒤통수를 제대로 맞은 기분이었다. 그때는 감동이던 것들이 지금은 칼등에 떨어져나가는 생선비늘처럼 지저분한 것이 된 듯했다.

리아는 딸을 눈앞에 두고도 모른 척 하는 그 상황을 즐겼을까?

홍제가 당한 배신에 비하면 자신의 배신은 보잘 것 없는 해프 닝에 불과하다. 그럼에도 오르는 배신감을 떨쳐내는 일이 쉽지 않았다.

15

흐르는 강물 같은 홍제의 시간들. 그의 생은 인간의 시간 안에 있었다. 수많은 채집자들이 홍제의 곁에서 머물다가 사라져 갔다.

기문은 영민하고 민첩한 구석이 있었다. 새로운 채집자. 그 한 명의 채집자를 만나는 일은 기다림이 전부였다.

불멸의 생을 가진 홍제지만 기다리는 일은 지겹기도 했다. 책을 빠져나와 외유에 나섰다. 그 사이 누군가 홍제의 분신이자 집이나 다름없는 책을 가져가 버렸다. 찾아야했지만 홍제는 그러지 않았다. 책 대신 인간의 집에 머물며 살았다. 갇히는 일은 책이든, 오동나무 상자든, 나무든 기분 좋은 것이 절대 아니었다.

수많은 영혼의 이야기를 감당해낼 재간이 있다면, 운 좋은 인간이 될지도 모를 일이다. 누군가 홍제의 책을 소유하게 된다면 말이다.

그러나 홍제는 알고 있었다. 아무나 가질 수 있는 물건이 아니라는 것을. 아무나 읽을 수 있는 책도 아니라는 것을. 가죽장정의 끈을 풀어헤치고 책을 펼치는 순간, 그들은 책의 포로가 될 것이다. 한 번 들어가면 나올 수 없는.

책이 사람을 삼킨다는 무시무시한 소문의 시작은 홍제의 입을 통해서였다. 그렇게라도 자신의 책이 사람들의 손을 타는 것을 막아둬야 했다. 홍제로부터 멀어진 책은 인간의 손을 타고 수백여 년 동안 유랑했다. 인간이 볼 수 있는 책이 아님에 영혼의 서가 되어 신전에 들기도 하고, 이를 볼 수 있는 이가 세상을 지배하게 될 것이라는 인간의 소문을 만들어내기도 하면서.

홍제의 책을 들추는 일은 목숨을 걸어야 되는 일임에도 인간은 호기심을 억누르지 못했다. 권력을 쥔 자들의 잔꾀는 거기서 나왔다. 책이 사람을 삼킨다면 뒤탈이 없는 이들을 불러 시험하면 된다. 책을 펼친 찰나, 그들은 흔적도 없이 사라졌다. 책이 토해낸 사람들이 간혹 있어서 그들은 책의 정체를 알았지만 함구했다.

홍제의 책이 인간의 손에서 손으로 옮겨 다니는 동안 홍제는 자신이 인간 세상에 온 이유를 망각했다. 어리석은 인간들의 세상에서 그들을 희롱하며 사는 것도 나쁘지 않았다. 홍제의 허탈함은 거기에 있었다.

인간을 깎아내리면서도 홍제의 희망이 인간에게 있다는 것.

쇠락한 달빛의 기운이 고층 건물들 너머로 주저앉던 새벽. 홍제의 무의식을 깨우는 누군가의 온기어린 눈물. 가뭄의 단비처럼 홍제의 뺨 위로 인간의 눈물이 뚝, 떨어졌다. 홍제의 책이 가까이 있다는 신호였다.

누군가 홍제의 지나간 생을 들여다보고 있다. 홍제는 잠 속에서 자신을 읽는 이의 잠으로 옮겨갔다. 홍제의 책을 읽다가 잠든 그녀의 눈가엔 눈물이 어렸다.

왜 울지?

홍제가 가여워서요. 너무 불쌍해요.

뭐어?

홍제는 기가 막혔다. 불멸의 생을 측은하게 여기는 인간이라니, 헛웃음만 나왔다. 그럼에도 숨이 턱, 하고 막히는 건 또 무슨 조화란 말인가.

홍제는 막힌 숨을 터뜨리며 번쩍 눈을 떴다. 자신을 위해 울어주는 그녀가 궁금해, 누구냐고 물어보려던 참이었는데…….

홍제는 꿈속의 그녀를 찾아다녔다. 어두운 골목. 빗속에 있던 누군가와 부딪혔을 때, 홍제는 단박에 알아봤다. 그녀의 생을 가까이 둔다면, 자신의 무미건조한 생에 햇살이 들이칠 것도 같았다. 늘어지기만 하는 시간이 달래질 것도 같았다.

"무서워할 것 없어. 난 네가 그토록 측은하게 여기던 불멸의 홍제니까. 원하는 것이 있다면 말해봐. 뭐든지 들어줄게."

"아무 것도요."

오르는 홍제의 거처에 있었다. 해변과 바다가 눈앞에 펼쳐져 있는 그곳. 바라만 보고 있어도 시름들이 바다에 하나씩 풀려나 가는 듯했다.

"원하는 게 아무 것도 없단 거야, 진실로? 말만 하면 이뤄질 수 있는데? 기회는 아무 때나 오는 게 아니라고. 나중에 후회할지 몰라."

"죽은 사람도 살려낼 수 있어요, 말만 하면?"

오르는 나무라듯 말했다.

"내가 괜한 말을 한 것 같군. 그래도 소원하는 것이 생기면 언제든 말해줘. 죽은 사람을 살려달라는 것만 빼고 말이야."

"사람들이 왜 소원을 비는지 알아요?"

"당연히 이루고 싶어서 그런 거지."

"아뇨. 이뤄질 수 없는 거라서 비는 거예요. 스스로 이뤄낼 수 있는 소원이라면 빌 필요가 없거든요."

"냉소적인 인간이군, 오르는."

"그러는 홍제의 소원은 뭐죠? 모르긴 몰라도 이뤄질 수 없는 것일 걸요."

오르는 장담했다.

"내 소원이라고?"

홍제는 황당했다. 도깨비의 소원이 뭐냐고 묻는 인간은 없었다. 소원이 뭐냐고 묻는 쪽은 늘 홍제다. 소원을 말한 인간은 부와 권력 그리고 명예 등을 홍제로부터 얻어갔다. 인간은 기꺼이 홍제를 섬겼고 그의 하수인이 되었다.

그럼에도 홍제는 생각했다. 자신의 소원이 무엇일까를. 자신을 도깨비들의 섬으로 데려다줄 이야기를 찾는 것. 하지만 그것은 소원이 아니라 홍제가 인간의 세상에서 수행해야 될 내기의 벌칙일 뿐이다.

홍제는 배를 부여잡고 깔깔거렸다. 눈물은 그와 동시에 맺혔다. 자신의 소원은 도깨비의 섬으로 돌아가는 것이다. 수천 년 동안 이뤄지지 않은 홍제의 소원인 것이다.

오르와 보내는 시간은 흔쾌했다. 홍제는 또다시 망각의 강을 건넌다. 봄바람이다. 벌칙을 수행해야하는 임무의 시간들이 뭉텅뭉텅 잘려나갔다. 아깝지도 않았다.

오르는 자스민 잎사귀를 홍제의 손에 쥐어줬다. 도깨비가 나뭇잎과 모래로 돈을 만들었다는 이야기는 홍제의 책 안에 있었다. 오르가 탈린이라 이름붙인 그 책 말이다.

"네 소원이야?"

오르가 무슨 말만 하면 홍제는 소원타령을 했다. 그녀의 소원이라면 못 들어줄 것도 없다. 그녀는 소원을 함부로 입에 올리지 않았다.

"믿기지가 않아서 그래요. 그러니까 한 번만 해봐요, 네?"

"식은 죽 먹기보다 더 쉬운 일이지만 안할래. 고작 이런 걸로 나를 시험하려들다니……, 너를 벼락부자로 만들어주면 어때? 왕국의 공주로 만들어줄까? 그러면 나에 대한 믿음이 좀 생기지 않을까?"

서운한 마음이 들어야했다. 홍제는 오르의 불신에도 노여움을 타지 않았다. 어떻게 해야 그녀의 신뢰를 얻을 것인가, 고민했다.

"어째 더 신뢰할 수 없는 말만 늘어놓는군요."

오르는 뿌루퉁했다.

"뭘 알고 싶은 거야?"

"홍제의 얘기를 듣고 싶어요."

"그거라면 얼마든지."

홍제는 신났다. 그리고 몰랐다. 자신 안에 있던 속내들이 엮인 굴비처럼 줄줄이 딸려 나오게 될 줄은. 인간의 이야기에만 촉각을 곤두세웠다. 당연한 일이기는 했지만 말이다.

홍제 자신의 이야기를 들려주는 날이 오게 될 줄은 몰랐다. 수천 년의 세월동안 어쩌면 홍제 자신의 이야기를 들어줄 누군가를 기다려 왔던 것은 아닐까. 자신의 말을 들어주는 존재가 이토록 감동적으로 다가올 줄은 몰랐다.

"내가 찾아야 할 감동이 너라면 얼마나 좋을까?"

홍제의 마음이 그렇게 오르를 향해 갔다.

오르는 홍제가 들려주는 이야기에 집중했다. 윤색과 각색으로 되풀이되던 귀화의 이야기를 처음 듣는 새로운 것인 양 들었다. 귀화의 입술에 초롱초롱한 눈동자를 꽂아두고 두 귀를 쫑긋 세운 채로. 오르는 그때처럼 홍제의 입을 뚫고 나오는 말에 집중했다.

홍제의 행성엔 망망대해에서 갓 잡아 올린 팔딱거리는 이야기가 차고도 넘쳤다. 기이하고 흥미진진하고 또 가슴 먹먹한. 수천 년 장구한 생의 주인공인 홍제는 덤덤했다. 경이로움을 만끽하는 것은 오로지 오르의 몫이었다.

"눈에 보이지 않던 것들까지 볼 수 있게 됐지. 평화롭게만 보이는 그 섬 또한 지옥의 섬이란 걸 나는 일찌감치 알아챘어. 내겐 세월의 눈이란 게 있었으니까."

홍제의 지옥의 섬 이야기는 그렇게 시작됐다.

그곳에 필요한 것은 오직 왕의 믿음뿐이다. 그 믿음만 있다면 평화로운 나라다. 불신은 왕의 중병이고, 왕의 병은 온 백성의 근심이 되었다.

왕은 왕비가 신하와 불륜을 일삼고 역모를 꾀한다고 여겼다. 신하가 왕위를 호시탐탐 노린다고 의심했다. 백성이 세금을 내지 않는다고 격분했다. 왕자와 공주가 왕의 자손이 아니라고 노여워했다. 나라를 다스리는 일은 뒷전에 놓였다.

진심이 진심으로 받아들여지지 않으니 왕과 마주하는 일은 불미스러운 것이 되었다. 어떤 화를 자초하게 될지, 그 일로 어떤 벌을 받게 될지 신하들은 전전긍긍했다. 왕비와 왕자, 신하들은 물론 백성들의 근심은 크고 깊었다.

신하는 신하대로 백성은 백성대로 날마다 난관에 봉착했다. 의심 많은 왕을 둬서 매일이 곤욕스럽고 자신들의 목숨은 위태로웠다. 그야말로 생지옥. 왕과 마주치는 날에는 어떤 꼬투리가 잡힐지 알 수 없었다. 잡혔다하면 목숨을 보전하기는 그른 일이었다.

백성의 소원은 단 하루라도 마음 편히 사는 것, 그것뿐이다. 신하가 늦게 나타나면 무슨 음모를 꾸미다가 왔느냐고 호통. 일찍 도착하면 또 무슨 수작을 부리려고 일찍 왔느냐고 트집. 한시도 손에서 검을 내려놓지 않는 왕이었다.

왕의 불편한 심기가 극에 이르면 누군가는 죽어나가야 했다. 살얼음판의 왕궁. 의심을 사면 죽고 살아남은 이들은 왕이 휘두르는 칼에 또 언제 죽을지 몰랐다.

어떻게 하면 왕의 의심을 잠재울 수 있을까. 하루라도 마음 편하게 살 수는 없을까. 왕비와 왕자 그리고 신하들은 모여서 갑론을박했다.

뾰족한 해결책은 나와 주지 않았다. 말을 할라치면 검부터 들이대니 말을 안 하는 게 상책인 것도 같았다. 왕의 물음에 대답하지 않으면 목숨을 보장받기 또 힘들었다. 그 와중에도 불신의 검에서 벗어날 수 있는 묘책을 찾는 회의는 은밀히 지속적으로 이뤄졌다.

왕을 처단하면 일은 간단했다. 하지만, 누가 왕의 목을 벨 것인가. 선량한 그들이 할 수 있는 것이 못되었다. 그들은 기나긴 회의 끝에 절묘한 방책 하나를 끌어냈다.

진실을 말해도 곧이곧대로 듣지 않는 왕. 그들은 왕이 생각하는 바대로 고하기로 했다. 거짓 또한 믿지 않을 것이기에 상관없을 것 같았다.

"왕비는 나라의 왕인 나를 사랑하오?"

"사랑하지 않습니다."

왕비는 왕에 대한 사랑을 부인했다.

"왕자는 내가 그대의 아버지라 여기시오?"

"제 아버지가 아닙니다."

왕자는 왕인 아버지를 부인했다.

"그대들이 섬기는 왕은 내가 분명하오?"

"저희가 섬기는 왕은 다른 분입니다."

신하들 또한 왕을 부인했다.

"뭣이라? 이 섬의 왕이 내가 아니란 말이오?"

"저희가 섬기는 왕은 하늘과 바다에 있습니다."

왕비와 왕자 그리고 신하들은 이구동성으로 말했다.

모두 거짓이다. 왕이 믿지 않을 것이라 여겼다. 믿지 않았어야 했다. 왕은 그들의 거짓을 진실이라 여겼다. 왕의 의혹은 거짓을 부르고 그 거짓은 피를 불렀다.

그럼에도 왕은 자신의 판단이 옳았다고 미친 듯이 웃어댔다.

그날 밤, 왕은 자객 하나를 궁으로 불러들였다. 신하는 물론 왕비와 왕자의 목을 단칼에 베도록 명령했다. 자객은 왕의 명령에 따랐다. 왕궁의 사람들은 한 명씩 소리 소문 없이 사라졌다. 자객이 왕명을 받드는 동안 왕은 자신의 침소에 들어앉아 자객을 어떻게 처리할지를 또 궁리했다.

왕궁의 사람들이 자객의 검에 아니 왕의 어처구니없는 명령에 모두 목숨을 잃어갔다. 끝내는 왕과 자객, 그 단 둘만이 왕궁에 남았다.

"왕은 어쩌다 그런 불신의 늪에 빠져버리게 된 거죠?"

왕의 불신이 어쩌다가 그 지경에까지 이르렀을까. 오르는 안타깝고 또 궁금했다.

"섬나라 사람들은 평화와 안락을 누리며 살고 있었어. 그것이 화근이라면 화근이었지. 그 평화로움이 왕은 지루했으니까. 이웃의 섬나라에 전쟁을 선포했지. 섬나라 사람들이 사투를 벌이는 순간은 오직 태풍이나 해일, 가뭄 등과 같은 자연재해가 들이닥쳤을 때뿐인데 말이야. 사람을 상대로 사투를 벌이는 전쟁을 그들은 몰랐지. 그러나 무료했던 왕은 전쟁을 통한 그들의 굴복을 즐겼던 거야. 싸울 줄도 모르는 이웃 섬의 왕들은 전쟁

을 두려워하여 무조건 항복했어. 피비린내 나는 전쟁을 피할 수
만 있다면 뭐든지 해야 했지. 그것이 모두가 사는 방법이라고
여겼던 거야. 그렇게 이웃 섬들을 굴복시키고 왕이 자신의 섬으
로 돌아가던 중이었지. 태풍이 불어와 배가 난파됐고, 손바닥만
큼이나 작은 섬에 닿아 겨우 목숨을 보전할 수 있었어. 그 섬엔
순박하기 그지없는 모자가 살고 있었거든. 둘만 사는 섬에 왕과
백성의 구분이 있을 리 없지. 식사 중에 찾아온 이웃 섬의 왕을
어떻게 대접해야하는지 그들은 몰랐어. 그네들이 먹던 식탁을
내주고 그네들이 먹던 음식을 나눠줬지. 왕은 먹던 것을 내주
는 그들의 무례에 기분이 상했어. 영접은커녕 자신을 능멸했다
는 이유로 그 아들의 심장에 검을 겨눴어. 끝내 그 아들의 심장
에 검을 찔러 넣고야 말았지. 말릴 새도 없었던 그 엄마는 죽어
가는 아들을 보며 절규했지. 몰염치하고 몰인정한 행동에 치를
떨며 왕의 얼굴에 침을 뱉었어. 왕의 주변에 사람들은 이제 모
두 씨가 마를 것이라고 저주했지. 격분한 왕은 여자의 목숨마저
단칼에 빼앗고 섬을 빠져나왔어. 여자의 저주 때문이었을까? 왕
은 밤마다 찾아드는 유령과 마주했지. 악몽에 심약해진 왕의 의
혹과 불신의 병은 그때부터 시작된 거야. 피해의식은 극에 달했
고, 왕 앞에 진실은 존재하지 않게 되었지. 아들을 잃은 엄마의
저주처럼 왕의 주변에 사람은 남지 않게 된 거야.”

　한 번 어리석기 시작하면 혜안을 갖기는 어려웠다. 눈이 있어

도 보지 못하고 귀가 있어도 듣지 못했다.

"왕은 파멸로 가는 동안 그 어떤 깨달음도 얻지 못했군요."

"그렇다고 봐야지. 왕비도 왕자도 신하도 모두 죽어나간 왕궁에서 자객을 어떻게 처리할까, 망상에만 사로잡혀 있었으니까."

"왕과 자객은 그 후로 어떻게 되었어요?"

"왕은 쇠약해서 자객을 앞에 두고 할 수 있는 게 없었어. 그럼에도 먹지도, 자지도 않은 채 팽팽한 눈길로 자객을 노려보다가 그대로 바위가 되고 말았지. 먼 바다의 그 섬에 가면, 대치 상태로 있는 왕과 자객의 바위가 아직도 있지."

"소원을 말하면 들어준다고 했나요?"

홍제의 긴 이야기가 끝난 다음이다. 오르가 뜬금없이 소원을 들먹였다. 홍제가 들려주는 이야기에 오르는 자신도 모르게 빠져들었다. 더 많은 홍제의 이야기를 듣고 싶었다.

"물론이지. 기꺼이 들어주지."

홍제는 자신의 진가를 이제야 오르가 알아주는 것 같아 희색이 만연했다.

"내 소원은 당신의 이야기를 모두 듣는 거예요."

오르는 더할 나위 없게 흥분해 있었다.

"엥? 고작 그게 소원이라고? 내 얘기를 듣는다고 네 인생이 달라지지도 않는데? 내 얘기를 다 듣자면 앉은 자리에서 백발이 될지도 모르는데?"

그럼에도 오르는 고개를 주억거렸다.

홍제는 기가 막혔다. 듣고 나면 잊힐 것들이다. 그럼에도 홍제의 기분은 더없이 좋았다. 자신의 이야기는 처리하지 못한 쓰레기만큼이나 많았다. 에베레스트나 히말라야 산만큼보다도 더 높게 쌓인 저주의 부산물 같은 것임에야.

인간의 결핍과 욕망이 부른 소원은 그들의 불행도 함께였다. 홍제는 한편으로 안도했다. 오르의 소원이 단지 자신의 이야기를 듣는 것이라는 사실에 말이다.

자신의 이야기를 듣기 위해 태어난 아이가 아닐까. 홍제는 누더기 같던 자신의 생으로 자꾸 햇살이 들이치는 것을 느꼈다.

오르는 홍제의 이야기에 울고 웃었다. 때로는 격분했고 한탄했으며 슬픔에 젖었다. 끝난 줄도 모르고 다음을 초조하게 기다렸다. 홍제는 흥미로운 이야기로 목숨을 연장하는 셰에라자드[4]처럼 새로운 이야기를 들려줬다.

"이번엔 또 어떤 이야기를 만나게 될지, 벌써부터 심장이 두근거려요."

"이야기를 좋아하면 가난하게 산다는데, 겁나지 않아?"

"마음이 가난한 것보단 낫겠죠. 빨리 다음 얘기나 내놔 봐요."

오르는 홍제가 들려줄 이야기에 먼저 가 기다렸다. 군침마저

---

4 「아라비안나이트」에 등장하는 술탄의 왕비.

삼켰다. 다음 이야기가 언제 나올까, 홍제의 입을 뚫어져라 주시했다.

"외계인이 지구의 한 귀퉁이를 터전삼아 살고 있었어. 그들은 고도로 발달된 문명뿐 아니라 몸통에 비해 유난히 큰 두뇌를 가진 이들이었지. 그 모습이 마치 달걀과 같아서 스스로를 달걀족이라 부르는……, 그들은 자신들의 행성에서 누리던 문명을 지구로 옮겨왔거든. 그들이 왜 지구에 왔는지는 나도 모르는 일이야. 내가 아는 건 달걀족의 문명이 인간의 것을 월등하게 앞서 있었다는 것뿐이지."

오르만이 아니다. 홍제 또한 그 자신의 이야기에 조금씩 도취되어갔다.

달걀족의 문명에 견주면 인간의 문명이란 것은 견줄 수도 없을 만큼 미개했다. 완벽하게 시스템화된 문명. 그 안에서 그들이 몸을 쓰는 일은 적었다. 철옹성 같은 요새 안에서 숨 쉬는 것을 제외하곤 모든 것을 버튼 하나로 해결했다. 그들의 일상은 시스템을 점검하는 일. 그 마저도 로봇이 해결했다.

한때는 달걀족의 육체가 했을 그 일들을 시스템과 로봇이 알아서 했다. 움직이는 일이 없는 그들의 육체는 알약 하나면 충분한 에너지를 얻었다. 그들은 인간들처럼 운동이란 것을 하지 않았고, 몸을 위해 몸을 쓰는 인간들을 경멸했다.

그들의 몸은 여유롭고 그들의 뇌는 쉴 틈이 없었다. 쓰지 않는 몸은 점점 작아지고 쉴 틈이 없는 뇌는 점점 거대해졌다. 갓난아기처럼 뇌를 가누기 힘들게 되었다. 보호기구 없이는 이동하거나 움직일 수도 없게 되었다.

몸보다 큰 머리를 보호하기 위해 달걀처럼 둥근 기계장비를 갑옷처럼 입고 다녔다. 죽음의 위험으로부터 벗어났다. 몸을 보호하는 장비에 통신시설이 갖춰져 있는 그들은 대화를 함에 있어서도 거리를 둬야 마음이 편했다.

달걀족의 모든 대화는 한 다리 건너식으로 이뤄졌다. 상대의 본심을 읽어내는 일에 둔감해졌다. 같은 것을 말해도 서로의 생각과 대화가 엇갈리기 시작했다. 그들의 신경은 극도로 예민해졌지만 상대의 본심을 읽어내는 일에는 사용되지 않았다. 허심탄회한 소통과도 거리가 멀었다. 그들은 이해하지도 이해받지 못하는 상황에서 서로에 대한 적대감만 키워 갔다.

그들의 말은 사소한 일에도 공격적이고 폭력적인 성향으로 변해갔다. 단단해진 외피만큼 무자비한 말들을 투척해댔다. 욕설과 비방이 난무했으며 중상과 모략이 맹렬했다. 한 번 시작된 싸움은 상대가 죽어야만 끝나는 것이 되었다.

두뇌가 육체의 절반을 차지하는 달걀족에게 말보다 치명적인 무기는 없었다. 광기의 살의나 다름없는 말들 속에서 그들은 참혹하게 죽어갔다.

홍제 자신의 생 어딘가에 박혀 있던 이야기들일 뿐이다. 그것을 들려주는 것뿐인데, 자신의 지난한 날들로 향기가 스며드는 듯했다. 홍제는 눈을 감고 그 향기를 만끽했다.

"네 소원은 참으로 묘한 구석이 있군. 마치 날 위한 소원 같아. 내 얘기를 듣고 있는 널 보고 있자면 내 고통이 씻기고 내 상처가 아무는 기분이랄까."

홍제는 지극한 눈길로 오르를 바라본다.

"홍제의 이야기를 들을 수 있어서 운이 좋은 사람이에요, 나는."

"하는 말마다 어쩜 그리 향기로운지. 넌 정말이지, 나의 감동, 그 자체구나. 나의 벌칙을 끝내게 해줄 감동일지도 모르지."

아무것도 모르는 오르는 홍제의 말에 그저 웃을 뿐이다.

오르를 보고 있자니, 홍제는 그 시절의 아이가 홀연히도 떠올랐다. 아픔에도 눈물웃음을 짓던 아주 작고 귀여운 꼬마. 홍제가 언덕의 나무에 봉인되어 있던 그때에 자신을 찾아 언덕에 오르던 그 꼬마가.

"인간 세상에 산지 얼마나 된 거예요?"

"그런 게 왜 궁금하지? 헤아리자면 힘든데……."

홍제가 살아온 시간을 가늠할 순 없었다. 이야기의 주동자이거나, 방관자이거나, 이방인이거나 홍제의 시작은 그 어디에도 없다. 그가 어떤 방법으로 영생을 누리는지도 오르로서는 알 도리가 없다.

"뱀파이어처럼 몰래 인간의 피를 마시나요?"

홍제의 눈썹이 사납게 치켜 올라갔다.

"아, 그 말은 취소!"

"나와 있다는 건 행운이야. 반쪽짜리 생명과 나를 같은 선상에 올려놓는 건 나에 대한 예의가 아니라고."

인간에 대한 자격지심 따위는 없었다. 그럼에도 오르 앞에 있는 홍제는 옹졸한 도깨비에 지나지 않았다.

"뱀파이어와 어떻게 다른지 설명은 해줄 수 있잖아요?"

홍제의 눈치를 살피는 오르는 기어들어가는 목소리로 말했다.

"뱀파이어는 죽음의 변형이라고 할 수 있지. 살아있는 것 같지만 실상은 그 반대야. 나처럼 인간과 더불어 사는 일이 불가능하지."

뱀파이어가 생을 가장한 주검이라고 했지만 홍제 또한 살아있는 그들의 주검과 다를 바 없었다. 불멸의 생! 그것은 불멸의 주검이나 마찬가지였다. 홍제의 생은 안타까움도 감동도 없이 가로놓인 아득한 수평선일 뿐이다.

홍제 본인의 생을 규정짓는 일은 쉽지 않았다. 상대가 홍제를 무장 해제시키는 오르라 할지라도. 아니, 그녀이기 때문에 홍제는 함구했다.

홍제의 이야기는 "그 다음엔 어떻게 됐어요?"라고 물으면 "모두 행복하게 살았지"라는 귀화의 그것과는 확연히 달랐다. 죽음

아니면 파국, 파멸. 꿈을 이뤘다거나 행복해졌다거나 새 희망에
부풀었다거나 하는 주인공은 홍제의 이야기 안에 없었다.

듣다보면 불편한 구석인 것이었다. 오르의 한숨은 시나브로
그렇게 새나왔다.

"무슨 걱정이라도 있어?"

홍제는 시무룩한 오르의 표정이 못내 신경이 쓰였다.

"사람들은 죽기 직전까지 희망이란 것을 품고 살아요. 어제보
다는 오늘이 낫기를 바라고 오늘보다는 내일 더 나아질 거라고
믿죠. 누군가의 이야기가 세상에 전해지는 건, 어렵고 힘든 인간
의 생에 주는 위안 같은 거라고 여겼어요. 홍제의 이야기는 아
주 흥미로워요. 놀라우리만큼."

"그런데?"

"하나같이 비극적인 결말이라는 게 문제에요."

"비극적이라니? 내겐 그보다 더 좋은 결말이 없는 걸. 죽음은
기적이라고. 새로운 생명을 잇는 연결고리 같은 거라고."

홍제는 뜨악한 표정으로 말했다.

"죽음이 기적이라는 건가요?"

뜨악하기는 오르도 마찬가지였다.

모두가 죽거나 파국인 이야기가 어째서 좋은 결말이란 말인
가. 이야기를 통해 인간이 얻는 위안이 무엇인지, 홍제는 모른
다는 건가. 불멸의 생을 가진 홍제가 인간의 마음을 이해한다는

것 자체가 무리인지도 모를 일이다.

"이야기는 살아있는 인간들에게 필요한 거잖아요. 죽음이나 파국이 희망이나 위로를 주지는 않죠."

"그럼 하나만 묻지. 오르에게 유의미한 것들은 뭐가 있지?"

"글쎄요. 내가 하고 싶을 것을 찾아서 매일 조금씩 다가가는 것? 지금껏 나와 함께 한 할머니와의 시간들? 뭔가를 떠올릴 때마다 미소 짓게 되는 것들? 아, 모르겠어요."

오르는 자신의 머리를 마구 헝클어뜨렸다.

"모를 거야. 나도 잘 모르겠거든. 하지만 내가 확신하는 건 하나야. 진정한 가치는 어느 순간 소멸하는 것들에게 있다는 것 말이야. 그런 면에서 죽음은 진정한 가치라고 할 수 있지. 자신 뒤에 오는 생명을 위해 자신의 모든 것을 내어주는 아주 멋진 일이니까."

홍제는 오르의 눈을 들여다보며 말했다.

생명의 탄생만이 기적일 수는 없다. 밀알 하나가 땅에 떨어져 더 많은 밀알을 만들어 내듯이, 다음의 생명을 위해 기꺼이 죽음을 감수하는 일. 그것은 감동적이기까지 한 일이었다. 떠오르는 해보다 저무는 태양의 빛이 더 붉은 것처럼 사라진다는 것은 뒤에 올 생명들을 위해 앞선 생명이 남기는 기적과도 같은 선물인 것이다.

모든 죽음이 기적을 낳는다면 얼마나 좋을 것인가. 인간은 탄

생을 기적이라 여기지만 홍제는 죽음이야말로 온전한 기적이라 여겼다.

"그런 궤변이 어딨어요?"

저 세상 사람이 되어버린 리아가 어떻게 진정한 가치가 될 수 있을 것인가. 오르의 의구심과 번뇌는 홍제의 말로부터 끝임 없이 생겨났다.

그럼에도 오르는 알았다. 탈린이 오르의 손에 들어온 것은 우연한 일이 아니다. 마하비라와 동행하게 된 것도, 좌판의 수도사를 마주하게 된 것도, 리아의 도움을 받아야만 했던 것도 그 모두가 눈앞의 홍제를 만나기 위한 여정이었던 것이다.

"돌려주자니 아쉽지만 당신의 물건이죠. 이야기도 파란 불꽃도……, 당신이 탈린의 진짜 주인인 거예요."

오르는 가방에 넣고 다니던 탈린을 꺼내 내밀었다.

홍제는 받지 않았다. 오르에게 바짝 다가섰다.

"인간의 시간 안에 깃든 진짜 내 이야기를 들려주지."

홍제는 오르와 함께 그들 앞에 놓인 수많은 문들을 가로질렀다.

＊ **16** ＊

사람들은 전쟁이 머문 땅에서 몸뚱이만 겨우 건져 떠났다. 길고도 짧은 그들의 한 생이 줄을 지어 흙으로 돌아가는 일이 반복됐다. 인고의 날들은 광대했다. 끝없이 이어진 시간 안에 홍제는 혼자였고 나무에 봉인된 채였다.

마을이 사라지지 않았더라면 홍제는 벌써 어느 집의 땔감이 되어 아궁이 속으로 들어갔을지 모를 일이다. 홍제는 산 듯이 죽었고 죽은 듯이 또 살아있었다.

해일이 집어삼킨 마을에 가뭄은 여러 해를 머물렀다. 땅이 쩍쩍 갈라지고 살아있는 생명은 땡볕에 말라갔다. 불볕의 땅에 홍제는 문지기처럼 서 있었다. 언덕 밑으로 펼쳐진 바다를 하염없이 바라보면서.

황량한 언덕에 나타난 바람이 흙먼지를 뿌리고 다녔다. 어디서 가져온 것인지 알 수 없는 생명의 씨를 뿌리고 다녔다. 죽었던 땅에 생명이 움트고 풀과 나무들이 자라는 날들이 다시 찾아왔다. 싱그러운 녹음과 함께 찾아온 날짐승과 들짐승들이 홍제 주변을 어슬렁거리기 시작했다.

새로운 생명과 함께 찾아온 것은 동물만이 아니었다. 눈부신 햇살을 외투 삼은 앙증맞은 꼬마. 나무에 봉인된 홍제가 있는 언덕으로 콩콩 발소리를 내며 올라왔다.

인간! 인간이다!

홍제는 진심으로 반가웠다. 얼마 만에 보는 인간이란 말인가. 짜릿한 전율이 그를 관통했다. 홍제의 언덕으로 봄이 찾아왔다. 죽은 땅이 생명으로 들어찰 만큼의 긴 시간이 흐른 다음이었다.

꼬마는 젊지도 늙지도 않은 여자와 함께 나타났다. 홍제의 언덕을 뛰어다녔고 또 뒹굴었다. 이름 모를 꽃들과 속삭이고 말간 웃음을 언덕에 뿌리고 다녔다. 꼬마는 언덕에 있는 그 어떤 생명보다 생동감 넘치는 한 떨기의 꽃이다.

꼬마는 날마다 나타났다. 꼬마를 볼 수 있다는 것만으로도 홍제는 기뻤다. 돌부리에 걸려 넘어지기라도 할라치면 안쓰러웠다. 작고 여린 무릎에 붉은 피가 맺히고 울상이 되는 꼬마를 볼라치면 홍제는 어찌할 바를 몰랐다.

그러나 꼬마의 울상은 잠시다. 아픔에 눈물은 절로 맺혀도 입가엔 의연한 미소가 피어났다. 대견하고 기특한 아이. 언덕을 올라올 때마다 꼬마는 홍제를 향해 달려들었다. 짧은 팔로는 나무 기둥의 일부도 껴안기 힘들었다.

그럼에도 나무가 사람인양 와서 안겼다. 코를 대고 킁킁거렸다.

"좋은 냄새가 나. 겨울이 지나고 봄이 오면 내 손이 나무 저편에 가 닿을 수 있을지 몰라. 내 팔이 자랄 테니까."

그들의 겨울이 지나고 이듬해 봄이 찾아왔다. 홍제는 언덕을 뛰어올라올 그 꼬마를 기다렸다. 인간의 한 달이 가고 두 달이 지나갔다. 기약한 봄이 다 지나도록 꼬마는 나타나지 않았다.

겨울이 지나고 아기초록들이 얼굴을 내밀었다. 몇 차례의 봄이 다녀갔음에도 오지 않는 것은 오겠다고 약속했던 그 꼬마뿐이다. 자신을 향해 안겨오던 꼬마의 여린 팔과 손. 홍제를 향해 킁킁거리던 꼬마는 쉽게 잊히지 않았다.

홍제의 낙담과 체념이 이어지던 어느 날의 봄이다. 언덕으로 누군가 나타났다. 홍제는 일찌감치 들떠 있었다. 아리따운 처녀. 그녀는 중년의 남자와 함께였다. 나무 뒤로 숨어버린 처녀를 찾아 남자는 격렬한 키스를 퍼부었다.

"무슨 나무가 나뭇잎도 없고 그늘 하나를 제대로 못 만들어? 그대의 언덕에 잎이 무성한 나무를 심어주겠어. 언제라도 그 그늘 아래서 쉴 수 있게 말이야."

남자는 달콤하게도 속삭였다.

남자가 언덕을 내려가고 뒤처져 있던 처녀는 언덕의 나무를 껴안았다. 그녀의 팔은 여전히 나무를 온전히 껴안지 못했다.

"내가 크는 동안 너도 큰 거야. 그렇지? 저 사람이 한 말은 모두 잊어. 누가 뭐래도 넌 세상에서 가장 멋진 나무야."

홍제는 자신이 기다리던 꼬마라는 것을 그제야 알아챘다.

꼬마가 왔다, 다 자란 처녀가 되어서. 그녀의 치맛자락이 바람과 함께 홍제의 나무에 휘감겼다. 젖 냄새를 풍기던 꼬마가 여인의 향기를 풍겼다.

하루만 아니 잠시라도 나무가 아닌 도깨비 홍제의 모습이 될 수 있다면, 그는 소원했다.

그녀의 여린 무릎에 입 맞춰 주고 싶었다. 그녀의 입술에 자신의 입술을 포개고 싶었다. 그러나 부질없는 바람. 나무 안에 갇힌 홍제가 할 수 있는 것은 아무 것도 없었다.

"바다에 나간 아버지가 돌아오지 않게 된 날부터였을 거야. 내 인생이 어디로 흘러가는지도 모르고 마냥 끌려 다녔어. 남의 말을 하기 좋아하는 사람들은 자꾸만 묻지. 그런 중늙은이를 정말로 사랑하는 거냐고……. 나도 모르겠어. 하지만 내가 살 수 있게 도움을 주는 그런 사람인 걸. 내게는 아버지 같은 분이기도 해. 내 선택이 잘못된 게 아니라고 누가 말해 주면 좋겠어. 그와 결혼해도 괜찮다고 행복해질 수 있다고 말해주면 좋겠어."

그녀는 젖은 눈길로 도움을 청하고 있었다.

처녀는 마을 유지의 딸이었다. 집안의 가세가 기운 것은 한순간이었다. 선장이던 그녀의 아버지가 바다에서 태풍을 만나고

서였다. 배는 전복되고 배에 있던 사람들은 바다에 뿔뿔이 흩어졌다. 사람도 배도 무사히 돌아오지 못했다.

살아있을 지도 모른다는 희망을 안고 백방으로 수소문했다. 바다가 아버지를 데려갔다는 사실을 그녀도 끝내는 받아들여야만 했다. 꼬마는 아버지를 잃었고 어머니는 병상에 누워 일어날 줄을 몰랐다.

꼬마는 가혹한 인생에 끌려 다녔다. 아가씨가 된 꼬마는 잔일에 거칠어진 손으로 나무기둥을 쓰다듬었다.

"너를 뭐라 부르면 좋을까? 어부들은 네 앞에 제단을 만들고 음식을 올려. 풍어를 기원하지. 그들을 네가 돌봐주고 있다고 믿어서야. 아, 이제부터 넌 사람들을 구하는 나무 홍제야. 꽤나 괜찮게 어울리는 이름인걸. 나의 홍제도 되어주면 좋겠어."

그녀는 나무기둥에 팔을 둘렀다. 양손의 끝은 맞닿지 않았지만 그런 것은 중요하지 않았다.

홍제는 그녀와 함께 언덕을 내려가고 싶었다. 할 수만 있다면.

"나를 마을로 데려가줘."

홍제의 넋두리였다.

"아무래도 내 귀가 이상해졌나봐. 나무가 어떻게 말을 해. 그럴 리가 없지."

그녀는 어리둥절한 얼굴로 나무를 바라봤다. 자신의 귀가 만들어낸 환청이라고 쓸쓸하게도 웃어넘겼다.

홍제는 자신의 말을 알아듣는 그녀로 인해 마음이 부산해졌다.

"나를 마을로 데려가줘! 부탁이야!"

언덕을 내려가던 그녀가 되돌아왔다. 두려움 가득한 얼굴을 하고서 홍제를 향해 다가왔다.

"다시 한 번 말해봐. 너를 데려가 달라고. 내 귀가 잘못 들은 게 아닐 거야."

"봄이 되면 다시 오겠다던 나의 꼬마지."

그녀의 환청도 착각도 아니었다.

"와우. 말하는 나무라니. 이 말을 하면 마을 사람들은 내게 마귀가 씌었다고 할 거야. 나를 멀리하겠지. 어쩌면 마을에서 내쫓을 지도 몰라. 너와 있다가는 내가 미친 사람이 되고 말거야."

"내가 널 지켜줄게. 제발, 나를 데려가줘. 응? 난 너의 홍제거든."

"나의 홍제?"

그녀가 '홍제'를 말하던 순간이다. 홍제의 육신이 나무로부터 빠져나왔고 여자는 얼떨떨했다. 홍제의 정체를 그녀는 몰랐다. 나무에 사는 홍제가 맞느냐고 되물었다.

"도대체 몇 번을 말해야 믿어줄 거야? 나는 당신의 홍제라고!"

나무의 봉인이 풀렸다. 홍제 또한 믿기지 않는 일이 벌어졌다. 여자는 홍제의 이름을 찾아준 은인이 되었다.

장신의 훤칠한 외모. 길고 긴 흑발. 달덩이처럼 하얀 피부. 갸름한 듯 고운 얼굴선. 홍제를 눈에 담은 여자는 빠져들지 않을 수 없었다. 홍제를 자신의 집으로 데려와 함께했다. 기울던 여자의 집안이 하루아침에 일어섰다. 여자는 친척의 유산을 물려받았다고 둘러댔다.

수상쩍은 남자가 여자의 집을 들락거린다는 소문은 함께 퍼져나갔다.

남자가 적은 바닷가 마을. 옆집 남자가 혼자 사는 여자의 집을 남몰래 찾는 일은 공공연한 비밀이었다. 그녀에 대한 온갖 억측과 험담이 끝없이 마을을 떠돌아다녔다. 풍채가 남다른 홍제의 그림자라도 보게 되면, 괴물이 나타났다고 야단법석을 떨었다. 마을의 남자들은 여자들을 지키기 위해 괴물을 몰아내야 한다고, 여자만 사는 집을 들쑤시고 다녔다.

그들이 홍제를 찾기 위해 불을 밝히는 밤이면, 홍제는 언덕으로 피신했다. 나무에 들어앉아 긴 휴식을 취했다.

사람들은 뿌리를 하늘에 두고 있는 나무를 신기하게 여겼다. 바닷가 마을의 언덕에 있는 배불때기 나무를 특별하게 여겨 섬겼다. 배가 출항하는 날이면 만선으로 돌아오게 해달라고 나무에게 와서 빌었다. 남자들이 배를 타고 바다에 나가 있는 동안 태풍이 오지 않게 해달라고 기원했다.

바닷가 마을의 수호신인 나무에 대한 흉흉한 소문은 홍제가 나무를 들락거리면서였다. 괴물이 마을에 출몰하여 아낙들을 농락한다는. 마을의 남자들이 떼거지로 몰려와 나무에 대고 도끼를 휘둘렀다.

홍제는 격노했다. 그들을 그냥 두지 않았다. 남자들이 바다에 나가면 풍랑을 불러들였다. 그들의 배는 물고기 한 마리도 잡지 못했다. 빈 배로 돌아오는 날이 늘어가고 식구들이 끼니를 거르는 날이 늘어갔다. 남자들이 위험을 무릅쓰고 바다로 나가는 날도 늘어갔다. 집에 있자면 굶어죽고, 바다로 나가자면 물에 빠져 죽을 터였지만 다른 선택은 없었다.

마을의 여자들은 남편과 아들을 잃었다. 마을에서 남자를 구경하는 일은 더 어려워졌다. 어쩌다 이웃마을의 남자가 지나가기라도 하면 여자들은 그를 마을에 눌러 앉히기 위해 온갖 아양을 다 떨었다.

마을은 홍제의 손아귀에 들어있었다. 홍제는 자신의 능력을 멋대로 휘둘렀다. 여자가 말려도 소용없었다. 여자는 홍제를 떠나 중년의 남자에게로 갔다. 다시는 경거망동하지 않겠다고 약속했으나 여자가 이미 결혼한 후였다.

홍제는 번번이 여자의 남편 뒤로 밀려났다. 여자의 남편이 집을 비우는 날에나 홍제는 여자와 있을 수 있었다. 인간의 결혼은 불편한 것이어서 홍제는 탐탁지 않았다.

"당신이 원하는 걸 해줄 수 있는 건 나뿐이라고."

홍제는 여자의 가슴을 손에 쥐고 말했다. 여자는 홍제의 머리카락을 손에 쥐었다. 홍제의 입술이 여자의 입술을 찾고 그의 우직한 양물이 그녀의 은밀한 곳을 향해 돌진했다. 그렇게 한 차례의 격랑이 물러가고 난 다음이다.

"인간은 이혼이란 것도 한다던데……, 남편과 나, 둘 중에 누구를 더 좋아하지?"

거짓말이라도 좋았다. 홍제는 자신이라고 말해주기를 기대했다. 눈을 흘기는 여자는 새침하게도 고개를 외로 꼬았다.

"둘 중에 누가 더 당신을 달아오르게 하냐고?"

홍제는 끈덕지게 재촉했다.

여자는 대답 대신 입맞춤을 했다. 홍제의 육체가 또다시 뜨겁게 달아올랐다. 절정은 가까이에 있었다. 희번덕거리는 눈으로 그들을 지켜보는 이가 있다는 것을 알아채지 못했다.

그들의 정사가 극에 도달할 무렵, 남자의 손에 들린 검이 그들을 향했다. 홍제의 등 뒤로 나타난 남편의 모습에 여자는 경악했다.

여자는 화들짝 홍제를 밀쳐냈다. 실오라기 하나 걸치지 않은 알몸으로 남편 앞에 엎드렸다.

"저 사람이 저를 겁탈했어요."

한껏 고개를 치켜들고 있던 홍제의 양물이 한순간에 푹 고꾸라졌다.

깨진 무릎의 붉은 피를 보며 눈물과 웃음을 동시에 머금던 홍제의 꼬마는 어디에도 없었다. 여자의 불륜을 목격한 남자의 검이 홍제의 가슴에 박혔다가 뽑혔다. 붉은 피가 사방으로 퍼져나갔다. 남자의 얼굴과 여자의 나신에도 핏방울이 점박이처럼 박혔다.

홍제의 나신과 쓸쓸한 웃음이 붉은 피로 물들었다. 또다시 달려드는 남자의 검을 홍제는 한 손으로 틀어쥐었다. 홍제의 손가락 사이로 피가 눈물처럼 뚝뚝 떨어졌다.

"나를 배신한 지금 이 순간을 죽을 때까지 기억하게 해주겠어."

홍제는 허깨비처럼 그들의 침실을 나선다. 그의 발밑에 닿은 피가 붉은 발자국으로 찍혔다.

"내 눈에 다시 띄게 되는 그날엔 이번처럼 두 다리로 걸어 나갈 수 없을 거야. 명심해!"

여자의 남편이 홍제의 등에 대고 으름장을 놓았다.

홍제는 잠시 발걸음을 멈추었을 뿐, 돌아보지 않았다.

여자의 결혼생활엔 금이 갔다. 남편의 광기어린 매질을 감당하며 하루하루를 버텼다. 도망이라도 쳐야했다. 부러진 다리에 여자의 몸은 성치 못했다. 거짓죽음과 피눈물로 기구하고 모진 목숨을 연명했다. 이대로 죽어버렸으면, 여자는 체념했다. 목숨을 끊는 일도 쉽지는 않았다.

어둠은 연일 찾아들었다. 침실로 스미는 그림자. 여자는 구석에 웅크린 채로 꼼짝하지 않았다. 남편일 것이다. 여자는 사시나무처럼 몸을 떨었다.

"왜, 아직도 바보처럼 여기 이렇게 있는 거지?"

여자는 남편 밑에 깔린 채 그림자를 올려다보았다. 홍제다. 붉은 피의 발자국을 남기고 떠났던 그가 그녀 앞에 환영처럼 나타났다. 여자의 눈이 휘둥그레졌다. 그녀의 젊음이 불행에 깎여갔음에도, 그녀의 생이 죽음의 문턱에 다다랐음에도 홍제는 여전했다.

나무의 혼령. 홍제는 늙지도 죽지도 않았다.

여자의 웃음은 기괴하게도 터져 나왔다. 남편의 손에 목이 졸려가는 여자는 눈빛으로 전했다. 그 무엇도 하지 말라고. 자신을 이대로 죽게 내버려두라고.

홍제의 눈빛이 묻는다. 내내 잘만 피했으면서, 왜? 이번엔 왜 거짓눈물조차 흘리지 않는 거지?

당신이 맞았던 그 칼을 내가 맞았어야 했어. 세월을 모르는 당신이 이토록 질기게 내 생의 그림자로 붙어있을 줄 알았더라면 말이야. 남편의 손에 들린 그 검이 그땐 왜 그리도 무섭던지…… 세월이 이렇게 지나고 보니 후회막급이야. 젊음이 남아있을 때 당신 앞에서 죽었다면 좋았을 것을……. 그러면 홍제의 여자로 남았을 지도 몰랐을 텐데 말이야. 아름다운 청년, 나의 사랑 홍제.

더는 움직일 줄 모르는 미소가 여자의 얼굴에 내걸렸다. 두려움도 원망도 깃들지 않은 평온한 얼굴이었다. 남편 앞에 조아리며 홍제 자신을 배신하던 그날의 여자를 용서하지 않을 작정이었다. 자신 앞에서 죽어가는 여자는 뜻밖이었다.

생명이 사라진 죽음의 눈동자에서 홍제는 어처구니없게도 여자의 사랑을 보았다. 홍제는 안타깝고 비통했으며 또 참담했다.

여자의 남편은 절규했다. 그 자신이 저지른 일이 분명함에도. 죽음의 손길을 피할 것이라 여겼다. 그저 분풀이였다. 해가 지고 해가 가도 계속된 분풀이. 숨을 쉬지 않는 여자를 부여안고 그 남편은 자책했다.

여자의 주검은 몹시도 비현실적이었다.

"그녀의 주검을 내게 주오."

"누군데 남의 아내를 달라는 거요? 그것도 이미 죽은 내 여자를……."

오래전 아내의 침실에 나신으로 있던 남자임을 그 남편은 알아채지 못했다. 늙지 않는 인간을 본 적이 없으니 당연한 일이다.

"내가 누군지 모르겠소?"

홍제는 비통해하는 남자를 물끄러미 건너다보았다.

"다, 당신은……."

자신의 검에 피를 묻혀놓고 유유히 사라진 아내의 남자. 충격에 휩싸인 남자는 놀란 입을 다물지 못했다. 아내의 주검을 달라는 그의 말에도 침묵했다. 홍제가 아내의 시신을 들고 나가는 동안에도 멍한 눈길로 보고만 있었다.

남자는 홍제가 가버린 뒤에야 허둥지둥 뒤따라나갔다. 홍제도 아내의 주검도 이미 사라진 뒤였다.

홍제는 자신의 이름을 불러준 여자를 나무 밑에 묻었다. 그 자신이 봉인되어 있던 그 나무 밑에. 원망도 분노도 남아있지 않았다.

"환생의 시절이 있다면, 그때에 다시 만날 수 있겠지. 하지만 우리의 인연은 이것으로 끝이오."

홍제는 분연히 일어섰다. 바닷가 마을을 떠날 때가 되었다고 스스로를 타일렀다.

17

기문은 홍제의 처소에 있었다. 상념에 젖어있는 홍제가 현실로 돌아와야 했다. 기다림의 시간은 더디 갔다. 기문 자신의 인생에 홍제가 나타나지 않았다면, 어땠을까. 분명, 하찮은 인생이 되었겠지. 그럼에도 홍제를 보고 있자면, 기문은 되레 야속한 마음이 들기도 하니 사람 참, 모를 일인 것이다.

"언제까지 그렇게 얼쩡거릴 셈이지? 사탕이라도 달란 건가?"

상념에만 빠져있던 홍제는 아니었던 모양이다.

"사탕이라뇨? 언제까지 저를 꼬맹이 기문 대하듯 하실 겁니까? 삼촌은 여전히 청춘일지 몰라도 저는 막바지의 생에 걸쳐있는 노인인 걸요."

"그게 뭐 어쨌다는 거지? 예나 지금이나 내게 기문은 여전히 기문인걸."

홍제는 뭐가 문제라도 되냐는 듯이 어깨를 들었다 놓았다.

"삼촌 말이 맞습니다. 그런 의미에서 저와 내기바둑 한판 두

시는 건 어떻겠습니까?"

기문은 홍제의 눈치를 살폈다. 내기라는 말만 나와도 홍제의 눈썹머리가 호랑이처럼 사납게 일어섰다. 그걸 알면서도 꺼낸 말이다. 홍제의 비위를 건드리고자 실없이 던진 말은 또 아니었다.

"내기라고?"

노여움을 드러내야 마땅했다. 홍제는 내기바둑을 두자는 기문의 말에도 웃음만 지었다.

"화를 내지 않으시는군요?"

"내가 화내길 바라나?"

"그런 건 아니지만……, 내기라는 말만 해도 정색하셨잖습니까?"

"나도 늙는 모양이지, 기문처럼 말이야."

"무슨 당치않은 그런 말씀을 하십니까? 무슨 기분 좋은 일이라도 있으신 게지요."

"기분 좋은 일?"

홍제는 그런 일이 있겠냐는 듯 손사래를 치면서도 얼굴엔 웃음꽃이 피었다.

기문은 짐작했다. 홍제의 손사래는 없다는 게 아니라 알 필요가 없다는 뜻이란 걸. 홍제가 말해주지 않는 한 그의 속내를 기문이 파악하는 일은 어려울 것이다.

기문이 아는 것은 홍제 앞에 '내기'는 금기라는 것이다. 행위는 물론이거니와 단어를 사용하는 것조차. 세월이 지났다고는 하나 기문의 말에 홍제는 정색해야 옳았다. 불호령이 떨어져야 했다.

어찌된 영문인지 내기바둑이라는 말 앞에서 홍제는 이렇다 할 반응을 보이지 않았다. 다른 것에 마음을 더 두고 있어서인 지도 모를 일이었다.

홍제의 기분 좋음에 기문도 덩달아 미소쯤은 지어줘야 했다. 기문은 그러지 못했다. 내기란 말에도 화내지 않는 홍제는 기문 의 신경을 긁었다.

"나와 내기바둑을 한 판 두고 싶다? 못 둘 것도 없지."

홍제는 여전히 화색을 띤 채다.

"괜찮으시겠습니까?"

"안 괜찮으면 또 어쩔 건가."

홍제는 똑똑히 기억했다. 재밌자고 시작한 인간의 내기가 어 떻게 번져갔는지를. 흥미로운 그 일이 또 얼마나 잔혹한 것이었 는지를. 홍제의 영혼을 마르고 닳도록 갉아먹은 일이다.

인간들의 내기라는 것은.

"그럼, 허락하신 걸로 알고 바둑판을 준비하겠습니다."

"뭐하러?"

"네? 삼촌과 바둑을 두겠다는 것 아닙니까?"

"그게 아니잖아. 내기 따위를 하지 않아도 원하는 것은 나한

테서 얼마든지 얻을 수 있는데, 굳이 내기바둑을 두자고 하니 묻는 말이지."

"그야 그냥, 재미로 두는 것이죠. 둘이서 시간을 보내기엔 안성맞춤이지 않습니까? 요즘, 머리 쓸 일이 많은데, 바둑을 두다 보면, 생각이 정리될까 싶어 그럽니다."

기문이 이루고 싶은 것은 오래 전에 이루었다. 갖고 싶은 것은 이미 가졌다. 홍제에게 더는 소원할 것이 없을 줄 알았다. 지금껏 이뤄온 것들을 몽땅 내주고서라도 홍제로부터 얻고 싶은 것이 생겼음에야 기문은 수시로 홍제의 눈치를 본다.

홍제의 젊음을 가질 수만 있다면. 탐해서는 안 된다는 것을, 탐할 수도 없다는 것을 알면서도 기문은 노욕을 부렸다. 홍제를 만나지 않았더라면 몰랐을 젊음이다. 새삼스레 원망이 드는 것은 그 때문이었다.

인간의 내기를 수락한 홍제가 끝내지 못할 벌칙을 예견하지 못했던 것처럼 기문 또한 자신의 노욕이 낳을 결과를 염두에 두지 않았다. 홍제의 젊음을 갖고 싶다. 그 간절한 마음이 그 안에 뱀처럼 똬리를 틀었다.

"기문은 내기바둑에 무엇을 걸 텐가?"

"따로 원하는 것이라도 있으십니까? 찾으시는 이야기 말고."

홍제에게 그런 것이 있을 턱이 없다. 그럼에도 기문은 빈말이나마 비위를 맞춘다.

"기문이 이기면 내가 줄 수 없는 것을 요구할 모양이로군."

"삼촌이 제게 줄 수 없는 것도 있다는 말씀이십니까?"

기문은 껄끄러운 속내를 감추듯 호탕하게도 웃어댔다.

"내가 이기면 뭘 줄 텐가?"

"제가 가진 것이라면 뭐든지요."

"그래? 그럼, 기문 자네의 죽음은 어떤가? 내겐 다 시시한 것들뿐이라서 말이야."

"농담으로 하는 말씀이시죠? 늙은이의 죽음을 가져다 뭐에 쓰시려고요, 참나."

기문은 자신의 목숨을 원하는가 싶어 뜨끔했다.

세계 굴지의 그룹 총수 정기문. 인간이 가질 수 있는 것은 다 가진 그다. 홍제가 원할만한 것이 기문에게 있지 않았다. 내기는 핑계에 불과했다. 기문이 이긴다면 무엇을 원할지 홍제는 짐작했다. 자신 덕분에 살아서의 부귀영화를 모두 누렸음에도 생의 막바지에 인간이 홍제에게 원하는 것, 그것은 젊음이었다.

그 탐욕 때문에 불행은 생명이 끝나는 그날까지 이어졌다. 종국에 남는 것은 절망과 파멸뿐이라는 것을 알면서도 홍제가 가진 젊음에 집착했다.

홍제는 기문을 빤히 쳐다봤다. 우수에 젖은 눈동자가 기문의 속내를 말해준다. 숨이 붙어있는 동안 움켜쥐기 위해 아등바등할 것이다. 그것이 인간이 가질 수 없는 불멸의 생이라는 것을 알면서도.

타인을 짓밟고서라도 올라서려는 인간들은 그들 스스로 지옥을 만들어냈다. 홍제의 지옥은 인간들이 만들어준 것이다. 생에 대한 허망함은 기문이 아니라 살아남은 홍제가 느껴야할 몫이었다.

홍제에게는 없는 죽음이 기문에게 있었다. 홍제의 깊고 조용한 탄식이 허공을 갈랐다.

"뭘 원하는 지는 바둑이 끝난 다음에 듣도록 하지."

"승부는 한 판입니다. 봐주기도, 무르기도 없습니다."

"마음대로 해."

홍제의 대답은 시들했다.

그럼에도 기문은 긴장했다. 홍제를 이길 수 없을 것이다. 기문의 바둑은 홍제에게 배운 것이고 아무리 잘 둬도 홍제에겐 하수에 불과하다. 이 판에 이기고 지는 것은 그리 중요하지도 않았다. 기문은 내기바둑에 홍제를 끌어들인 것만으로도 목적을 이미 이뤘다.

"열점을 깔지."

홍제는 바둑판 앞에 정좌하고 기문을 마주했다.

"이번만큼은 안 깔고 두겠습니다."

기문이 흑돌 하나를 올려놓고 말했다.

"요즘, 수상한 사건이 벌어지고 있다지?"

홍제는 백돌을 놓으며 말했다.

"수상한 사건이라뇨? 그런 사건이 어디 한둘이어야 말이죠."

"불의 사건이라 부른다던데, 그것도 연쇄적으로 일어나고 있는……."

홍제는 바둑판을 들여다보고 있었다.

"전 또 뭐라구요. 저도 듣기는 했습니다만, 삼촌이 그런 사건에 관심 있을 줄은 몰랐습니다."

"내기바둑에 어울릴만 한 대화가 아닌가?"

홍제는 담담했다.

기문은 바둑에 집중하지 못했다. 수를 두는 것만은 빨리했다. 바둑판은 백돌과 흑돌로 조금씩 채워져 나갔다. 그리고 기문이 백돌 두 점을 가져간 다음이다.

"뭘 갖고 싶다고 했지?"

홍제가 되물었다. 건망증 때문은 아니었다. 홍제는 딴 생각을 하면서 바둑을 뒀다. 승패에도 관심이 없었다. 홍제는 자기 차례가 되면 습관적으로 백돌을 뒀다. 쉽게 끝나는 판은 또 아니었다.

"그만 둘까요?"

기문이 홍제의 기색을 살피며 묻는다.

"포기하겠다는 건가?"

"삼촌이 바둑에 영 마음에 없는 것 같아서 말입니다. 끝까지 둬도 제가 진 판입니다."

"내가 이겼다는 건가?"

"네, 삼촌이 이겼습니다. 제 죽음이 갖고 싶다고 하셨습니까? 제 목숨이야 오래전부터 삼촌의 것이고, 제 죽음을 언제, 어떻게 가져가실 건지나 말씀해 주십시오. 삼촌이 원하신다면, 지금이라도 죽어드릴 수 있습니다."

"진심으로 하는 말이야?"

"어차피 죽을 목숨입니다."

"재미없군. 그보단 나를 감동시켜보는 건 어때? 더도 덜도 말고 딱 일초만, 그러면 충분할 것 같은데……."

"인간이라면 몰라도 삼촌에게 감동을 선사하는 일은 쉽지 않습니다. 하늘에 사다리를 놓고 올라가 별을 따는 일만큼이나 말이죠. 어쩌면 그보다 더 어려운 일일지도 모르겠습니다."

"오늘따라 청산유수로 말이 많군."

홍제는 꼬박꼬박 말대꾸하는 기문이 마뜩잖았다.

"죄송합니다. 내친김에 여쭙고 싶은 게 있습니다."

날마다 조금씩 죽어가는 기문이다. 모든 생명이 다 그렇겠지만 불현듯 이를 깨달은 기문이다. 꿈도 못꿨던 것들을, 상상조차 못했던 일들을 홍제로 인해 이뤘고 누렸다. 죽음이 코앞에 있다고 해도 아쉬울 것 없는 인생이다. 그러나 인간의 욕심엔 끝이 없었다.

"기문답지 않게 조심스럽군. 뭐야, 그 질문이란 게?"

"어떻게 하면, 삼촌 아니, 홍제님처럼 될 수 있는 겁니까?"

"뭐어?"

홍제는 대답하지 않았다. 유리창 밖으로 보이는 바다에 시선을 꽂아둔 채로 있었다.

기문은 무슨 말이라도 나오기를 기다렸다. 머리 검은 짐승을 거두는 게 아니었다고, 육두문자를 날려도 괜찮았다.

"……나처럼 되고 싶다?"

홍제가 살얼음 같은 침묵을 깨고 기문을 돌아본다.

"면목 없는 물음인 줄은 압니다."

기문은 그 자리에 무릎을 꿇었다. 알려달라고, 바닥에 머리가 닿도록 조아리고 또 조아렸다.

홍제는 낙담도 실망도 하지 않았다. 기문은 인간이다. 자신처럼 되고 싶다는 것은 살아있는 인간들의 신이 되겠다는 것이나 다름없는 일이다.

보지도 못한 불멸의 홍제를 섬기는 인간들은 현재에도 많았다. 그 많은 이들 가운데 기문은 분명 선택받은 인간이다. 그렇다고 도깨비가 될 수는 없다.

은혜도 모르고 염치도 없이 날뛰는 인간들 틈에서 홍제의 방황은 길고도 길었다. 잠적은 그만의 해결방법이었다. 노욕에 물든 인간들이 죽고 새 생명의 인간이 다시 올 때까지.

"죽는 게 두렵나?"

"아닙니다."

"그럼? 늙는 것이 서럽나?"

"아닙니다."

"죽는 게 두려운 것도 아니고, 늙는 게 서러운 것도 아니라면 뭐지?"

"제가 겁나는 건 삼촌이 원하는 감동의 별을 찾아주지도 못한 채로 떠나게 될까봐, 그것이 두렵습니다."

기문은 거짓말이라도 해야 했다. 아직 갖고 싶은 것을 다 갖지 못했다는 말은 할 수 없었다. 홍제가 자신을 떠날지도 모른다는 조바심이 기문의 염치없는 말을 재촉하게 만들었다.

기문의 생에 승승장구만 있었던 것은 아니었다. 검은머리가 파뿌리 되도록 살겠다고 맹세했던 여자와의 결혼은 실패로 돌아갔다. 반복된 실패는 여섯 번의 결혼과 여섯 번의 이혼에서 결론이 났다. 기문의 인생에 여자는 없다. 검은머리 파뿌리 되도록 기문과 함께 한 것은 아내가 아니라 눈앞의 홍제다.

그의 곁에서 기문은 또 지켜봤다. 홍제를 향해 자신의 욕망을 드러내는 여자들의 은밀하고도 적극적인 유혹을. 기문의 아내마저 홍제를 향한 속내를 감추지 못했다. 홍제와 소박한 저녁을 나누던 자리. 미뤄둘 수 없는 전화 통화를 하느라 기문이 자리를 비운 짬이다.

홍제의 팔에 손을 얹고 그의 귀 가까이에 대고 속삭이던 아내. 홍제의 무심한 눈길에도 희색이 가득한 아내. 그녀는 홍제의 곁에 붙어서 떨어질 줄을 몰랐다. 홍제가 어떻게든 해주기를 바라는 아내의 강렬한 눈빛에 기문은 충격을 받았다.

조용하면 조용한대로, 성질을 부리면 부리는 대로 홍제는 매력이 넘쳐흘렀다. 그에게 마음을 송두리째 빼앗긴 아내를 기문은 길게 원망하지 못했다. 홍제와 단둘이 마주하자면 아내의 심정이 우습게도 이해됐다.

홍제에게 흔들리지 않을 여자가 어디에 있을 것인가.

그러나 아내에 대한 기문의 신뢰는 산산조각이 났다.

늙음을 모르는 홍제를 누군가는 숭배하고 또 누군가는 저주했을 것이다. 홍제 옆에서라면 늙어가는 것을 받아들이는 일이 결코 마음처럼 되지 않는다.

그것은 천형.

잔인하도록 아름다운 괴물, 홍제.

기문의 불어나는 나이는 훈장도, 지혜도, 뭣도 아니었다.

이야기는 지구상에 존재하는 인간의 수 그 이상으로 널리고 널렸다. 그렇고 그런 인간의 이야기를 불멸의 홍제가 원한다는 것은 웃기는 일이다.

슬프도록 아름다운 감동을 인간에게 주는 존재가 홍제말고 또 어디에 있단 말인가.

기문은 상심하는 홍제를 볼 때마다 쥐구멍에라도 들어가고 싶은 심정이었다. 홍제의 기대를 충족시켜주지 못하는 자신이 한없이 초라하고 한심했다. 야심차게 진행한 공모도 실패다. 홍제에게 안길 감동을 기문은 어디에서도 찾지 못했다.

언제까지고 홍제와 함께할 수 없다는 사실에 기문은 허망했다. 또 절망스러웠다.

"기문은 내가 부러워?"

홍제의 어조는 무겁고도 가벼웠다.

"누군들 부러워하지 않겠습니까? 아니라고 한다면, 그건 거짓말입니다."

"솔직해서 좋군. 내 안의 지옥을 본 다음에도 과연 그럴까? 믿기지 않겠지. 하지만 있어. 무한의 생이 어떤 것인지 알게 된다면, 더는 나를 부러워하지 않게 될 그 생지옥이 내 안에 있단 말이지."

홍제의 얼굴로 수천 년의 고독이 스며들었다.

무한의 생이란 그 무엇도 이뤄낼 수 없는 존재다. 무엇인가를 이뤄낸다는 것. 그것은 존재가 사라지고 난 다음에나 찾아오는 아주 특별한 선물이다. 고로 영생의 홍제가 이뤄낼 수 있는 것은 아무것도 없었다.

그것은 유한의 생을 가진 인간만이 할 수 있는 것이다. 인간의 죽음은 뒤에 올 생명에게 바치는 앞선 생의 고귀하고 숭고한 행위야말로 진정으로 뭔가를 이루는 것이다.

영생은 하루하루를 견디고 버티는 것의 연속일 뿐이다. 닳고 닳은 마음의 껍데기가 정처 없이 떠도는 것이다. 수천 년의 생에서 홍제가 깨달은 것은 죽음만이 결과를 완성시킨다는 것이다.

"젊음의 육체만 있다면, 영원히 산다는 것은 축복입니다."

기문의 법령이 고집스럽게 자리를 잡는다.

"지겹도록 반복되는 생에 무슨 희망이 있겠어? 죽어도 죽어지지 않으니 나는 그저 살아있는 괴물일 뿐이라고. 난 말이야, 내가 있던 그곳으로 돌아가고 싶어."

"이곳의 세상이 마음에 안 드시는 겁니까?"

"내가 지나온 그 어떤 세월보다 살만해. 하루가 다르게 변하는 인간의 세상은 아주 흥미롭기까지 해. 도깨비 같은 세상에 도깨비가 사니 그게 문제라면 문제겠지."

"그것이 왜요? 도깨비 같은 세상이면, 홍제님의 세상이 된 것이나 다름없지 않습니까?"

"그럴지도 모르지. 하지만 내가 봐온 인간은 브레이크가 고장난 자동차 같아. 멈출 줄도, 머무를 줄도 모르거든. 바다 밑을 헤집고, 우주를 항해하고, 인간의 육체와 두뇌를 대신할 것들을 만들어내면서 그것을 발전이라고 믿지. 지구의 다른 생명체들한테도 과연 그럴까? 인간의 이기적인 그 발전이란 것이 내겐 고독하네만. 내 심장이 뜨겁게 달아오르질 않아. 김빠진 콜라 같아."

홍제의 고백은 허심탄회했다.

"가고 싶은 곳은 어디든 가고, 원하는 것은 그것이 무엇이든 다 가질 수 있지 않습니까? 무엇보다 삼촌에겐 돌아가고 싶은 그곳이 있잖습니까?"

"네 말처럼 간단한 것이라면, 나 역시 좋겠어."

홍제는 시름어린 한숨을 토해 놓는다.

인간의 일은 가만히 앉아서 천 리, 만 리, 또 백년, 천년을 내다보았다. 그럼에도 한 치 앞을 내다볼 수 없는 것은 홍제 자신의 미래였다. 인간의 멸종. 그때까지도 자신의 내기를 끝내지 못한다면. 홍제의 근심은 거기에 있었다.

바닷가 모래알만큼의 밤을 여자와 뒤엉켜 보냈다. 숱한 생명을 구하기도 했다. 그랬음에도 귀설의 감동은 결코 홍제의 것이 되지 못했다.

변화무쌍하고 위태로운 인간들의 세상에서 홍제가 원하는 것은 오직 하나. 도깨비의 섬으로 가져갈 인간의 이야기. 그 하나면 족했다. 수많은 세월, 수많은 채집자들을 앞세웠음에도 도깨비의 심금을 울릴 감동은 언감생심이었다.

"마음이 답답하군. 바람 좀 쐬고 와야겠어."

"같이 가드릴까요?"

"내가 어딜 가는 줄 알고 따라오겠다는 거야?"

"데이트라도 즐기러 가시는 겁니까?"

"거, 눈치 한 번 빠르군."

오르라면, 지금의 복잡하고 사나운 홍제의 마음을 달래줄 것도 같다. 홍제는 좀처럼 욕심을 부릴 줄 모르는 그녀를 떠올리며 미소를 지었다.

"정말이십니까?"

기문은 거처를 빠져나가는 홍제의 뒤를 쫓아가며 묻는다.

"더는 따라나오지 말게."

18

하진은 시내 중심가에 있는 서점으로 달려갔다. 취재원을 만나러 가는 길이었지만 방향을 틀었다. 길유진의 책이 출간됐다는 연락을 받고서였다. 하진은 신간코너의 진열대를 휘둘렀다. 자기계발, 소설, 에세이 등등의 매대를 둘러보았지만 유진의 책은 어디에도 보이지 않았다.

하진은 매대의 책을 정돈하고 있는 MD를 발견하고는 쪼르르 다가갔다.

"길유진 신간이 나왔다고 하던데, 어디에 있습니까?"

MD는 말 대신 하진이 이미 거쳐 온 신간코너의 매대 쪽을 가리켰다. 그쪽에서 다시 찾아보라는 뜻이리라. 하진이 고개를 갸웃거리면서 신간코너로 돌아왔을 때다.

직원이 묶음으로 된 책 덩어리 하나를 들고 나타났다.

「천재 바이올리니스트 길유진의 영혼을 울리는 선율」

유진의 책은 묶음 안에 있었다. 직원이 입고된 책을 매대에 진열하는 동안 하진은 신간 다발이 풀리기를 기다렸다.

누군가는 유진을 대신해 그의 짧은 인생에 관한 글을 쓸 것이다. 예상은 했다. 유진이 사망하고 그의 음악 인생은 불운의 죽음과 맞물려 어느 때보다 화려한 조명을 받았다.

길유진을 몰랐던 이들까지 그의 죽음을 접했으니 말 다했다. 천재 바이올리니스트 길유진의 죽음을 안타까워하고 애도해서 였다면 그래도 나았을지 모른다.

그의 이름 석 자에 자살, 약물중독, 화재, 음모, 동성애, 악마 등등의 말들이 꼬리처럼 따라붙었다. 유진의 기사가 팔리고 그를 다룬 방송이 팔리고 음악은 매도됐다.

하진은 형의 음악인생과 죽음, 그 어떤 것에도 간여하지 않았다. 유진이 남긴 것들로 누군가는 이득을 챙겼지만.

"이것 좀 먼저 풀어주시면……."

하진은 책 묶음에 있는 유진의 책에 손을 대고 말했다.

직원은 떨떠름한 눈길로 하진을 쓰윽 보고는 책 다발의 끈을 칼로 끊어냈다. 하진은 중간에 있는 유진의 책을 서둘러 낚아챘다. 그 바람에 책 다발이 와르르 무너졌다. 하진은 죄송하다는 말을 건성으로 하고 돌아섰다.

확인해야 했다. 유진에 관한 책을 쓴 저자가 누구인지, 하진은 봤다. 크리스. 유진의 매니저. 하진은 뒤통수를 얻어맞은 기분이다. 유진의 아이를 찾아달라던 것도 이 때문이었나. '매니저로 유진과 함께 했던 날들의 기록'이란 부제는 그래도 나왔다. '나의 연인, 유진'이란 소제목은 유진이 동성애자였다고 광고하는 것이나 다름없었다.

"이런 얍삽한 글을, 제멋대로 끼적여대다니. 죽은 사람이다, 이런 건가?"

하진은 불쾌감을 지우지 못했다. 차례를 살피는 것으로 내용은 대충 짐작했다. 그토록 찾기를 희망하던 유진의 아이에 대한 언급은 단 한 줄도 없었다.

이번엔 출판사를 확인했다. 정기문출판사. 대표의 이름을 그대로 가져다 회사명으로 썼다. 정기문. 그의 이름을 들어보지 못한 사람은 없을 것이다. 그를 만나보지 못한 기자 또한 없을 것이다.

전쟁이 지나간 나라에 건설과 산업을 일으킨 핵심 인물이자 경제부흥의 영웅 정기문. 그는 인간이 손에 쥘 수 있는 성공이란 성공을 단숨에 거머쥔 입지전적인 인물이다. 그랬던 그가 전 국민이 지켜보는 방송을 통해 또 한 번의 변혁을 꾀했다. 자신의 모든 것을 내려놓고 출판의 실무자로 전업한다는. 굴지의 호텔을 운영하던 회장이 직위를 내려놓고 웨이터가 된 사례도 있다지만 한 나라의 산업기반을 손아귀에 쥔 그의 행보는 참으로 놀라웠다.

대그룹 총수의 깜짝 행보에 재계와 정계가 동시에 들썩거렸다. 하루아침에 출판계의 새로운 모델이 되겠다고 나섰으니 잡음도 끊이질 않았다. 그룹 총수가 소꿉장난이 하고 싶어진 모양이라고 비아냥거렸다.

정기문은 대중의 말이나 시선 따위는 아랑곳하지 않았다. 그는 출판 사업에 손을 댄지 일 년 만에 출판시장뿐 아니라 공연, 영화, 방송 등의 콘텐츠를 독식하다시피 했다. 정기문은 또 다시 미디어그룹의 신화를 만들어냈다.

하진은 유진의 책 판권을 들여다본다. 최우필이 사망 전에 출판관계자를 만났었다고 하지 않았나. 정기문출판사와의 작업이라면 최우필이 거절할 이유가 없었을 것 같기도 했다.

"정기문 대표님과 통화를 좀 하고 싶은데요."

하진은 판권에 나온 대표번호로 전화를 걸었다. 기다려보라는 말과 함께 신호는 대기음으로 넘어갔다. 정기문의 비서라는 사람이 받았다.

하진은 정기문과 통화하고 싶다는 말을 다시 했다. 메모를 남겨주면 전달해 주겠다는 사무적인 대답만 돌아왔다. 정기문을 만나고 싶다는 부탁에도 그의 대답은 뜨뜻미지근했다. 정상적인 절차를 밟아서는 정기문을 언제 만날 수 있을지 기약이 없을 듯했다.

"언제부터 약속 잡고 사람을 만났다고, 참나. 직접 쳐들어가는 게 맞지."

하진은 유진의 책 한 권을 구입하고 서점을 빠져나왔다.

출판사들이 밀집해있는 출판단지. 정기문출판사는 그곳에
있었다. 하진은 공터에 차를 세워두고 출판사 건물 안으로 들
어갔다.

"누구를 찾아오셨습니까?"

경비원이 하진의 출입을 막아선다. 출판사에 경비원이라니
어울리지 않았다. 하진은 대표를 만나러 왔다고 하려다가 유진
의 책 판권에 나와 있는 이름 하나를 댔다. 길유진의 동생이라
는 말도 했다. 책과 관련된 방문자라면 못 들어가게 하지는 않
겠지, 싶은 생각에서.

"편집실은 2층 왼쪽에 있습니다."

"고맙습니다." 하진은 계단으로 가다말고 경비원을 돌아봤다.
"저어, 그런데 말입니다."

경비원이 무슨 용무가 더 있냐는 듯이 바라본다.

"정기문 대표님, 사무실에 계실까요?"

"약속은 하고 오신 겁니까?"

"아뇨. 여기까지 온 김에 혹시 계시면 만나 뵙고 갈 수 있을까
싶어서요."

"사무실에 계시다고 만날 수 있는 그런 분이 아닙니다, 회장
님은."

정기문이 사무실에 있다는 건지, 없다는 건지 경비원의 말은 모호했다. 그는 본인의 용무나 보라는 식으로 손짓하고는 돌아섰다.

하진은 건물 밖으로 나가는 경비원을 확인하고 건물 안내도를 찾았다. 대표실은 어디에도 표시되어 있지 않았다. 이곳에 오기 전에 정기문이 어디에 있는지 알아본 터였다. 하진은 그가 출근하는 사무실에 대해 고개를 갸웃거렸다.

실무자로 일하겠다고 했으니, 출판사 어딘가에 그의 책상이 있을 것이다. 하진은 건물의 층층을 세다가 어느 문 앞에 멈춰섰다. 대표실이란 안내문은 따로 붙어있지 않았다. 정기문의 책상이 그곳에 있을 것 같은 촉이 느껴졌다.

하진은 그 문을 벌컥 열었다.

"어떻게 오셨습니까?"

직원의 목소리는 귀에 익었다. 정기문의 비서다.

"대표님을 뵈러 왔습니다. 계시죠, 지금?"

하진은 막무가내로 들어섰다. 그 와중에도 사무실의 내부를 곁눈으로 훑었다. 사무실로 들어왔건만 미로처럼 문은 그 안에 또 있었다.

"이렇게 무작정 찾아오시면 곤란합니다."

"잠깐이면 됩니다. 직접 뵙고 여쭤볼 것이 있어서 그럽니다."

비서가 난감한 기색을 표하는 사이 하진은 은근슬쩍 그리고 잽싸게 문 하나를 열어젖혔다.

"뭐하시는 겁니까? 경비원을 부를 겁니다."

비서는 당황해서 언성을 높였다.

"아, 나중에 다시 오겠습니다."

하진은 일단 후퇴했다. 문을 전부 열어보지 않아도 안다. 이렇게 소란을 피우는 데도 나타나지 않는 것을 보면, 정기문은 지금 이곳에 없는것이다. 하진은 자신을 마뜩치 않아하는 비서를 향해 해맑은 웃음을 지으며 그곳을 나왔다. 그러고는 2층의 편집실로 향했다.

편집실은 높은 책장으로 둘러싸여 있었다. 도서관 같기도 하고, 한편으론 책으로 자리마다 담을 쌓아놓은 듯도 했다.

하진은 판권에서 찾은 이종현 편집자의 자리를 찾아갔다. 그는 프린트된 교정지에 빨간색 볼펜으로 무언가를 적어놓고 있었다. 그의 책상을 두드리자, 편집자가 고개를 들었다. 안경을 고쳐 쓰는 그는 이름과 달리 여자 편집자다. 손날엔 붉은색 잉크가 번져서 뭉개져있었다.

"요즘도 이런 식으로 교정교열을 보는군요. 컴퓨터상에서 다 처리하는 줄 알았는데……."

하진은 모니터 상으로 수정을 끝내는 신문사의 기사 교정교열 방식을 떠올리며 말했다.

"실례지만 누구시죠?"

"아, 저는 길유진 동생, 길하진입니다."

편집자의 안색이 순간 좋지 않게 변했다.

유족이 나타난다는 것은 좋은 징조가 아니다. 길유진에 관한 책 내용을 트집 잡아 판매금지 소송을 벌일 수도 있는 문제다. 저자인 크리스가 책의 내용으로 인해 벌어지는 문제에 관해서는 걱정하지 않아도 된다고 장담을 했지만 그래도 또 모를 일이다.

"길유진 음악가의 책을 제 손으로 만들 수 있어서 영광이었어요. 실은 길유진님의 팬이었거든요, 제가."

하진을 회의실로 안내한 편집자는 너스레를 떨었다. 하진이 책의 내용을 문제 삼기 위해 온 것이 아니라는 것을 안 다음이었다.

"매니저였던 크리스가 썼던데, 어떻게 책을 내게 된 겁니까?"

"세계적으로 유명한 바이올리니스트시잖아요. 젊은 나이에 그렇게 갔다는 건 애석한 일이죠. 누군가는 길유진 음악가를 추억할 수 있게 해주면 좋지 않겠어요? 저자가 한국에 오면 다양한 이야기를 들려드릴 수 있게 기회를 만드는 중이기도 하고요."

"크리스가 한국에 온다는 겁니까?"

"아마도 그러지 않을까 싶습니다만. 영국과는 동시 출간을 했고 앞으로 중국과 미국 다른 유럽 등지에서도 출간될 예정이거든요."

편집자는 하진이 유진의 유족이라는 것도 잊은 채였다. 자신이 만든 책이 각국으로 번역되어 나간다는 것에 적잖이 들떠 있었다.

"그렇군요. 전에도 크리스가 이곳을 방문했던 적이 있습니까? 계약이든, 집필논의든."

"섭외는 회장님이 직접 하셨고, 계약과 진행은 해외지사 쪽에서 했어요. 원고는 이메일로 받았고요. 계약을 국내에서 진행했더라도 해외에 있는 저자가 일부러 한국에 올 필요는 없죠. 모든 것이 온라인으로 이뤄지고 있으니 말이죠."

"대표님을 다들 회장님이라 부르는 모양이죠?"

편집자만이 아니었다. 하진이 만난 경비원과 비서실 직원 모두 정기문을 꼬박꼬박 '회장님'이라고 칭했다.

"아무래도 입에 붙어서 그런 거겠죠. 세계적인 그룹의 총수였고 지금도 별반 다르지 않은 걸요."

"그렇긴 하죠."

하진도 수긍했다.

크리스가 단 한 차례도 한국을 방문하지 않았다는 사실은 의외였다. 유진의 아이를 찾아달라던 크리스다. 유진에 관한 책을 출간하다니, 생면부지의 아이가 생뚱맞게 마음에 걸렸던 것일까. 유진의 아이를 찾았다면, 그 이야기까지 쓸 작정이던 걸까. 알 수 없다.

"대표님이 실무를 직접 뛰신다는 걸 듣긴 했지만, 진짜로 그러실 줄은 몰랐습니다. 연세도 있으시고, 직원을 부려도 얼마든지 되는 일인데 말이죠."

하진은 자연스럽게 정기문에 관한 대화로 이끌었다.

"팀별로 진행되는 책이 있고, 회장님이 직접 추진하는 책이 따로 있어요. 무엇보다 책 만드는 일에 한번 빠지면, 헤어 나오기 힘든 마력 같은 게 있거든요. 새로운 저자를 발굴하고 섭외하고 그 사람의 책이 나오기까지의 과정을 함께하는 건 나름의 의미가 있죠. 그래도 회장님이 일선에 있는 건 아랫사람들에게 스트레스이긴 합니다."

편집자는 말끝에 웃음을 지었다.

"그럼, 혹시 최우필 국회의원도 대표님이 만나셨을까요? 사망 전에 출판사 사람을 만났다고 하던데……."

하진은 조심스럽게 물었다.

"잘은 모르지만 아마도 그럴 걸요. 21세기 피카소라 불리는 화가 스콧 김, 한옥의 미를 세계적으로 알린 건축가 도영훈, 할리우드에 입성한 배우 채한비 등도 회장님이 섭외하신 걸로 알고 있어요."

"도영훈이라면 지난 해에 불의 살인에 연루된? 그분 책도 여기서 나옵니까?"

"네에. 근데, 진짜 이상하네요."

편집자도 뭔가 석연치 않은 표정을 지었다.

"뭐가 말입니까?"

"회장님이 운이 없으신 건지, 좋으신 건지 알 수가 없단 말이죠. 회장님이 기획한 책의 주인공이 그런 불운한 일에 연루되니 하는 말이죠. 도영훈도 그렇고, 최우필도 그렇고, 길유진도……, 앗, 죄송해요. 동생분이 앞에 계신데. 형의 죽음은 정말이지 안타까워요."

"돌이킬 수 없는 일이죠. 대표님이 언제쯤 이곳으로 출근하실지 알 수 있을까요?"

"저자 섭외 차 담양에 가신다는 말이 있긴 했는데, 당분간 출근은 안하실걸요. 가신 곳이 마음에 들면 저자와 며칠씩 지내다가 오시기도 하거든요."

"그렇군요. 아무튼 귀한 시간 내주셔서 감사합니다. 형의 이야기를 이렇게 출간해준 것도 고맙구요."

"제가 고맙죠. 유족이 출판사까지 찾아오는 경우는 불미스런 일일 때가 많은데……."

편집자는 말꼬리를 흐렸다.

"이권이 걸려있으면 좀 시끄럽긴 하죠."

하진은 웃어넘겼다. 기사가 잘못 나가면 관련자들이 들고 일어나는 일과 별반 다르지 않을 것이다. 하지만 유진의 책에 엉뚱한 내용이 담겼다손 치더라도 그것은 저자인 크리스의 사유다. 하진이 간섭할 수 있는 일은 아니다. 불의 살인사건에 연관된 도영훈과 최우필을 정기문이 접촉했다는 정보만으로도 하진은 충분히 만족했다.

자신의 분야에서 일가를 이루거나 유명세를 얻으면, 온갖 제안과 유혹이 따른다. 당연한 일이다. 출판계도 그들의 이야기를 출간하기 위해 발 빠르게 움직일것이다. 한 분야에 정통하거나 특별한 사람들의 이야기는 책으로 다뤄지기에 제격인 상품인 것이다.

당사자가 글을 쓸 수 없다면, 대필 작가를 고용하는 일이 공공연하게 이뤄지고 있으니 그리 어려운 일도 아니었다. 상황이 이러함에도 한 시대를 풍미했던 정기문에 관한 책 한 권이 출간되지 않았다는 것은 정말로 의아한 일이다.

정기문 회장은 천둥벌거숭이에서 세계적인 대그룹의 총수가 된 인물이다. 그가 만나고 다니는 이들에 비하면 정기문의 인생 이야기가 훨씬 반향이 클 것이다.

"정기문 대표님 책은 여기서 출간 안 합니까?"

하진은 나가려다 말고 편집자를 향해 지나가듯 묻는다.

"제안이야 수도 없이 했죠. 다른 출판사에서도 제의가 막 쏟아졌었는데, 회장님이 다 거절하셨어요."

편집자는 아쉬운 듯이 말했다.

"아니, 왜요?"

"뭐라시더라? 당신의 이야기에는 영혼이 없다고 그랬던가. 암튼, 당신에 관한 책은 입도 뻥긋 못하게 하셨어요."

"그렇군요."

하진도 조금은 아쉬운 표정으로 그곳을 나왔다.

비서는 정기문과의 약속을 잡아주겠다고는 했지만 연락은 오지 않을 것이다. 하진은 이종현 편집자가 알려준 호텔을 내비게이션에 입력했다. 정기문이 자연발화 사건의 희생자들을 미리 만났다는 것이 결코 우연한 일만은 아닐 것이다.

하진은 자신의 궁금증만큼이나 마음도 분주했다. 담양으로 차를 달리려던 하진은 주말도 아닌데 밀리는 차에 짜증이 절로 올라왔다. 하진의 복잡한 머릿속만큼 도로의 정체도 시끄러웠다. 하진은 정기문출문사에서 책을 낸 배우 채한비에게 전화를 걸었다.

- 오우, 기자님이 어쩐 일이에요? 그동안 어떻게 잘 지내셨어요?

채한비의 목소리는 낭랑했다.

"네, 덕분에 그럭저럭요."

- 그 말은 제가 해야 될 것 같은데요. 제 책 기사도 내주시고 덕분에 책이 아직도 잘 팔리고 있으니 말이죠.

"그거야 제 덕보단 배우 채한비가 한류스타라 그런 걸 겁니다."

- 하하하. 기자님은 너무 겸손한 게 탈이시라니깐. 생색도 좀

내고 그래야 제가 밥이라도 한번 사는 거죠.

"제가 눈치가 너무 없었군요. 하하."

안부를 확인한 하진은 급한 마음만큼 서둘러 본론으로 들어갔다. 채한비의 책 출간 배경이 무엇보다 궁금했다. 연기를 잘하는 배우이기는 하지만 글을 쓰는 배우는 또 아니었다.

- 일급비밀인데, 말해도 되는지 모르겠네.

"이 바닥에 비밀이 어딨습니까? 서로 다 아는 판에."

- 어차피, 한 다리 건너면 다 알 일이죠. 작가를 따로 붙여주겠다고 하더라고요. 내키지 않아서 거절했는데, 그럴수록 계약금을 올리지 뭐예요.

"그래서요?"

- 쓸 얘기가 별로 없다고 했죠. 내가 뭐 돈이 궁한 배우도 아니고. 책 내서 내 이미지가 좋아진다는 보장도 없고. 그런데 완전 불도저시더라구요. 그동안 알려진 자료만으로도 충분하대나 어쨌다나. 나 없이도 나에 관한 책을 낼 것 같더라고요. 결국 협조하게 된 거죠. 나에 관한 책이니까. 그러지 말고 언제 한번 봬요, 기자님?

하진은 그러자며 통화를 마무리했다. 책으로 벌어들일 수 있는 수입에는 한계가 있다. 그럼에도 정기문은 무리수를 두면서까지 채한비의 책을 출간했다. 그 이유가 뭔지 하진은 짐작하기 어려웠다.

하진이 담양에 도착했을 때는 이미 밤이 어둑어둑했다. 편집자의 말만 듣고 무작정 온 길이다. 하진은 정기문이 묵고 있다는 호텔로 전화를 걸었다. 운 좋게도 기문의 룸으로 전화가 연결되었지만 그는 받지 않았다.

"어디 나갔나?"

정기문의 위치를 확인한 하진은 허기가 밀려왔다. 종일 쓴 커피 두 잔을 마신 게 전부다. 가까운 식당에 들어가 허기를 면하고 나자, 이번엔 피로가 한꺼번에 돌진해왔다.

하진은 정기문이 묵고 있다는 호텔로 향했다. 내일 아침, 조식 석상에서라도 그를 만날 수 있게 되기를 바라면서.

메타세쿼이아가 우거진 도로는 어두컴컴했다. 하진은 민가의 불빛조차 드문 외진 곳을 달렸다. 인적은커녕 지나가는 차량이 눈에 띄지도 않았다. 호텔로 가는 길을 내비게이션이 안내하고 있음에도 하진은 긴가민가했다.

"여기 어디쯤인 것 같은데, 왜 아무것도 없냐고? 네비야, 안내 좀 잘 해라."

하진은 졸음이 쏟아져서 잠깐이라도 눈을 붙이고 싶다는 생각뿐이다. 이대로 운전을 더 했다간 논두렁에 처박을 것도 같다. 하진은 한적한 오솔길 입구에 차를 세웠다. 운전석 등받이를 뒤로 젖히고 누웠다. 까무룩 잠이 들려던 순간이다.

사방에 빛은 없었다. 그럼에도 하진의 감은 눈 위로 빛이 아른거렸다. 신경이 곤두섰다. 하진은 끝내 눈을 떴다. 주먹만 한 불덩이 하나가 산자락 안에서 너울댄다.

반딧불인가?

시골은 역시 시골이라고, 무심하게 넘기려던 찰나였다. 하진은 얼음물을 뒤집어쓴 듯 정신이 번쩍 들었다. 수백수천개가 모인 것이라면 또 모를 일이었다. 그렇더라도 저토록 큰 빛을 내는 반딧불이가 있을까. 횃불이라면 가능할 것도 같았다.

산자락을 홀로 움직이는 횃불임에 하진은 자신의 눈을 의심했다. 아무리 봐도 횃불을 든 사람이 보이지 않았다. 불덩이가 어둠 속을 서성였다. 나무에 옮겨 붙기라도 하면 건조한 날씨에 산불은 금방이다.

하진은 차에서 내렸다. 불덩이의 정체가 궁금했다. 그는 몸을 낮춰 걸었다. 나무 뒤에 몸을 숨기고 불덩이를 눈으로 쫓았다. 횃불도 반딧불도 아니다. 제 의지로 움직이는 불덩이. 직접 보고도 믿을 수 없음에 하진은 얼떨떨했다. 허둥지둥 휴대전화를 꺼냈다. 사진이라도 찍을 심산이지만 손이 말썽을 피웠다. 하진의 손끝이 자꾸 엉뚱한 버튼에 닿았다.

촬영 버튼에 하진의 손이 닿았을 때는 불덩이가 자취를 감춘 후였다. 짙은 어둠에 불덩이가 숨을 곳은 없었다. 그럼에도 불덩이는 전구의 불빛이 나간 듯이 어느 순간에 사라졌다.

도깨비불에 홀린 걸까. 피로가 쌓여서 뜬 눈으로 꿈을 꾸고

있는 것인지도 모를 일이다. 침대에 아니, 따뜻한 욕조에 몸을
담그고 나면 괜찮아질 것도 같았다. 하진은 차로 돌아가 운전석
의 문을 잡아당겼다.

그리고 그때다. 자취를 감췄던 불덩이가 다시 나타났다. 하진
은 시선으로 불덩이를 쫓았다. 주먹만 한 불덩이가 성난 듯 몸
을 부풀리는가 싶더니 사람의 형상으로 불타올랐다.

"허걱!"

깜짝 놀란 하진은 엉덩방아를 찧고 말았다. 넋이 나갔다. 자
신이 어떻게 시동을 걸고, 어떻게 운전을 했는지 기억이 나지
않았다. 하진이 정신을 차렸을 때, 그는 메타세쿼이아 도로에 차
를 세워두고 있었다. 기문이 묵고 있다는 호텔로 가기 위해 지
났던 도로.

살의를 지닌 불덩이가 사람을 덮쳤다.

운전대를 움켜쥔 그의 손이 진땀으로 미끈거렸다. 등줄기는
식은땀으로 젖어들었다.

하진은 노트북 전원을 켜둔 상태로 호텔 룸 안을 오갔다. 기
사는 한 줄도 써지지 않았다. 자연발화 사건의 실체가 이것이란
말인가.

편집국으로 기사를 넘긴 것은 새벽 4시가 다 되어서였다. 한
두 시간만 지나면 조간신문에 살아있는 불에 관한 기사가 대문

짝만하게 실릴 것이다. 하진은 기사를 송고한 의자에 앉은 채로 곯아떨어졌다.

휴대폰 벨소리는 하진이 벼랑에서 떨어지는 꿈의 순간에 울렸다. 쿵! 하진은 의자에서 떨어졌다. 암막커튼이 드리워져 있는 룸은 어두웠다. 울어대는 휴대폰의 시계가 열시를 알린다. 하진이 시계를 확인하고 받으려는 순간 전화는 끊겼다.

부재중 전화가 수도 없이 찍혀있었다. 잔 것 같지도 않은데, 어지간히도 곯아떨어졌던 모양이다. 하진은 기지개를 켜며 암막커튼을 걷었다. 환했다. 휴대폰이 또 울린다. 편집국장이다.

– 길하진! 자네, 기자생활한지 얼마나 됐나?

편집국장은 하진이 휴대폰을 받자마자 시비조다.

"올해로 십 년째입니다만, 그건 왜 갑자기 물어보십니까?"

– 십년씩이나 된 놈이 기사를 이 따위로 써. 기사가 무슨 픽션인 줄 알아. 그리고 지금 몇 시야? 당장, 출근을 하든지, 사표를 쓰든지 해!

편집국장은 제 할 말만 하고는 전화를 툭 끊었다.

이번엔 하진이 통화를 시도했다. 편집국장이 받자마자, 자신이 자연발화 사건의 현장을 목격했노라고 투척했다. 편집국장은 하진의 말을 귓등으로도 듣지 않았다. 통화를 차단했다. 하진이 작성한 기사가 신문에 실리지 않았다는 것은 불을 보듯 뻔했다.

"사표? 쓰라면 쓰지, 뭐. 내가 못쓸 줄 알고, 쳇!"

하진은 심사가 뒤틀렸다.

당장의 출근은 하고 싶어도 할 수 없었다. 하진은 눈곱만 떼고 불덩이를 봤던 간밤의 장소로 향했다.

경찰이 먼저 와 진을 치고 있었다. 일반인의 접근을 막았다. 하진은 어깨너머로 화재가 머물다 간 흔적만 확인했다.

"이번 사건을 신고한 사람이 길 기자, 자네라면서?"

현장에 먼저 와있던 임계원 형사가 담배 한 개비를 권하며 말을 붙인다.

"안 피웁니다."

"그래? 애들 성화에 못 이겨 나도 좀 끊어볼까 했는데, 현장에만 오면 나도 모르게 손이 가니 끊기가 힘들단 말이지."

임 형사는 담배를 입에 물었다. 불은 붙이지 않은 채였다.

"어떻게 오신 겁니까?"

"자연발화 유사 사건 신고가 접수됐다는 연락을 받자마자 내려왔네만."

"초자연적 현상이라 경찰은 손을 떼신 줄 알았는데요?"

"말에 뼈가 있군. 최우필 사건 때문에 아직도 유감이 많은 모양이야? 어쨌거나 목격한 당시의 상황을 상세히 좀 말해 주지 않겠나? 일찍 온다고 왔는데, 이곳 경찰이 사체를 다 수습해갔지 뭐야."

"제 말을 믿기는 하는 겁니까?"

임 형사는 입에 물고 있던 담배를 분질러 주머니에 넣었다. 그만 기분 풀라는 식으로 하진의 어깨를 톡톡 친다.

"내가 생각해 봤는데 말이야. 자네 말대로 연쇄살인일 수도 있겠더라고. 그래도 핀란드에서 벌어진 사건까지 연결시키는 건 좀 과하지 않나? 동에 번쩍, 서에 번쩍하는 홍길동 도깨비불도 아니고. 아무리 도깨비불이라고 해도 그렇지. 어떻게 한국과 핀란드를 오가겠나? 자연발화를 모방한 살인사건이라면 또 모르겠지만 말이야."

"피해자가 모두 한국인이라는 건 어떻게 생각하십니까? 뭔가 연결고리가 있다는 생각은 안 드십니까?"

하진의 대꾸는 떨떠름했다.

"그것 참. 세계로 뻗어가는 한국인이란 말은 있어도, 글로벌한 연쇄살인범은 좀 아니지 않나?"

황당한 생각이란 걸 알면서도 임 형사는 하진의 말을 묵살하지는 못했다. 설득력이 없음에도 그럴지도 모른다는 생각이 묘하게 자꾸 들었다. 자신까지 뇌가 이상해진 것은 아닌가, 싶기도 했다.

"그만큼 단순한 사건이 아니란 거겠죠."

하진은 진지했다.

"자네 생각엔 도대체 누가 이런 연쇄살인을 벌일 수 있다고 생각하나? 왜에?"

"지구 전체에 퍼져있는 살인귀의 소행이거나, 아니면 한국인이 세계의 주역이 되는 걸 막고 싶은 이들의 음모거나 겠죠. 우리 같은 평범한 사람들은 상상조차 못하는 배후가 있겠네요."

"한국인이 주역이 되는 것을 막으려는 음모라고?"

임 형사는 터무니없어 하면서도 그런가 싶은 눈길로 하진을 바라봤다.

전 국무총리였던 최우필은 세계적인 한국 만들기에 앞장섰던 인물이었다. 대권에 실패한 이후로 의원직을 수행하고 있었다. 사망하지 않았다면 언젠가는 대통령이 될지도 모를 인물이기는 했다. 도영훈이나 길유진은 그렇다 처도 핀란드 여행 중에 봉변을 당한 차리아는 하진이 말하는 맥락에서 한참 벗어나 있었다.

"형사로서 할 말은 아니지만 항간에는 도깨비의 장난이란 말도 있어."

임 형사는 과학수사를 추구해야할 경찰이 살인사건에 도깨비의 장난을 운운하는 자신이 한심했다. 그럼에도 상식적인 사건이 아님에야 웃음은 나오지 않는다.

"도깨비의 장난이면, 차라리 낫겠네요."

하진은 사건현장을 먼발치에 두고 상념에 빠져들었다. 풋내기 기자시절, 하진은 '개코'로 통했다. 뭔가 구린 게 있다 싶으면 끝까지 파고들었다. 직감은 틀린 적이 없었다.

특종은 하진의 직감과 집요함에서 터져 나왔다.

불의 살인이니, 자연발화니 하는 말들은 사건현장의 기괴함에서 비롯되었다. 상식적이지 않은 죽음이고 누군가의 음모가 없다고 보기에도 수상쩍었다. 간밤의 불덩이는 연쇄살인이라는 하진의 직감에 힘을 실어주기에 충분했다.

하진은 간밤에 희생된 사람 역시 평범한 사람은 아닐 것이라고 확신했다. 그럼에도 누가 소설을 쓰라고 했냐는 편집국장의 말에는 대항하지 못했다.

"불이 진짜 저 홀로 움직였어?"

"그렇다니까요."

"자네 눈이 어떻게 됐던 건 아니고?"

"형사님!" 하진은 언성을 높였다. "내가 미친놈 같을 겁니다. 하지만 형사님도 봤잖습니까? 저기 있던 사체의 흔적. 경찰이 수습해갔으니 누군지도 곧 밝혀지겠죠. 꽤나 유명인사일 겁니다. 우리가 다 아는."

기자나부랭이의 허무맹랑한 소리라고 반박이라도 할 수 있으면 좋으련만. 상황은 그렇지 못했다. 임 형사는 목격자인 하진의 말에 한숨만 연달아 내쉬었다.

19

귀화는 레스토랑의 문을 나섰다. 퇴근이다. 하루의 피로가 기분 좋게 밀려들었다. 집에 가서 쉴 일만 남았다. 귀화는 흐뭇한 마음으로 발걸음을 뗐다. 주택단지의 어둑하고 좁은 골목에 이르러서야 그녀의 걸음이 멈췄다. 마주 오는 상대가 비켜가기를 기다렸다.

"젊은 양반이 먼저 피해 가요. 내 몸이 내 몸 같지 않게 둔해서 말이죠."

상대 또한 그런 생각을 했던 걸까. 마주선 상대는 금방 걸음을 옮기지 못했다. 귀화는 그제야 고개를 들고 상대를 바라본다.

"레이디 먼저!"

남자는 친절했다.

남자의 얼굴을 확인한 귀화는 자신의 눈을 의심했다. 지금도 떠올리는 그 얼굴이다. 호호백발의 노인이 되었다면 모를까, 눈앞에 있는 청년을 귀화가 어찌 몰라볼 수 있을 것인가. 남자는 거리의 불빛보다 더 환한 얼굴을 하고 있었다.

귀화의 마음에서 한 번도 지워진 적 없던 옛 사랑이 꿈처럼 눈앞에 서있다. 까마득한 과거로부터 타임머신을 타고 넘어온 듯이.

옛 연인의 달라진 점이 있다면, 옷차림, 그것이 전부였다. 청바지에 니트를 입은 그는 영락없는 요즘 젊은이다.

늙지 않는 특별한 사람.

어렴풋이 짐작은 했지만 이렇듯 마주하고 보니 귀화의 충격은 심히 컸다. 옥죄어오는 심장을 오른손으로 부여잡았다.

시간이 멈춘 듯했다. 정적은 무겁게도 달라붙었다. 홍제를 처음 만났던 그날과는 전혀 다른 냉랭한 바람이 스쳤다. 못내 그리운 사람. 다시 볼 수만 있다면 간절히 바라고 바라던 일이건만 귀화는 둔한 몸으로 재게도 돌아선다. 중심은 그 다음에 잃었다. 귀화의 다리가 비틀거리고 몸이 흔들렸다.

홍제가 빠른 손으로 귀화를 부축해 세웠다.

"괜찮으십니까? 어디 불편한 데라도 있는 건……."

귀화는 손사래로 그의 말을 잘랐다. 그의 젊음과 그의 향기와 그의 친절이 잔인하게도 달려들었다. 귀화는 검버섯이 핀 손을 얼굴로 가져갔다. 기름기 빠진 탄력이라고는 없는 피부. 자글자글한 주름과 두꺼워진 피부가 손끝에 닿았다. 검은 머리칼 한 올 찾아볼 수 없는 백발의 노파가 골목의 유리창에 비쳤다.

평생을 품고 살아온 사랑의 그림자가 악몽으로 바뀌는 데는 그 무엇도 필요치 않았다. 백발의 귀화가 청년 홍제와 맞닥뜨린 그것이 다였다.

"귀화, 당신이로군."

홍제는 반가웠다. 열다섯 소녀였던 귀화를 뜻밖의 장소에서 이렇듯 만나게 되다니, 이런 우연이 있나.

"가요. 어서 그냥 못 본 척 지나가 줘요."

귀화는 고개를 숙인 채, 겨우 목소리를 냈다. 안간힘마저 빼앗겼다. 발바닥으로 쇠한 기력이 빠져나가고, 귀화는 벗어놓은 옷처럼 길바닥에 주저앉았다.

시간을 온몸에 아로새긴 귀화. 생의 옷을 그대로 입고 있는 그녀는 아름다웠다. 홍제의 감격에도 귀화는 그를 바라볼 용기가 나지 않았다. 외면하는 그녀를 홍제는 번번이 앞세웠다. 햇살처럼 부서지는 웃음을 머금고서.

"한 번만 나를 봐주오, 귀화."

어쩌자고 이토록 말갛게 웃는단 말인가. 귀화의 시간이 좀처럼 흐르지 않고, 눈앞의 홍제 또한 우직하게도 머물러 있었다.

"늙은이를 그런 눈길로 보지 말아요, 제발."

귀화는 일어섰다. 홍제가 가지 않는다면 자신이 벗어나는 수밖에. 놀란 심장은 달래지지 않았다. 홍제를 뿌리치고 온힘으로 골목을 걸어 나왔다. 그녀의 외면에도 아득했던 날들의 홍제는 눈앞에서 아른거렸다.

꽃잎이 흩날리던 그날의 홍제가.

정겨운 말발굽의 소리가 환청처럼 들려왔다. 홍제의 무감한 날들이 이어지던 어느 날이었다. 홍제는 자각 없는 정신을 모처럼 일깨웠다.

저 역동적인 소리를 들어보라.

실낱같은 희망이 홍제의 겨울을 뚫고 새싹처럼 돋아나는 듯했다.

이 얼마나 그립고 경쾌한 소리던가. 소리는 점점 가까이 그리고 크게 들려왔다. 기쁨과 감격의 순간이다. 그럼에도 부지불식간 홍제의 입술을 뚫고 나온 것은 외마디의 비명이었다.

홍제의 몸이 백마의 발길질에 허공으로 붕 뜨는가 싶더니 나무기둥에 머리를 쿵, 찧고 말았다. 몸이 부서질 것 같은 고통과함께 홍제는 땅으로 추락했다. 말발굽에 채이고 나무에 몸을 부딪는 사이, 가죽장정의 표면에 붙어있던 이끼가 와장창 떨어져나갔다.

긴 세월에 종이책 정도는 삭거나 썩어서 문드러져야 마땅했다. 청소부의 늙은 아내에게 일부를 찢긴 것 말고는, 몸을 움직일 수 없다는 것 말고는 신기하게도 여전히 건재했다.

홍제는 허물을 벗은 듯, 몸의 때를 밀어낸 듯 개운했다. 인간의 발길이 사라진 숲에서 인간과 조우하게 되는 날이 올 줄은 몰랐다.

남자는 길을 잃고 숲을 헤맸다. 빠져나갈 길을 찾지 못해 곤경에 처해 있었다.

이번 기회를 놓친다면, 홍제가 숲을 빠져나갈 기회는 영원히 오지 않을 것이다. 무슨 수를 써서라도 백마를 타고 나타난 남자의 눈에 띄어야 했다. 홍제는 정신을 가다듬고 대지와 숲의 정기를 불러들였다.

남자가 말에서 내렸다. 그의 발밑에서 요상한 기운이 올라오고 있으니 확인을 해야 했다. 인적 없는 숲에 어울리지 않는 물건을 발견한 것도 그때다. 인간의 물건과 마주한 남자는 반가웠다. 이끼의 잔재들을 마저 털고 말 등에 매달아놓은 자루에 챙겨 넣었다.

숲은 깊고 평화로웠다. 길을 잃었다는 남자의 불안감이나 숲을 벗어나지 못할 것이라는 근심은 곧 사라졌다. 남자는 다시 말에 올라 나무들 사이를 통과했다.

홍제는 백마 탄 남자의 정체를 알 수 없지만 괜찮았다. 무사든, 사냥꾼이든 그의 말이 홍제를 숲에서 벗어나게 해줄 것이다. 녹슬지 않은 천마지기의 능력을 홍제가 유감없이 발휘한 그날이다. 홍제는 말을 아주 잘 다뤘다. 남자의 말에 실려 박제된 시간의 숲의 벗어났다.

홍제는 남자와 함께 인간이 사는 마을에 들어섰다. 그곳의 사람들은 며칠 만에 나타난 남자를 반겼다.

참으로 감개무량한 광경.

홍제는 그들이 자신을 반기는 것인 양 착각했다. 인간의 소리를 듣고 인간의 냄새를 다시 맡을 수 있게 된 것만으로도 그간의 원망이 사라졌다. 홍제는 자루에서 어서 자신을 꺼내주기만을 기다렸다. 자루 밖에서 들려오는 목소리의 얼굴들을 제 눈으로 보고 싶었다.

그러나 홍제의 기쁨은 그야말로 잠시였다. 자루에서 빠져나온 순간, 오동나무상자에 갇히는 신세를 면치 못했다.

남자는 인적 없는 곳에서 발견된 책을 수상히 여겼다. 그 깊은 숲에 있자면, 눈 맞고 비에 젖어 흔적도 없이 사라져야 마땅했을 물건이다. 남자는 여러 날을 같은 자리만 맴돌았다. 책을 발견하고 말에 실은 후에야 언제 길을 잃었냐는 듯이 아무렇지도 않게 숲을 빠져나왔다.

그래서였다. 책의 정체를 알게 될 때까지 함부로 뒤서는 안 된다고 판단했다. 남자는 그렇게 홍제를 오동나무상자에 넣고 자물쇠를 채웠다.

숲에서 구해준 은혜를 이런 식으로 갚으면 안 된다고. 더는 어디에도 갇혀 있고 싶지 않다고. 이토록 옹색한 보답이 세상 어디에 또 있느냐고. 홍제는 노발대발했지만 그의 말을 들을 수 있는 이는 그곳에 단 한 명도 없었다.

홍제는 요망한 물건이 되었다. 빛 한줌 들어오지 않는 상자 안은 암흑이었다. 이곳을 빠져나갈 방법이 있을 것이다. 스스로를 위로했다. 청소부의 정사를 훔쳐보며 흥분하던 그때에, 아궁이의 불씨 앞에서 생명의 위협을 느끼던 그때에, 숲에서 어떻게든 남자의 눈에 띄기 위해 몸부림치던 그때에 보고 느끼지 않았던가. 책을 벗어나 자유를 만끽할 수 있는 방법이 어딘가에 있을 것이다.

그러나 자물쇠가 채워진 상자 밖으로 나가는 일은 녹록치 않았다. 바위 밑에 깔린 것만큼이나 심장을 옥죄었다. 절망도 우스웠다. 홍제가 할 수 있는 일은 기다림뿐이다. 자물쇠가 풀릴 그날을 기다려야했다.

남자는 수상한 책을 오동나무상자에 넣어 보관하고 있다는 사실조차 까마득히 잊었다.

홍제는 상자에 갇힌 채, 남자의 아들에게로, 그 아들에게서 아들로, 또 그 아들에게로 그렇게 전해졌다. 비밀의 방에서 서가로, 창고로, 마당으로, 상자는 사람의 손을 타고 이곳저곳으로 옮겨졌다. 자물쇠를 함부로 열어서는 안 된다는 경고가 상자표면에 새겨진 채로.

옴짝달싹하지 못하는 수 백년의 세월쯤은 우습게도 지나갔다. 상자 안에 갇혀 보내는 날들은 무료하고 또 고통스러웠다. 갈증을 해갈할 물이 바로 코앞에 있음에도 마시지 못하는 격이었다. 청소부의 오두막 시렁위에서 보냈던 날들이 그나마 호시절인 듯했다.

죽었는지 살았는지조차 확인하기 어려운 홍제의 날들이 쌓여갔다. 희미한 불빛이 상자 틈으로 스며들라치면 정신이 가물가물했다. 해무가 바닷바람에 물러가고, 섬의 주변으로 광활한 바다가 아득하게도 펼쳐졌다. 햇빛 쨍하니 눈부신 날이면, 도깨비들이 모두 나와 춤을 추고 잔치를 벌이던 날들이 황홀한 기억으로 떠올랐다.

돌아갈 수만 있다면, 얄미운 귀설도 괘씸한 무녀 비령도 어여삐 여길 것이다. 그들을 얼싸안고 두리둥실 춤사위를 벌일 것이다. 밤이고 낮이고 눈감는 시간이 아까워 일 년이고 백년이고 깨어있을 것이다.

도깨비들의 섬으로 돌아갈 수만 있다면…….

홍제는 갑갑한 현실을 환각에 취해 버렸다. 낮도 밤도 없는 비좁고 캄캄하기만 한 상자. 그 안에서 홍제는 구제받을 길 없는 죄수나 다름없었다. 인간의 내기란 그 어떤 벌보다 가혹한 형벌이란 것을 그저 체감할 뿐이다. 홍제의 의지는 꺾이고 세월은 야속했다. 홍제는 그저 무념무상의 존재가 되어갔다. 생각이 없으니 갈등도 없었다.

시간과 더불어 생겨나고 시간과 더불어 홍제는 매 순간 죽어나갔다. 홍제의 상자가 누구에게서 누구에게로 옮겨갔는가는 알고 싶지도 않았다. 생사조차 확인할 길 없는 날들이 한겨울의 폭설처럼 하염없이 쌓여갔다.

인간의 천년쯤은 아무렇지도 않게 휙 지나가 버렸다. 그리하여 감각도 감흥도 없는 죽은 날들의 갈피 사이로 인간의 목소리가 들려왔을 때, 홍제는 무심히 넘겼다. 자신이 만들어낸 생각의 소리라 여겼다. 자신이 만들어낸 환청일지라도 날마다 들을 수만 있다면, 감지덕지라고 여겼다.

아직 살아있다는 것을 증명하는 일일 테니까.

홍제는 햇살이 온몸으로 퍼져나가는 것을 느꼈다. 나른한 꿈결의 언저리에 있었다. 여인네의 낭랑한 음성이 홍제의 귓가에 바람을 집어넣고 있었다. 바위에 부딪혀 촤르르 소리를 내며 부서지는 경쾌한 파도 소리와도 같았다.

꿈이라면 제발 깨지 말기를, 귀가 이상해진 것이라면 이상한 채로 있어주기를 홍제는 기대했다.

"이런 요상한 물건이 왜 내 집에 있지? 비단 보자기에 싸여 있는 걸 보면 몹시 귀한 물건 같기도 한데 말이야."

홍제는 귀를 쫑긋 곧추세웠다. 향긋한 내음을 풍기는 여인은 목소리까지 달짝지근했다. 상자의 문이 열릴 수도 있다는 기대는 버린 지 오래다. 요망한 물건이라고 불구덩이에 던져지지나 않으면 다행이었다. 섣부른 기대가 절망을 부른다는 것을 알고 있음에도 홍제의 희망은 또 다시 봄날의 새싹처럼 움텄다. 쑥쑥 자라났다.

"자물쇠까지 단단히 채워놓은 걸 보면 예사 물건은 아닌 듯싶은데 말이야."

채화는 이리 기웃, 저리 기웃했다. 상자의 위아래, 좌우를 들여다보고 흔들어도 보지만 도통 내용물을 짐작하기 어려웠다. 상자는 채화의 손에 묵직하게 들렸다가도 어느 순간엔 가볍기가 한량없었다.

"뭐가 있는지 알면 좋을 텐데, 말이야."

"채화아씨, 이 안에 무엇이 들어있나 한번 열어봐요."

몸종의 궁금증이 채화의 호기심에 불을 지른다. 채화는 앙다문 입술로 고개를 끄덕였다.

상자의 자물쇠를 열기위한 몸종의 작업은 일사천리로 이뤄졌다. 힘 좋은 하인을 따로 불러 자물쇠를 도끼로 내려쳤지만 요지부동이었다. 상자의 내용물을 확인하고야 말겠다. 오기가 생긴 하인은 연장을 톱으로 바꿨다. 쇠로 된 자물쇠를 부수는 것보다 나무상자를 톱질하는 게 수월할 터였다.

하인의 톱질에 홍제는 상자 안에서 이리 쿵, 저리 쿵 몸살이 날 지경이었다. 족쇄 같은 상자 안에서 밖으로 나갈 수만 있다면, 이까짓 고통쯤은 얼마든지 버텨낼 수 있다. 홍제는 어금니를 악물었다.

오동나무상자가 끝내 농익은 석류처럼 입을 쫙 벌렸다. 날카로운 톱질에 행여 상처를 입게 되는 것은 아닐까. 홍제가 한껏 겁을 내고 있던 참이다. 눈부신 햇살이 홍제를 향해 날카롭게도 날아와 박혔다.

"채화아씨, 이게 대체 뭐랍니까요?"

하인은 실망했다. 힘들게 연 상자 안에는 고작 낡아빠진 책 하나가 덜렁 들어있을 뿐이었다.

홍제 역시 자신을 떨떠름하게 보는 하인이 달갑지 않았다. 이왕이면 아리따운 여인과 운명처럼 마주해야 했다. 상상일망정 수도 없이 떠올렸던 꿈이지 않은가. 자신을 꺼내주는 이가 있다면 입안의 혀처럼 굴어주겠다고 홀로 약속했던 홍제다.

그랬건만, 홍제는 상자 밖으로 나온 감동의 순간에 우락부락한 하인과 마주했다. 온몸이 움츠러드는 것은 어쩔 수 없는 일이었다. 햇살은 따갑고 바람은 살을 애일 듯이 스쳐갔다. 홍제는 하인의 손에서 향내 나는 채화의 손으로 옮겨졌다.

박을 닮은 넓고 하얀 이마. 오똑한 듯 둥글둥글한 콧날. 뺨에 살짝 든 홍조. 핏빛이 감도는 붉은 입술. 홍제는 정신이 혼미했다.

무지개 치마를 두른 채화는 섬섬옥수의 손으로 홍제를 어루만졌다. 죽어있던 홍제의 날들이 오소소 되살아났다. 채화의 심장 뛰는 소리가 가까이에서 들렸다. 살랑살랑 부는 바람이 채화의 향기를 몰고 와 홍제를 덮쳤다. 박꽃처럼 희고, 달덩이처럼 둥글둥글한 그녀에게 홍제는 홀딱 반하고야 말았다.

채화. 홍제는 몇 번이고 그 이름을 곱씹었다. 아름다운 여인에게 붙여진 이름인지라 입에 담는 것만으로도 향기로웠다. 책장을 넘기는 채화의 손길에 홍제의 몸이 달아올랐다. 표정 없는 얼굴로 빈 종이만 넘기는 그녀로 인해 홍제는 애가 탔다.

알 수 없는 세월을 캄캄한 어둠속에 있었다. 그랬음에도 상자 밖으로 나온 홍제는 잠시잠깐의 기다림조차 견디지 못했다. 채화의 손길을 기다리는 지금이 더욱 길게만 느껴졌다.

아무 말이라도 좀 해보시오. 당신의 붉은 그 입술이 앵두가 아니라 말하는 입이라는 걸, 내게 보여주오. 나를 귀히 여겨 당신 곁에 머물 수 있게 해주오.

홍제는 자신의 간곡한 마음이 채화에게 닿기를 염원했다. 향기로운 그녀의 냄새를 매일 맡을 수만 있다면. 그녀를 날마다 보듬어 안을 수만 있다면. 까마득한 날들의 내기 따위는 잊어도 괜찮을 듯했다. 채화를 앞에 두고 보니, 그녀를 위해 하지 못할 일이 없을 것 같았다. 바라보는 것만으로도 마음이 녹고, 눈이 녹고, 코가 녹고, 몸이 녹아내렸다.

"전부 백지뿐이로군. 이런 빈 책을, 왜 이토록 엄중히 보관해 둔 거야?"

채화는 시큰둥해서 책장을 덮었다.

당신의 눈에 보이지 않는다고 내용이 없는 게 아니오. 갈피마다 깃든 내 절망이, 내 고통이, 내 기다림이 그대의 눈에는 정녕 보이지 않는단 말이오? 내 잘못을 저질렀소. 다시는 인간을 비웃지 않을 것이오. 천대하지도 않을 것이오. 멸시하지도 않을 것이오. 그저 나를 생명다운 채로 있게 해주오. 제발이지 부탁하오.

홍제는 조바심이 일었다. 버려지게 될까봐서. 이대로 또 외면당하게 될까봐서.

"아무래도 꺼림칙한 물건인 듯싶습니다요. 태워버릴까요?"

하인은 홍제의 간절한 애원에 찬물을 확 끼얹고 만다.

무식한 놈! 어리석은 놈! 한낱 인간주제에 알면 뭘 안다고 끼어들어!

홍제는 좀 전에 했던 맹세를 그새 까먹었다. 태운다는 하인의 말에 격분했다. 다급한 마음은 애달았다.

"여보시오, 채화. 나를 가져가시오. 아주 특별한 물건이라오. 나를 불태워버린다면 당신을 영원히 저주할 거요. 아니, 아니오. 당신은 나의 어여쁜 사람이오."

생사의 갈림길에 있는 홍제의 다급하고 초조한 마음이 깊이
더 깊이 타들어갔다.

"꽁꽁 싸매둔 것을 보면 예사 물건이 아닌 것만은 분명해. 하지
만 이렇듯 아무 것도 없는 백지인 걸 보면 또 별것도 아닌 거야."

"그래도 찝찝한 물건이니, 태워버리는 게 좋겠습니다요."

하인의 말이 끝나기 무섭게다.

안된다고!

홍제의 서슬 퍼런 기운이 번졌다.

놀란 채화가 마당으로 책을 휙 내던진 것도 그 찰나다.

"어머나! 해괴망측해라. 이게 다 뭐야?"

채화는 괴이한 사태에 놀라 입을 다물지 못했다.

홍제는 풀이 죽었다. 이대로 또 버려지고 마는구나 싶어 또
서글펐다. 살피가 죄 떨어져나가 책의 가죽으로 변하던 때에도,
빛 한줌 없는 암흑에서 지옥 같은 날들을 보내던 그때에도 지금
처럼 참혹하지 않았던 것 같다.

차라리 불속에 들어가 재가 된다면, 흔적도 없이 조용히 사
라진다면 이런 고통들이 모두 사라지게 될까. 내기를 완성하지
못해 죽지도 살지도 못하는 괴물로 남게 되는 것보다 낫지 않
을까.

'한낱 인간주제에' 걸핏하면 홍제가 입에 담았던 말이다. 그
런데 지금, 그 한낱 인간주제에, 라고 몰아세우던 그들에게 목숨

을 구걸하자니 비굴함마저 느끼는 홍제다.

하인은 잠잠한 책을 노려보았다. 찔러보고 밟아보고 했음에도 반응이 없자 손가락 끝으로 주워들었다. 재빨리 불속에 던져 넣기 위함이었다.

"요망한 물건인줄 내 진즉에 알아봤습니다요. 아궁이에 처넣고 오겠습니다요."

이것이 마지막인가보다. 홍제는 가슴 한곳으로 스미는 통한에 탄식을 쏟아낸다.

"이보게."

채화가 책을 들고 쫄래쫄래 가는 하인을 불러 세운다.

"왜 그러십니까요?"

"태워버리는 건 아무래도 내키지가 않아. 수상쩍기는 하나 상자에 넣어 보관한 것을 보면, 함부로 없앨 물건 같지는 않단 말이지. 그러니 내 방에 들여놔주게. 글을 적는 용도로 쓰면 좋을 것 같아."

"그러다 큰일이라도 생기면 어쩌시려고 그럽니까요? 아까 전에도 요놈이 서슬퍼런 빛을 뿜어내는 것을 봤지 않았습니까요?"

"그래봐야 공책인걸. 내 손에 들어온 데에는 연유가 있을 거야. 며칠 더 두고 본 다음에 태워도 늦지 않겠지."

하인은 주인 채화의 명을 거역하지 못했다.

홍제는 채화의 서탁 위에 떡하니 자리를 잡았다. 방안 가득한 여인의 향내에 코를 킁킁거렸다. 이것이 황홀경이 아니고 뭐란 말인가. 고통과 암흑뿐이던 날들이 인내의 아름다운 날들로 수놓아졌다. 채화의 낭랑한 목소리가 홍제를 재우고, 그녀의 부드러운 손길이 그를 설레게 했다. 움직일 수 없어도 매일이 행복감으로 충만했다.

도깨비들의 섬을 떠나온 이후로, 이토록 호사스런 날은 없었다. 채화가 시름어린 한숨을 짓자면, 홍제는 안절부절못했다. 그녀가 웃으면 행복했다. 그녀가 화를 내면 전전긍긍했다. 그녀가 슬픔에 빠져 있으면 또 불행했다.

홍제는 채화가 없는 일상을 생각할 수 없게 되었다. 그녀의 눈물어린 눈동자에, 미소가 머무는 입술에, 봉긋한 유방에, 짤록한 허리에 입 맞추고 싶은 마음에 달떴다.

채화는 기쁨의 꽃밭이었다. 한밤의 달이고 별이며 한낮의 태양이었다.

홍제의 몸이 책에 갇혀 있다는 것은 불운이었다. 건장한 사내들이 채화의 방에 머물 때면, 질투로 불타올랐다. 홍제는 다른 사내들에게 애교를 부리고, 그 품에 안겨 교성을 내는 채화가 야속했다.

홍제는 돌아앉았다. 채화의 방문 앞에 줄을 잇는 사내들. 홍제는 귀를 틀어막고 격분을 억눌렀다. 그래도 채화와 가장 많은 시간을 보내는 것은 홍제 자신이라 위로했다. 고통의 시간. 채화의 방에 들어선 사내들은 홍제의 싸늘한 기운에 사로잡혔다.

그들은 원인 모를 소름 돋음을 호소했다. 방을 옮기자고 성화인 사내도 있었다. 채화는 희미한 미소 하나로 사내의 욕정을 다시금 불살랐다.

채화의 방에 든 사내들은 가죽껍질을 뒤집어쓴 책의 정체를 석연찮게 여겼다. 괜히 기분 나쁜 책이라고 눈살을 찌푸렸다. 그들은 걸핏하면 책을 방바닥에 내동댕이쳤다.

"하찮아 보이는 물건일진 몰라도 제게 속한 것입니다. 제 물건을 홀대하는 것은 결국 저를 홀대하는 것이나 다름없습니다."

나긋나긋, 방긋방긋하던 채화의 서릿발 어린 훈계가 이어졌다.

"글을 파는 여인네인 줄은 알았으나, 이런 알맹이 없는 책까지 읽을 줄은 몰랐소이다. 웃음 파는 여자는 웃음만 팔면 되는 것이오. 무슨 생각이 그리 많아 이런 불길한 책까지 들춘단 말이오?"

사내가 빈정거렸다.

"허우대 멀쩡한 것만 믿고 진정한 사내라 우기니, 빈 책 또한 서책이라 우기며 읽으라는 게지요. 다시는 발걸음하지 마십시오."

채화는 사내를 쫓아내 버렸다.

사내의 체면이 말이 아니다. 버림받은 사내의 경거망동은 채화의 마을은 물론이고 이웃마을까지 휘젓고 다녔다. 어쭙잖은 사내의 자존심에 생채기를 냈으니, 채화가 감당해야할 수모라면 수모다.

야밤에 쫓겨난 사내에 관한 소문이 가지를 치고 뻗어나갔다. 채화를 품고 싶어도 냉대를 받을까 싶은 사내들은 그녀를 놓고 온갖 것을 설왕설래했다. 정작, 그녀를 찾아갈 용기는 내지 못한 채로.

어쩌다 찾아오는 사내가 있더라도 채화는 그를 돌려보냈다. 콧대 높은 사내가 찾아와 채화를 찾을라치면, 그녀는 달거리 중이라고 둘러댔다. 그런 피쯤은 봐도 괜찮다고 능글맞게 구는 사내를 채화는 매몰차게 또 돌려보냈다.

사내들은 자신이 채화를 마음대로 주무를 수 있다고 호언장담했다. 실상은 그 반대여서 자존심 상한 사내들은 채화도 이제 한물갔다고 퇴기 취급을 했다. 소문과 현실은 판이하게 달라서 사내들은 그녀의 밤을 사지 못해 안달했다. 쫓겨날 때조차 그녀를 채워주지 못해 기가 죽고 소심하게도 움츠러들었다.

눈엣가시 같던 사내들이 보이지 않게 되자, 기분 좋은 쪽은 홍제였다. 알맹이 없는 서책을 두둔하고 나서준 채화의 심성에 홍제는 또다시 반했다. 사내들이 물러간 그녀의 밤은 평화롭고 안락했다. 그녀가 글을 읽거나, 그림을 그리거나, 잠을 자거나 홍제는 마음으로 그녀를 보듬고 또 취했다.

홍제는 그러다 깨달았다. 이것이야말로 진정 알맹이 없는 짓이다. 채화를 안고 잠들 수만 있다면 불구덩이에 들어가게 된다고 해도 여한이 없을 듯했다. 자신의 존재를 알릴 수 있다면 바랄 것이 없을 것 같았다. 채화를 향한 주체할 수 없는 마음에 홍제의 고뇌는 깊어만 갔다.

홍제의 외로움이 정점을 찍던 그날 밤. 채화는 가벼운 사내를 문 앞에서 돌려보냈다. 그녀 역시 지독한 외로움에 사로잡혔다. 밤이 이슥하도록 잠을 이루지 못했다. 속살이 훤히 내비치는 차림으로 서탁에 턱을 고인 채 앉아있었다. 책은 자연스레 눈에 들어왔다.

채화는 책을 펼치고 붓을 꺼내 들었다. 불쏘시개로나 활용할 줄 알았지 글씨를 써넣을 생각은 누구도 못했던 일이다. 홍제의 심장이 쿵쾅거리기 시작했다.

채화의 손이 움직이고 붓끝이 따라서 움직였다. 그녀의 붓이 홍제를 훑고 지나갈 때마다 그녀의 마음이 홍제 안에 차곡차곡 들어앉았다.

어둠이 땅으로 내려온 이 밤
달빛이 창가에서 손짓하고
쓰임 없던 공책에
나의 적적함을 달래노니

채화의 붓은 거기서 멈췄다. 채화는 움직이지 않았다. 그리고 이슬 같은 눈물방울이 똑, 하고 떨어졌다. 눈물은 그녀의 외로움만큼이나 짰다. 홍제는 그녀의 눈물을 그대로 받았다. 그녀의 외로움이 홍제의 뼛속을 파고들었다.

채화는 눈물을 훔치고는 붓을 그대로 내려놓았다. 교교한 달빛이 흐르는 창가 앞에 섰다. 채화가 기척도 없이 자신의 침소에 들어와 있는 낯선 사내를 발견한 것은 그 다음이었다.

"달이 휘영청 밝기도 하오. 안 그렇소?"

채화는 뒤로 잦바듬했다. 기세는 살아 있어서 위엄 있는 태도를 취했다.

"손님이라면 사절이고, 연정이라면 내 시름이 깊으니 그 또한 사절이오."

"내가 보이오?"

홍제는 어리둥절한 눈길로 물었다.

"그게 무슨 해괴망측한 소리란 말이오. 내가 장님이라도 된단 말이오, 안보이게?"

채화는 불쾌했다.

"거, 목소리 좀 낮추시오. 다른 사람들이 깰까 두렵소."

홍제는 책에서 나와 있는 자신의 모습에 당황하고 또 놀랐다. 웃음은 절로 터져 나왔다.

"지은 죄를 알기는 하시오?"

"잠시만, 내게 시간을 주시오. 내 다 해명하리다."

"도둑놈처럼 소리도 없이 들어온 주제에 할 말이라도 있단 것이오? 허튼짓을 할 요량이면, 아예 생각도 마시오. 당장에 물고를 낼 터이니."

"알았소, 내 다 알았소. 밤이 긴 것 같지만, 내겐 시간이 없소. 그러니 제발 부탁이오."

홍제는 희색이 만연한 얼굴로 채화를 달랬다. 이런 일이 어떻게 일어나게 됐는지 홍제는 알지 못했다. 경계의 눈빛으로 노려보는 채화를 향해 자신이 보이냐고 묻고 또 묻는다. 급기야는 제 살을 꼬집어보고 비틀어보는 홍제다.

"내 머리털을 좀 잡아당겨 보시오."

채화는 홍제의 머리채를 덥석 낚아챘다.

"으아아악! 됐소. 그만하면 충분하오. 당신은 나의 은인이오. 원하는 건 뭐든 다 이뤄줄 것이오. 말만 하시오. 천지가 개벽하는 기쁨을 내게 주었으니, 당신을 그 어떤 여인도 부럽지 않은 여인 중의 여인으로 만들어줄 것이오. 그 누구도 갖지 못한 것을 당신에게만 주리다."

홍제는 채화를 와락 끌어안는다. 입술이 닿는 곳마다 강아지마냥 부비고 핥아댔다. 눈이며 코며 입술이며 머리며 목덜미며 손이며 그의 입술이 닿지 않는 곳이 없었다. 홍제는 덩실덩실 춤을 추고 온몸으로 재주를 부려댔다.

"내 방엔 어떻게 들어온 겁니까?"

채화는 진심으로 궁금하여 묻는다.

"당신이 나를 들였잖소. 모르시오? 나는 줄곧 당신의 방에 있었단 말이오."

"나를 농락하는 겁니까, 지금?"

"무슨 섭섭한 말씀을 그리 하시오. 농락이라니 당치도 않소. 당신의 일이라면, 내 모르는 것이 없소이다. 당신의 밤이라면 더욱 그렇지요."

채화의 손이 번개처럼 홍제의 뺨에 가 닿았다. 홍제는 얼얼한 뺨에 손을 대고, 반대편 뺨을 내밀었다. 노여움을 샀다면 풀릴 때까지 맞아줄 것이다. 홍제는 그녀가 정색을 해도 웃고, 욕설을 해도 웃었다.

"이런 팔푼이가 다 있나."

끝내 채화도 웃고 말았다.

"불구덩이 속으로 들어갈 뻔했던 내 목숨을 그대가 구해주었소. 그리고 지금은 내게 이렇듯 자유를 안겼소."

한바탕의 소란을 물린 다음이었다. 채화는 책에서 나왔다는 홍제의 말을 믿었다. 그의 무릎을 베고 누웠다. 채화의 외로움이 물러갔다.

홍제는 잠든 채화의 검은 머릿결을 매만졌다. 시기와 질투로 버무려졌던 지난날들의 밤이 무력하게도 물러갔다. 지금의 채화는 오직 홍제만의 여자다. 자신이 이렇듯 자유의 몸이 된 것이 그녀의 글 때문인지, 눈물 때문인지 알 수는 없었다. 언젠가는 알게 될 일이기에 홍제는 서두르지 않았다. 아이처럼 잠든 채화를 신기하게 바라보았다.

홍제는 뜬눈으로 밤을 지새웠다. 채화가 자신의 품에서 단잠을 자고 깨어나기를 기다렸다. 그녀가 깨어나자, 홍제는 하품을 하고는 잠을 이뤘다.

채화는 잠든 홍제의 곁에서 자신의 글을 다시 읽었다. 간밤의 마음이 부끄러워 밤새 펼쳐져 있던 글을 덮어버렸다.

괴상한 일이 또 다시 벌어졌다. 자고 있던 홍제가 연기처럼 홀연히 자취를 감췄다. 당황한 채화가 황급히 책을 다시 펼쳤지만 홍제는 나오지 않았다.

"정녕, 책에서 나왔단 말이오? 왜 또 나오지 않는 것이오?"

채화는 여러 날을 책 곁에 머물렀다. 이제나 나올까, 저제나 나올까. 홍제는 감감무소식이었다. 어떻게 하면 홍제를 다시 불러올 수 있을 것인가. 팔푼이처럼 굴던 홍제에게 채화는 이미 마음을 빼앗겼다.

채화는 다시금 붓을 들었다. 그녀의 마음이 글이 되고 그 마음이 홍제에게 전해졌다. 그녀의 눈물이 화룡점정을 찍던 그때서야 비로소 홍제의 육신이 홀연히도 빠져 나왔다.

재회. 채화는 그들의 밤을 온갖 이야기로 수놓았다. 시간은 달콤하게도 지나갔다.

홍제는 채화의 마음과 눈물을 먹으며 책을 들락거렸다. 채화의 방에선 화기애애한 말들이 밤마다 피어났다. 홍제는 바닷가의 모래와 숲의 나뭇잎만 있으면 뭐든 뚝딱 만들어냈다. 채화가원하는 것은 그것이 뭐든 가져다 안겼다.

채화는 인간의 부를 단박에 거머쥐었다. 그녀를 알거나 모르거나 어느 누구도 채화의 땅을 밟고 다니지 않는 이가 없을 정도가 되었다.

도깨비 홍제의 신통한 능력은 채화의 것이나 다름없었다. 지위 고하를 막론하고, 나이를 불문하고 남자라면 한번쯤 품고 싶은 여인 채화. 그러나 그녀의 웃음과 밤을 돈으로 사던 남자들은 그녀의 집 대문 앞도 제대로 지나다니지 못했다.

그들 대신에 여인네들이 채화의 방문턱을 뻔질나게 들락거렸다. 하루아침에 갑부가 된 비결을 캐내고자 혈안이 되었다. 남자든 재물이든 권세든 자신들의 발밑에 두고 싶은 여인들의 발걸음이 채화의 치마폭 앞으로 모여들었다. 귀한 물건들을 바리바리 싸다가 채화의 치마폭에 안겼다.

"우리에게도 비법을 전수 좀 해주시오. 어떻게 하면 부귀영화를 손에 쥘 수 있는지 말이오."

여인들은 턱을 받히고 채화의 입만 바라봤다.

"부귀영화가 내 것이라 했소? 웃음을 파는 일이 아니면 기녀인 내가 무슨 재주로 부귀영화를 얻는단 말이오? 다른 방법이 있다면 내게도 누가 좀 알려줘 보시오."

채화는 얄밉게도 웃는다.

그럼에도 여인들은 반박하지 못했다. 소득도 없이 귀한 재물만 축냈음을 아까워했다. 끝내는 저들끼리 모여 뭔가 비밀이 있다고 구시렁거렸다. 언젠가는 채화의 그 비밀을 캐내고야 말겠다고 별렀다. 나중에는 물색 좋은 남자를 잡은 것이 아니라면, 채화의 부와 권세를 설명할 방법이 없다고 고개를 끄덕거렸다.

여인들은 채화의 집에 모여 일없는 수다를 즐겼다. 홍제는 여인들에 둘러싸여 수다를 떠는 채화가 마뜩찮았다.

"사내도 아니고 이젠 여인들에게까지 웃음을 파는 겁니까?"

홍제는 자신과 시간을 보내지 않는 채화에게 화를 냈다.

"투정을 부리시는 겁니까?"

"뭐라 말해도 좋소. 도대체, 내 소원은 언제쯤 들어줄 거요?"

채화에게 부를 안길 때마다 홍제는 상상했다. 그녀와 하나가 되는 상상. 어찌된 일인지 채화가 몸을 내주는 일은 일어나지 않았다. 홍제의 청은 늘 목전에서 번번이 꺾였다.

"나더러 얼마나 더 기다리란 거요? 당신을 사랑하는 내 마음은 안중에도 없는 거요? 당신을 위해서라면 내 무엇도 아끼지 않았소. 당신의 밤을 이제 내어줄 때도 되지 않았소?"

홍제는 담판을 지어야겠다고 작정했다. 더는 그 어떤 소원도 들어주지 않겠노라고 엄포를 놓았다. 말간 웃음을 짓는 채화를 보자면, 홍제는 자신의 다짐을 쉽게도 저버렸다.

"나를 원하는 당신의 마음이 클수록 두려운 사람은 나랍니다. 아시기나 하십니까?"

"아니, 그게 무슨 망발이오? 그대를 위하는 내 마음이 부족하오? 아니면 갖고 싶은 다른 것이 또 있는 거요? 그렇다면 얼마든지 말해 보시오."

"재물은 차고 넘칩니다. 평생을 펑펑 쓰고도 남을 만큼인 겁니다."

"그러면 내게 야박하게 구는 이유가 대체 뭐란 말이오? 내가 인간이 아니라 그런 것이오?"

채화의 치마폭 앞에 있던 여인들이 가고 나면, 홍제와 채화의 실랑이는 반복되었다. 어떤 때는 몇 날 며칠의 냉전으로 이어졌다.

홍제의 우격다짐에 스스로 옷을 벗어던지던 그날. 채화의 나신은 눈부셨다. 홍제의 치욕과 모멸감은 극에 달했다. 사내들과 보내던 채화의 밤은 훔쳐보는 것만으로도 황홀했다. 홍제를 한껏 달아오르게 만들었다.

홍제의 품에 안긴 그날의 채화는 나무토막이나 다름없었다. 애교도 없고 애정도 없이 적선하듯 널브러진 나신. 홍제는 분노했다. 모질게도 채화의 뺨을 후려쳤다.

채화는 어금니를 앙다물고 홍제의 손매를 고스란히 감당했다.

"그만하라고……, 잘못했다고……, 용서를 빌란 말이오."

채화는 말이 없었다. 방바닥에 등이 붙은 듯이 있었다.

인간의 말을 믿는 게 아니었다. 인간은 어리석고 어처구니없는 족속이다. 홍제는 퉤퉤거렸다. 고작 인간의 마음을 얻기 위해 바보처럼 굴었다고 후회했다. 홍제는 인간에 대해, 특히 여자에 대해 아는 것이 없었다.

"살아서도 죽어서도 땅을 치고 후회하게 될 것이오."

홍제는 분을 삭이지 못했다. 그의 노여움은 불길이 되어 타올랐다. 채화에 대한 애증을 마을에 싸지르고 다녔다. 마을의 술독을 혼자서 비우고 다녔다. 그러고도 끄떡없는 홍제는 집집마다 돌아다니며 악다구니를 해댔다.

마을 사람들은 홍제의 욕설을 피하지 못했다. 그의 증오를 눈으로 받아삼켰다.

그 무렵, 마을에 역병이 돌기 시작했다. 고통을 호소하는 이들이 생겨났다. 환자는 하나둘씩 늘어갔다. 의원조차 병의 원인을 몰라 치료방법을 내놓지도 못했다. 맥없이 두 손 놓고 앉아 한탄만 해댔다. 역병이 마을을 점령했다. 하루가 멀다 하고 사람들이 죽어나갔다. 어른, 아이 할 것 없었다. 마을은 흉흉하게 변해갔다.

채화는 애꿎은 사람들이 죽어나감에 홍제를 찾아다녔다. 말

하지 못한 고백을 할 것이다. 막상 홍제와 마주한 채화는 나긋
나긋하지 못했다. 자신을 용서해 달라고. 마을 사람들을 살려달
라고. 사과의 말은 목에 걸려 나오지 않았다.

"사람의 귀한 목숨을 갖고 어찌 이렇듯 애 같은 일을 벌인단
말입니까?"

채화는 분별력 없는 도깨비의 속 좁은 행동을 질타했다.

"피차일반이오! 그대가 나를 상대로 벌인 짓이 어떤 것인지
똑똑히 보란 말이오!"

"마을 사람들은 죄가 없습니다. 영문도 모르는 그들의 목숨만
은 살려주시오. 내 목숨을 가져가란 말입니다."

"나도 이젠 어쩔 수가 없소. 내 분이 풀릴 때까지 내 마음대로
할 작정이오. 그대의 목숨은 내 원치도 않소."

"이제 그만 노여움을 풀어요. 당신이 원하는 건 나잖아요?"

채화는 홍제의 마음을 돌리기는커녕 경멸과 증오만 키웠다.

"내가 원하는 것이라고 했소? 내가 원하는 것은 이제 없소."

홍제는 거칠고 난폭했다. 사랑을 유린한 홍제의 공허함은 채
워지지 않고 삭풍만 들이쳤다.

역병은 수그러들지 않았다. 마을에서 멀쩡한 사람과 마주하
는 일은 점점 더 드문 일이 되었다. 채화는 사람들을 위해 자신
의 곳간을 열었다. 재물을 풀어 각지에 있는 유능한 의원이란
의원은 다 불러 모았다.

채화는 사람들의 병구완에 앞장섰다. 환자의 곁을 떠나지 않고 돌봤다. 역병은 끝내 채화의 몸속까지 침투했다. 그녀는 자신의 죽음이 다가오고 있음을 감지했다. 태어난 생명이니 한번은 또 죽는 것이다. 채화는 사람들을 물리고 시간이 되어감에 붓을 들었다. 죽기 전에 자신이 해야 할 한 가지. 말로는 전하지 못했던 홍제에 대한 연정을 글로나마 남기는 일. 자신이 죽은 다음에라도 언젠가는 홍제가 보게 될 그 글을 홀로 써내려갔다.

숱한 사내들과 의미 없는 밤을 보내며 살았다. 돈에 팔리던 자신의 몸을 홍제가 내주는 돈과 맞바꾸고 싶지 않았다. 어디서부터 어긋나고 잘못되기 시작한 것일까. 돌이키자면, 마음만 애달픈 일이 되었다. 채화의 구구절절한 마음은 홍제의 책에 고스란히 적혔다. 마을을 역병으로 초토화시킨 홍제지만 그런 그를 사랑했다는 채화의 마지막이나 다름없는 고백이었다.

오동나무상자의 봉인을 풀고, 홍제에게 자유를 선물한 채화는 그렇게 사라져갔다. 채화의 연서를 접한 홍제는 할 말을 잃었다. 그녀의 행동은 홍제가 이해할 수 있는 것이 못되었다.

채화는 떠났다. 살아서도 죽어서도 땅을 치고 후회하게 만들어주겠다던 말은 뼛속깊이 홍제의 것이 되고 말았다.

멀쩡하던 하늘로 느닷없는 뇌성벽력이 찾아들었다. 검은 구름이 삽시간에 몰려들었다. 번개가 하늘을 가르고 천둥이 포효했다. 비는 꼬박 백일 동안 어둠속에 내렸다.

역병은 백일의 빗속에 씻겨 바다로 흘러갔다. 비가 그치고 어둠이 물러간 마을 입구엔 전에 없던 나무 한 그루가 생겨났다. 뿌리를 하늘에 두고 머리가 땅 속에 박힌 기이한 나무. 사람들은 역병과 싸우느라 나무의 머리가 땅에 박힌 것이라 여겼다.

채화의 절절한 사랑은 사람들의 입에서 입으로 전해졌다. 홍제가 채화의 사랑을 저버린 것이라고 나무 밑에서 쑥덕댔다. 홍제는 나쁜 남자가 되어 사람들의 뭇매를 맞았다. 그렇더라도 홍제는 나서서 반박하지 못했다. 홍제는 땅에 박힌 나무에 봉인된 채였다. 그곳에서 사람들의 이야기를 듣고 또 들었다. 자신의 사랑이 사람들에 의해 각색되고 윤색되어가는 것을 지켜보았다.

역병이 지나간 마을에 다시 꽃이 피고 사람들이 모여들었다. 그들의 노력으로 마을은 옛 풍요를 새롭게 누리기 시작했다. 마을에 화마가 들거나 홍수가 드는 때도 있었지만 마을은 곧 재건되었다. 평화가 뿌리를 내리는가 싶으면 전쟁이 마을의 모든 것을 순식간에 또 앗아갔다.

인간의 땅에 삶과 죽음, 그리고 번영과 쇠락이 반복되었다. 그 와중에도 채화의 사랑에 관한 이야기는 사람들의 입에서 입으로 전해졌다.

* **21** *

기문은 홍제의 거처를 찾았다. 주인이 없음에도 도우미가 이 삼일에 한번씩 청소를 해놓고 돌아갔다. 그 때문일까? 기문은 홍제의 흔적을 도둑맞은 기분이 들었다.

"내 지시가 따로 있을 때까지 당분간 청소는 하지 말게."

기문은 도우미가 홍제의 흔적을 더는 지우지 못하도록 조치 했다. 자신의 인생에 완벽한 조력자, 홍제. 그의 마음에 들기 위 해 노력했다. 아니, 그가 떠나지 않도록 하기 위해 애썼다. 자신 의 죽음이 코앞에 있는 지금에도 노력은 계속되고 있다.

사춘기 소년처럼 어디로 튈지 모르는 홍제. 행적을 알리지 않 고 잠수를 타는 일이 요즘들어 더 잦아졌다.

기문은 불안했다. 늙은이의 노파심일지도 모른다. 젊어서는 홍제가 무엇을 하든 신경 쓰지 않았다. 기문 자신의 일에 더 정 신이 팔려 있었다. 지금은 이대로 홍제가 사라진다면, 생각만 해 도 두려운 일이었다.

홍제에게 미행을 붙인 것은 그 때문이었다. 홍제를 감시하는 일이 쉽지 않다는 것을 알면서도 기문의 불안은 뭐라도 하게 만들었다.

지금껏 쌓아온 전부를 잃는다고 해도 아쉬울 것은 없다. 미련도 없었다. 그러나 기문의 살고 싶다는 욕망은 오롯하게도 자라나 짙은 음영을 만들어냈다. 자신의 의지와는 상관없이 춤을 추는 자신의 육체를 속여서라도 살아남아야했다. 기문이 바라는 것은 그 하나다.

부모라는 존재가 새삼 기문의 발목을 잡았다. 얼굴 한 번 본 적 없는 생경한 그들이. 자신을 낳아준 부모는 그립지도, 아쉽지도 않았다. 존재를 새삼스레 확인시켜 준 것은 무도병. 부모로부터 유전된 치유불가의 병명. 기문 자신을 낳고 버린 부모가 있다는 증거였다. 자신의 병이 그들로부터 왔다는 것을 알게 된 순간, 기문은 지독한 배신을 당한 사람처럼 얼빠졌다.

"지옥에나 떨어져라!"

부모가 있었다는 것을 실감한 기문이 그들에게 던진 첫마디였다. 이제와 같잖지도 않은 병으로 부모란 존재를 상기시키다니, 악담도 아까웠다. 길가에 버릴 생명이었으면 튼튼한 몸이라도 줬어야했다. 고칠 수 없는 병 따위를 물려주는 일은 하지 말았어야 했다.

그깟 병 하나를 못 고쳐내느냐고. 기문은 엉뚱하게도 주치의

240

를 모욕했다. "죄송합니다." 주치의는 기문의 악담을 고스란히 받아냈다. "뭐가 죄송해?" 의사의 묵묵한 인내가 기문을 더 비참하게 만들었다.

점점 더 신경계가 말을 듣지 않을 것이다. 남의 것인 양 기문의 사지가 그의 의지를 벗어날 것이다. 탐내던 빨간 구두를 신고 엄마의 장례식장에서마저 춤을 멈추지 못한 아가씨가 될 것이다. 아흔아홉 칸 부자에게 없는 그 단 한 칸이 얼마나 절실한 것인지, 가져보지 못한 이들은 모른다.

기문은 그 한 칸에 전부를 걸었다. 자신의 생명을 구할 수만 있다면. 빨간 구두 아가씨는 자신의 발목을 내주고 평화를 얻었다지만 기문이 내줘야하는 것은 목숨이었다.

늙지 않고, 병들지도 않는 홍제의 생을 어찌 탐할 수 있을 것인가. 기문에겐 부모나 다름없는 홍제임에야. 그럼에도 포기는 쉽지 않았다. 어떻게든 홍제를 곁에 두고 싶은 마음이 화를 부를지도 모른다.

하지만 기문 자신의 생을 맡겨보라 하지 않았던가. 소원은 다 이뤄준다고 하지 않았던가. 마지막 소원을 흥정할 때가 온 것이다.

기문의 휴대폰이 울린다. 홍제의 행방을 놓쳤다던 연방탐정으로부터의 전화였다.

"어디에 있던가?"

물음은 짧고 기문은 상대의 말을 듣기만 했다.

기문이 짐작한대로다. 홍제는 자신의 아이를 찾아 핀란드까지 날아갔다. 기문이 이미 손을 썼다는 것을 알면 홍제는 가만 있지 않을 것이다. 기문은 오르의 글을 보자마자, 의혹이 번졌다. 홍제의 아이가 어딘가에 살고 있을지도 모른다고. 기문은 홍제보다 먼저 발 빠르게 움직였다.

핀란드에 있던 홍제가 다시 종적을 감췄다는 연방탐정의 연락은 뒤늦게 왔다. 홍제가 어디에 있을지 기문은 추측했다. 인터라켄에 있는 헨리의 호텔. 홍제의 아이일지도 모르는 리아가 살았던 그곳에 있을 것이다.

기문은 착잡했다. 홍제가 돌아오기만을 인내심을 갖고 기다렸다. 그리고 홍제가 돌아왔다. 여느 날처럼 기문은 홍제를 맞이했다. 자신의 불안과 조바심을 들키지 않게 조심했다.

"외유가 길었습니다. 좋은 곳에 가셨던가 봅니다. 앞으론 그 좋은 곳에 저도 좀 데려가 주십시오."

기문의 너스레에도 홍제는 별다른 말을 하지 않는다. 피곤한 듯 소파에 머리를 대고 반쯤 누운 자세를 취했다.

"쉬어야겠어."

"주무실 거면, 침실에 들어가 편히 눕는 게……."

"내가 어디서 뭘 하든, 전에는 궁금해 하지 않았잖아? 미행을 붙여 나를 감시하는 이유가 뭔가?"

홍제는 기문의 말허리를 자르고 물었다. 노여움 따윈 묻어나지 않았다.

"제가 왜 그런 짓을 하겠습니까? 켁켁."

홍제를 속이는 일은 어렵다. 그럼에도 거짓말을 하는 기문은 기도에 숨이 걸리고 말았다.

"내가 기문을 왜 좋아하는지 알아?"

"저를 필요로 하실 줄은 알았지만 그런 줄은 몰랐습니다. 언제부터 저를 좋아하셨던 겁니까?"

기문은 농담조로 말했다.

"기문의 거짓말은 티가 나. 다른 사람은 속을지 몰라도 내 눈까지 속이진 못하지. 내가 내 멋대로 다니는 게 이번만도 아니잖아. 근데 왜 안하던 짓을 하지?"

기문은 안하던 행동을 하는 쪽은 홍제라고 말하고 싶었다. 참았다.

"불쾌하셨다면 죄송합니다. 걱정이 돼서 그랬습니다."

홍제는 소파에 누운 채로 꼼짝하지 않았다. 애도는 깊고 이별은 어려웠다. 기문이 보낸 이들을 따돌리는 것쯤은 홍제에겐 일도 아니다. 다만 그런 일에 마음을 쓰고 싶지 않았다.

인간과 보낸 장구한 세월에도 홍제의 아이는 태어나지 않았다. 불멸의 도깨비가 가질 수 없는 것. 인간의 죽음 그리고 도깨비의 아이. 귀화의 말은 거짓이다. 홍제의 아이라니. 그러나 거짓말이라도 괜찮았다. 홍제는 자신의 아이라고 여겼다.

부탁은 그래서였다. 아이를 보게 해달라고. 홍제 자신의 아이라고 여긴 순간, 그 아이를 만나고 싶었다. 만날 수 없다는 말에는 목소리라도 듣게 해달라고 했다. 그럴 수 없다는 귀화의 말은 정녕 거짓이어야 했다.

내 아이라면서? 아직 만나보지도 못했는데? 이미 죽었다는 말은 잔인한 농담이잖은가 말이다.

껍데기뿐인 고백. 차라리 하지 않았으면 더 좋았을 고백이었다. 귀화를 탓할 수 없음에 홍제의 실소는 허탈하게도 번져갔다.

제 아무리 도깨비라도 죽은 아이를 되살릴 방법은 없었다. 보지도 못했으니 그리움 따위는, 애잔함 따위는 없어야 했다. 자신의 아이라고 받아들인 순간부터 죽은 아이는 홍제의 가슴에 큰 구멍 하나를 남겼다. 그 공허함을 메우기 위해 홍제는 리아의 죽음과 삶이 있던 곳을 찾아다녔다.

"내게 아이가 있었어."

홍제는 소파에 기댄 등을 떼고 말했다.

"삼촌의 아이라고요? 아니라는 걸 알지 않습니까?"

홍제는 눈살을 찌푸렸다.

"불쾌하셨다면 죄송합니다. 삼촌의 아이라면, 저 역시 보고 싶습니다만."

기문의 사죄는 재빨랐다. 홍제 앞에서라면, 기문은 얼마든지 비굴해질 수 있었다. 그의 기분에 맞춰 말을 바꾸는 것쯤은 아무렇지 않게 했다.

이런 날이 올 것을 기문은 이미 알고 있었다. 홍제가 자신의 아이에게 마음이 흔들리고 무슨 일을 저지르게 될지 모르게 되는 순간 말이다. 그가 태생적으로 자식을 얻을 없다는 것을 알면서도, 기문은 만약의 사태에 대비해야했다.

"내가 자식을 낳을 수 없는 도깨비란 건 알아. 그런데 말이야. 귀화가 내 아이에 대해 말하는데, 믿고 싶더라고. 거짓말이란 것을 알면서도 그냥 믿었어. 내 심장이 뭐라고 형언할 수 없게 아팠거든. 귀설이 맛본 그 감동을 느끼기엔 역부족이었지만."

"귀설이라뇨? 그가 누굽니까?"

"이제 그만 살 수 있으면 좋으련만……."

홍제는 기문의 물음에는 대답하지 않았다. 그는 사색에 잠겨 혼잣말을 했다.

"저를 버리시겠다는 말씀입니까?"

기문은 날선 반응을 보였다.

"당치도 않은 소리를 하는군."

"삼촌이 없는 제 인생은 상상하기도 싫습니다. 저를 두고 마음대로 떠나실 순 없습니다."

기문의 눈동자가 일순 희번덕거렸지만 홍제는 보지 못했다.

"왠지 위로가 되는 것도 같군. 그렇지만 내가 떠나면 더 좋을 거야. 기문의 생을 더는 내게 저당 잡히지 않아도 되는데, 기쁜 일이잖아."

"전혀요."

"하긴 그만하면 기문도 아쉬울 것 없는 인생을 살았지, 안 그런가?"

"저야 그렇지요. 삼촌도 가질 수 없는 아이가 생겼으니 좋지 않습니까?"

"벌써 죽은 아이지."

"무슨 말씀이십니까?"

기문은 그 죽은 아이가 새로운 생명을 남겼다는 말은 하지 않았다. 자신의 아이가 아니라는 것을 알면서도 실의에 젖은 홍제다. 죽은 아이의 아이를 찾아다닐 것이다. 그 아이가 가까이에 있다는 것을 알면 홍제의 마음이 또 어떻게 흘러갈지 기문은 생각하기도 싫었다.

"기문에겐 아직 죽음이 남아있지. 생명만큼이나 귀한 죽음이 말이야. 인간은 어떤 죽음을 맞이하느냐에 따라, 죽음을 뛰어넘는 영원한 생을 누린다네. 기적과도 같은……."

"지금 당장 삼촌의 생이 끝난다고 해도 그렇게 말씀하실 수 있겠습니까?"

"내 생이 끝난다고?"

홍제는 고개를 갸웃했다. 생각해보지 않은 일이다. 생각해볼 수도 없는 일이었다. 불멸의 홍제에게 죽음은 영원히 사는 것에 다름 아니다. 홍제가 경험한 죽음은 인간의 것이고, 새로운 생명이 죽음과 죽음을 이었다. 기문의 생 또한 인간의 죽음으로 인해 홍제를 찾아온 새로운 생명이었다.

"죽음은 기적이 아닙니다. 소멸일 뿐이죠."

기문은 어금니를 악물었다.

"네 죽음이 소멸이 될지, 새로운 생명의 물줄기가 될지는 그 누구도 모르는 일이야. 나조차도 알 수 없는 일이지"

"제 선택은 끝났습니다, 이미."

"뭐라고?"

홍제의 미간이 살짝 접혔다.

기문이 홍제를 몰랐더라면, 영생도 몰랐을 것이다. 손가락 사이에 걸친 자신의 생이 곧 다 빠져나갈 것이다.

"모든 것이 아득해."

홍제는 청소부의 허리춤에 매달려 도깨비 섬을 떠나오던 그때가 저도 모르게 떠올랐다.

그로부터 헤아릴 수조차 없는 숱한 날들이 흘렀다. 숱한 생명을 만났고 숱한 주검을 봐왔다.

숲속의 작은 오두막에서부터였다. 홍제는 그래도 그때가 좋은 시절이었다고 홀로 넋두리한다.

22

통나무를 엮어 만든 청소부의 오두막은 도깨비 홍제가 머물기엔 옹색하고 한없이 초라했다.

또한 그곳에 홍제가 있다는 것을 그 누구도 몰랐다. 청소부조차 도깨비들의 섬에서 하루아침에 사라져버린 홍제가 자신의 오두막에 기거하고 있다는 것을 알지 못했다.

홍제는 청소부 내외의 침실 시렁 위에 얌전히 누워 있었다. 청소부가 나타나면 자신을 밖으로 데려가 달라고 부탁했다. 청소부는 홍제의 목소리를 듣지 못했다. 누가 이런 상황을 상상이나 했을 것인가. 도깨비들을 쥐락펴락하던 홍제가 가죽을 뒤집어쓴 책이 되어 옴짝달싹하지 못하는 상황이 되었다는 것을.

홍제는 가죽장정에 그리고 청소부의 방에 갇혀 도깨비 섬에서의 날들을 추억했다. 도깨비들의 억지 존경을 받지 않아도, 상대해주는 이 하나 없어도 괜찮을 것 같았다. 홍제 자신의 발로 어디든 갈 수만 있다면 말이다.

홍제는 또 궁금했다. 도깨비 섬에 남은 저들이 어찌 지내는지. 수령인 자신을 이렇게 만든 놈들이고 보면 노여움은 불쑥불쑥 찾아들었다. 분한 마음에 욕지기를 해보지만 마음은 풀리지 않았다. 쓸데없는 푸념만 늘었다.

오두막의 청소부는 며칠이 멀다하고 도깨비 섬으로 불려갔다. 청소부를 기다리는 것은 그의 젊은 아내만이 아니다. 홍제 또한 도깨비 섬의 소식을 콩고물처럼 묻혀 돌아올 청소부를 이제나 저제나 기다렸다.

오두막으로 돌아온 청소부는 도깨비들이 돼지와 닭을 몇 마리나 잡았는지, 저들의 화제가 무엇이었는지, 어떤 신기하고 재미난 일이 있었는지 등을 아내에게 시시콜콜 늘어놓았다. 그가 돼지 멱을 따는 살벌한 상황을 전하자면, 아내는 끔찍해하며 오만인상을 다 썼다.

청소부의 욕정은 그 사이에도 새싹처럼 돋아났다. 거친 그의 손이 아내의 윗옷을 들치고 치마를 손에 쥐었다.

도깨비 섬에 관한 청소부의 얘기는 당연히 중단됐다. 여자와 몸을 섞어본 적이 없는 도깨비 홍제는 청소부 내외의 행동이 못마땅했다.

뭣들 하는 짓이야? 도깨비 섬에서 무슨 일이 있었는지, 좀 더 얘기를 해보라고!

홍제는 성화를 부려보지만 청소부는 물론 그의 아내도 그의 말을 알아듣지 못했다.

"뱃속이 난리도 아니오. 당신이 없는 며칠 동안 아무 것도 못 먹었소. 배부터 채우면 안 될까요?"

"안되는 게 어딨어. 도깨비 섬에서 내가 뭘 가져왔는지, 한번 보라고."

청소부는 아내의 몸을 탐하다 말고 평소에는 구경조차 힘든 음식들을 침대 위에 펼쳐놓았다. 생전 처음 보는 것들임에 아내의 눈이 휘둥그레졌다. 청소부는 놀라는 아내의 모습을 보는 것이 즐거웠다.

"당신도 같이 먹어요."

"난 이미 실컷 먹었으니, 당신이나 드시오. 이런 것쯤은 내 얼마든지 줄 수 있어."

청소부는 음식으로 배를 불리는 아내가 사랑스러웠다. 아내의 입속으로 꽃떡이 새침하게 들어가는 것을 보고는 또 참지 못했다. 아내의 가슴 위로 엎어졌다. 꽃떡이 침대 밑으로 굴러 떨어졌다. 아까워 어쩔 줄 모르는 아내는 끝내 꽃떡을 주워 입에 넣었다. 청소부의 손에 자신을 내어준 채로.

돼지같이 처먹고 노는 것도 꼭 돼지같이 노는군.

홍제는 아내의 치마를 뒤집어쓰고 뒹구는 청소부에 눈살을 찌푸렸다. 팽하니 돌아앉았다. 도깨비 섬에 대한 얘기를 다 듣지 못한 것이 억울하고 또 허전했다.

한바탕의 격정이 휘몰아치고, 뒤엉켰던 청소부 내외가 떨어져 앉은 것은 한참 후의 일이다. 땀에 젖은 머리칼이 여자의 얼굴에 달라붙었다. 청소부의 아내는 미처 맛보지 못한 도깨비의 음식에 군침을 삼켰다. 정사 끝에 먹는 음식은 더 달콤했다.

"다음 잔치는 언제쯤에나 있어요?"

청소부의 아내는 냠냠, 쩝쩝 음식을 먹으며 물었다.

"도깨비의 잔치야, 매일이지."

청소부는 은근한 눈길로 아내를 다시 안았다. 이까짓 음식쯤이야, 하는 듯했다.

"제발, 정신 좀 차리라고! 도깨비 섬 얘기나 더 해보란 말이야."

홍제는 찬물 끼얹는 소리들을 퍼부었지만 청소부 내외가 들을 수 있는 소리가 아니었다.

청소부는 도깨비 섬에 다녀온 날이면 그곳의 이야기를 한껏 부풀려 들려줬다. 덕분에 홍제 또한 도깨비들의 이야기를 얻어들을 수 있었다.

애석하게도 홍제 자신에 관한 얘기는 없었다. 저들의 수령이 한순간에 사라졌으니 찾는 시늉이라도 해야 했다. 저들은 홍제가 사라지기만을 기다려온 듯이 매일 잔치를 벌였다.

홍제는 잠에 취한 듯, 술에 취한 듯 몽롱한 상태로 지냈다. 그러던 어느 날이었다.

"도깨비 섬의 홍제는 어찌 되었어요?"

이부자리에 누운 청소부의 아내가 뜬금없이 물었다.

홍제는 귀가 번쩍 뜨였다. 숨죽인 채로 청소부의 말을 기다렸다.

"하늘로 솟았는지, 땅으로 꺼졌는지 나도 모르겠어. 참으로 어여쁘게 생긴 도깨비였는데……."

"찾는 도깨비가 하나도 없어요?"

"그래. 이제 그만 자자고."

청소부는 모로 누워 아내를 껴안고는 그대로 잠들었다. 그들 내외의 코고는 소리만이 침실에 가득했다.

홍제는 고독했다. 자신을 좋아한 도깨비가 정녕 하나도 없단 말인가. 그나마 자신을 좋게 말해주는 이는 청소부뿐인가 싶어 홍제는 그가 고마웠다. 좀 더 일찌감치 청소부의 마음을 알았더라면 옴짝달싹 못하는 이 꼴이 되기 전에 그에게 금은보화라도 건넸을텐데 말이다.

홍제가 없는 도깨비 섬은 그 어느 때보다 평화로운 시절을 맞이한 듯했다. 홍제는 겹겹의 종이뭉치일 뿐이어서 청소부의 침실을 빠져나갈 묘안도 없었다. 홍제의 관심은 이제 온통 청소부 내외에게로 향했다.

그리고 청소부 아내의 고성이 오두막을 뒤흔들던 그 밤. 평소라면 시큰둥했을 인간의 밤이 홍제를 향해 다가왔다. 청소부 내외의 밤일을 수차례 봐 넘겼음에도 그날은 뭔가 달랐다. 홍제의 동공이 열리고 온몸의 피가 끓어오르는 듯했다.

인간의 사랑 놀음에 홍제의 육체가 붕 뜨는 아득한 황홀경이 이어졌다. 청소부 내외의 극에 달한 정사를 훔쳐본 홍제는 얼떨떨했다. 그들의 밤을 기다리고 또 기다렸다. 죽은 것이나 다름없는 홍제의 시간을 달래줄 수 있는 것은 격정 넘치는 그들의 애정놀음뿐이다. 홍제는 하나로 뒤엉켜있는 그들을 보며 자신의 욕망에 눈떴다. 한편으로 자신은 그럴 수 없음에 참담했다.

홍제는 기다리고 또 기다렸다. 청소부가 도깨비 섬에서 돌아오기를 기다렸던 것처럼, 그의 욕정이 동하기를 기다렸던 것처럼, 청소부의 침실에서 아기의 울음소리가 터져 나오게 될 그날을 기다렸다.

청소부 내외가 별것도 아닌 일로 부부싸움이라도 벌이는 날이면, 홍제는 한탄이 절로 쏟아졌다. 격분한 청소부는 오두막을 불태워버리겠다고 발광했다. 그가 횃불을 들고 날뛰던 그때에 홍제는 혼비백산했다. 청소부 아내의 성질 또한 만만치 않아서 청소부의 오기를 부추겼다. 불태울 용기도 없으면서 큰소리만 치는 못난이라고 콧방귀를 뀌었다.

광분한 청소부는 자제력을 잃었다. 횃불을 오두막으로 가져갔다. 그야말로 일촉즉발의 위기 상황. 그들의 부부싸움에 혼쭐나고 노심초사, 전전긍긍하는 것은 온전히 홍제의 몫이었다. 오두막이 불길에 휩싸이고 나면 홍제의 목숨도 끝이었다.

홍제의 지옥불은 한순간 그의 눈앞에 놓였다. 참으로 알다가도 모를 일은 말이다. 청소부 내외가 전쟁을 방불케 하는 극렬한 다툼을 벌인 다음이다. 그러니까 오두막을 불태워버리겠다고 청소부가 날뛰던 그날, 무료함을 달래줄 밤도, 새로운 생명에 대한 기대도 단칼에 잘려나갔다고 홍제의 실망이 이어지던 그날에 말이다.

청소부의 마음에 횃불처럼 타오르던 것은 아내에 대한 사랑이었던가. 모든 것을 끝장낼 것처럼 굴던 청소부의 밤은 그 어느 때보다 뜨겁고 격렬했다. 황홀의 강은 깊고 아득하게도 흘렀다.

한밤의 격정이 물러간 침실로 햇살이 찾아들었다. 청소부 내외의 나신은 어느 때보다 아름다웠다. 태양이 오두막의 정수리에 올라앉을 때까지 그들은 달콤한 잠에서 허우적거렸다.

홍제는 뜬눈으로 밤을 지새웠다. 아침이 되어도 잠들지 못했다. 오두막이 불길에 휩싸이지 않은 것에 안도해야 했다. 홍제는 배신감에 휩싸였다. 잔혹한 밤이었다. 그 후로도 청소부 내외의 몸 사랑은 숱한 밤에 차곡차곡 쌓였다. 그럼에도 청소부 아내의 배가 불러오는 그런 일은 일어나지 않았다.

청소부의 젊음은 나날이 시들어갔다. 그의 아내는 나무껍질 같은 거죽을 온몸에 뒤집어쓰고 남편과 함께 늙어갔다. 그들의 밤이 시들해졌다. 홍제 또한 흥미를 잃었다. 어쩌다 둘이 포개지는 일이 있더라도 시큰둥했다.

청소부 내외가 애욕을 불태우던 날이 언제였던가. 홍제는 그 조차도 생각나지 않게 되었다. 홍제는 늙은 청소부 내외의 정사 뿐 아니라 도깨비 섬의 이야기에도 깜깜하게 되었다. 그 자신의 존재조차 의심스러운 날들이 시렁 위로 흘렀다. 켜켜이 쌓이는 뽀얀 먼지만이 홍제가 그곳에 있다는 것을 알았다.

그날은 청소부의 늙은 아내가 식전부터 오두막 안팎을 허둥 지둥 헤집고 다녔다. 오두막 안팎을 샅샅이 헤집던 그녀는 불쏘 시개가 될 만한 적당한 물건을 시렁 위에서 찾아냈다.

"이런 게 언제부터 여기 있었지? 불쏘시개로 안성맞춤이군. 불이 아주 잘 붙겠어."

먼지만 잔뜩 뒤집어쓴 쓸모라고는 눈곱만치도 없는 종이책이 다. 청소부의 늙은 아내는 매우 흡족했다.

세상에 이런 일이……, 움직이고 있어. 내가 움직인다구!

오뉴월의 엿가락처럼 늘어져 있던 홍제는 영문도 모르고 좋 아라했다. 영원히 벗어날 수 없을 것만 같던 시렁을 벗어나고 있음에 흥분했다. 곧 불태워질 운명이라는 것은 깨닫지 못한 채 다. 이제야 그 지긋지긋한 시렁에서 탈출했다고 홍제는 홀로 환 호성을 내질렀다.

환희는 잠깐, 아주 잠깐이었다. 청소부의 아내는 홍제를 아 궁이 앞으로 가져갔다. 아뿔싸! 홍제는 들춰지는 불씨에 혼절할

지경이었다.

"살려줘, 제발! 아궁이 속으로 나를 던져 넣지 않겠다는 약속만 하면 당신을 부자로 만들어주겠어. 평생 먹고 살 걱정은 할 필요도 없게 만들어주겠다고."

홍제는 다급함에 책임지지도 못할 말로 목숨을 구걸했다. 생명의 위협 앞에서 못할 말이 뭐란 말인가. 홍제의 애원이 늙은 그녀의 귀에 가닿기만 한다면 말이다. 그런 일은 일어나지 않았다.

"멍청하고 몹쓸 이 할망구야! 내가 누군 줄이나 알아? 진짜로 나를 불태워죽일 작정이야?"

홍제는 발악했다.

청소부의 늙은 아내는 불씨를 살리는 일에만 열중했다. 홍제의 격분 따위는 알 필요도 없고 들리지도 않았다. 쓸모 없는 책이 됐다고 타박하던 홍제는 자신의 쓸모가 목전에 놓이자 안절부절못했다. 바짝 말라 습기 한 점 머금지 못한 종이에 불기운이 닿는 순간, 한줌의 재가 되는 건 순식간이다.

팔다리도 없는 이 몸으로 나보고 뭘, 어쩌란 거야!

홍제는 불 앞의 위기에서 노여워하지 않을 수 없었다. 청소부의 오두막집에서 그들 내외가 늙어가는 것을 지켜보는 것 말고 홍제가 한 일은 없었다. 그 사이 책의 일부가 찢겨나갔다. 홍제는 자신의 몸이 찢기자 현기증이 일었다.

메마른 종이에 아궁이의 불씨가 살아나는가 싶더니만 스르륵 맥없이 주저앉았다. 청소부의 늙은 아내는 홍제를 통째로 집어 들었다. 이대로 불속으로 들어갈 수는 없는 노릇이었다. 홍제는 위기를 벗어나기 위해 사력을 다했다.

그 때문이었을까? 책 언저리로 파란 불빛의 기운이 홀연히도 피어올랐다. 늙은 그녀의 눈에는 보이지 않는 듯했다.

"이봐, 할망구! 내가 누굴 모셔왔는지, 어서 한번 나와 봐."

홍제가 죽어가는 불씨의 먹이가 되려던 그 순간이다. 밖에서 들려오는 늙은 청소부의 목소리에 그녀는 책을 손에 쥔 채로 아궁이 앞을 벗어났다. 천만다행이다. 재로 변할 시간이 조금 늦춰졌다는 것뿐, 홍제에게 달라질 미래 같은 것은 없을 듯했다.

"이런 누추한 곳에 손님이 오기는 참말로 오랜만이지 않소? 아니지, 우리가 여기 들어와 살면서 처음 있는 일일 거야."

늙은 청소부는 들떠서 말했다.

"아이고, 이 양반아."

늙은 아내는 심장이 정신없이 두방망이질을 해댔다. 늙은 남편과 함께 온 손님은 다름 아닌 저승사자. 눈이 침침해 잘 보이지 않는 늙은 남편은 그런 줄도 모르고 저승사자를 위해 상을 차리라고 신신당부했다. 늙은 청소부는 쏟아지는 졸음에 상을 차리는 동안 한숨 자야겠다며 저승사자를 문 앞에 세워두고 침실로 향했다.

늙은 그녀는 상을 차리라는 남편의 당부도, 불씨를 살리려던 것도 까맣게 잊었다. 땅바닥에 털썩 주저앉았다.

"장님이나 다름없는 늙은 남편이 오늘을 넘기지 못하고 떠날 모양이네. 아이고, 아이고."

늙은 아내는 허허벌판마냥 가슴이 휑했다. 이런 날이 언젠가는 오리라는 것을 짐작은 했지만 막상 눈앞의 일이 되고 보니 실감이 나지 않았다.

"아무리 노망이 나도 그렇지. 저승사자도 몰라보고 떡하니 집으로 데려오는 멍청이가 세상천지에 또 어디 있담. 나는 간다, 간다하더니 이 몹쓸 영감이 기어코 날을 받아왔네."

그녀는 체념과 하소연을 동시에 해댔지만 저승사자는 아무 말도 하지 않았다.

"여보시오, 저승사자 양반. 하늘 아래 이 늙은이와 저 늙은이 단 둘 뿐이니 나도 함께 데려가면 안 되겠소? 이만큼 살았으면 내 천수는 다 누렸소. 참말 징그럽게 오래도 살았소. 그러니 이 늙은 것도 함께 데려가주오. 산 채로는 갈 수 없다면 내 죽어서라도 우리 영감을 따라갈 요량이오만."

그녀는 저승사자의 옷자락에 매달려 간곡하게도 말했다.

"그것은 아니 될 말이오. 삶과 죽음의 경계가 명확한데, 어찌 이리도 경솔한 행동을 한단 말이오."

"나 혼자 더 살아서 누릴 부귀영화도 없고 더는 할 일도 없소. 아궁이의 불씨가 왜 꺼져가나 했더니만, 다 하늘의 뜻인 거요. 이런 일이 있으려고 그랬나 보오. 이제 저 영감과 손잡고 나란히 저승 가는 일만 남았소. 나도 참 미련하지. 생각 없는 불씨도 다 아는 일인 것을 나만 몰랐던 거요. 여보시오, 사자양반. 이 넓은 세상천지 나 홀로 살아남아 뭐하겠소. 다 부질없으니 제발, 나를 함께 데려가주오."

늙은 남편과 함께 가겠다는 그녀의 호소는 가슴이 찡했다. 홍제의 머리가 복잡하게 얽혀들고 마음이 심란해진 것도 그 때문이었다.

청소부의 죽음과 동행하겠다고? 그냥 해보는 말이겠지. 늙은 남편을 보낼 수 없어서 붙잡아두려는 속셈일 거야.

홍제는 청소부 내외에 대해 모르는 것이 없다 여겼다. 지금 순간은 그들의 존재가 거대한 벽처럼 홍제의 앞을 가로막고 있는 듯했다.

시도 때도 없이 불호령을 내리고 아내에게 지청구를 해대던 청소부. 그들 부부의 금슬 좋았던 날들을 다 긁어모은다고 해도 몇 년이 안 될 터였다. 백년 가까운 날들을 함께 살면서 좋았던 그 몇 년을 제외하면 서로 소 닭 보듯이 덤덤하게 보낸 날들이었다. 그런 재미없고 불한당 같은 영감의 죽음을 따라 나서겠다니 모자라도 한참 모자란 인간이 아닌가 말이다.

"다투기도 참 많이 하고, 지랄 같은 성질도 내게 참 많이 부렸소. 죽이고 싶을 만큼 미웠던 적이 어디 한두 번인 줄 아시오."

그녀는 잠시 말을 멈추고 저승사자를 건너다보았다. 삶에 대한 집착도 미련도 없는 텅 빈 얼굴을 하고서다.

"때가 되면 당신을 데리러 내 이곳에 다시 오리다. 그때까지 평온한 마음으로 살면 될 것이오."

저승사자의 말은 새털처럼 부드럽고 또 내려친 검처럼 단호했다.

"미움도 내 마음속에 있는 것이 아니오. 망할 놈의 영감탱이, 빨리 죽어버려라 하면서도 정작 죽어버리면 또 미워할 사람이 없어 심심할 것이오. 죽을 똥 살 똥 실랑이를 해대면서도 없으면 그립고 한겨울 한파보다 더 옆구리가 시릴 것이오. 정이란 고놈이 얼마나 징그러운 것인지, 저승사자 양반은 아시오? 사는 것도 죽는 것도 하나로 묶어놓게 만드는 고놈이 바로 정이란 말이오. 그 놈의 정 때문에 몹쓸 영감탱이지만 내 따라 나서야겠소. 저승길 동무삼아 함께 가줘야겠소. 그러니 부디 내 청을 거절하지 말아주오."

그녀는 저승사자 앞에 희로애락의 민낯을 고스란히 드러냈다. 그러고는 청소부가 잠든 침실로 들어갔다. 그녀는 상자에 고이 보관해온 무명천을 꺼내 힘 좋게 찢었다. 무명천을 끈 삼아 청소부의 손과 발을 제각각 자신의 손과 발에 꽁꽁 동여맸다.

그녀는 늙은 청소부 곁에 누워 꼼짝하지 않았다. 목구멍으로 음식을 넘기는 일도 하지 않았다. 늙은 청소부의 영혼이 늙은 아내의 주변을 맴돌았다. 늙은 아내의 목숨이 끊어지던 때에 그들은 손잡고 저승사자의 뒤를 따라갔다.

오두막 아궁이의 불씨는 이제 완전히 꺼졌다. 오두막에 살던 이들의 흔적은 오랜 비바람에 쓸렸다. 늙은 청소부 내외의 시신은 침대에서 미라가 되어갔다. 숲속 오두막은 언제 사람이 살았는가 싶게 온통 풀과 나무로 뒤덮였다.

새로운 생명들이 숲의 주인이 되었다. 봄이 가고, 여름이 가고, 가을이 가고, 겨울이 가고 또 새봄이 왔다. 무정한 계절이 왔다가 청소부의 오두막을 무정하게 돌아나갔다.

바람이 스쳐가듯 세월은 그렇게 또 흘러갔다.

홍제는 시렁의 먼지 대신 이끼를 뒤집어썼다. 긴 잠에 취했다. 한 번 눈을 감았다가 뜨고 나면 인간의 몇 년은 후딱 지나갔다. 어떤 때는 몇 십 년이 훌쩍 흘렀다.

어제가 오늘 같고 오늘이 내일 같은 분간할 수 없는 날들이 홍제의 몸에 끈덕지게도 달라붙었다.

23

"내 뒤를 누가 캐고 다닌다고?"

"아무래도 기자인 것 같습니다. 며칠 전에도 기자 하나가 찾아와서는 회장님을 뵙겠다고 소란을 피우다 갔습니다. 회장님이 신 교수님 만나러 담양에 내려가셨던 그날에 말이죠. 하필그때 사건이 터졌으니……."

기문의 비서는 말꼬리를 흐렸다.

"또 뭐야? 할 얘기 있으면 뜸들이지 말고 어서 하게나."

기문은 할 말이 더 있는 듯 망설이는 비서를 응시했다.

"회장님이 들어오시기 전에 경찰서에서 전화가 왔었습니다.임 형사라고……."

"형사가 쓸데없이 왜 날 찾아?"

기문은 대수롭지 않게 넘겼다.

"불의 사건 때문 아닐까요?"

"……일이 묘하게 돌아가는군."

뒷골목을 누비던 그 시절에도 기문의 뒤를 쫓는 이들은 늘 있었다. 누군가는 앞서고 또 누군가는 그 뒤에 있었다. 쫓긴다고 다 나쁜 사람은 아니었다. 뒤에 있다고 또 다 경찰만도 아니다. 경찰이 앞서고 도둑이 그 뒤를 쫓는 상황도 벌어졌다.

쫓고 쫓기는 일은 과거에나 지금에나 똑같다. 좋은 일로든 나쁜 일로든 기문을 뒤쫓는 이들은 항상 있었다. 안면도 없는 그들이 기문을 찾아와 꺼내놓는 말들은 하나같았다. 좋은 사업 아이템이 있다거나, 후원하는 게 좋다거나, 투자처가 있다거나, 모종의 거래를 협상해 오거나 형태는 달라도 목적은 같았다.

돈을 내놓으라는 것. 그들의 궁극은 그것이었다. 조금은 창의적인 방법으로 기문의 돈을 갈취하려 들었다면 그냥이라도 내줬을 것이다.

기문은 책상에 앉아 상념에 빠져들었다. 현대의 의술로도 해결할 수 없다는 무도병에서 벗어날 그 방법에 대해서. 죽음이 기문의 턱밑에서 기다리고 있으니, 시간이 얼마 없었다.

비서가 똑똑 소리를 내고 문틈으로 얼굴을 디밀었다.

"또 무슨 일이지?"

"손님이 찾아왔는데, 그냥 돌려보낼까요?"

"누군데?"

기문은 되물었다. 돌려보내도 될 만한 손님이면 굳이 묻지 않았을 것이다.

"전에 왔던 그 기자인데, 신일섭 교수와 만난 일에 대해 확인할 게 좀 있답니다."

"기자 나부랭이로군."

기문은 들이라는 손짓을 했다. 맞아주고 싶은 생각은 없지만 성가신 일은 빨리 처리하는 것이 낫다.

대그룹 총수에서 물러나 출판시장에 뛰어든 다음에도 기문의 행보는 기자들의 좋은 취재거리였다. 지금은 그 빈도가 확연히 줄었지만. 기문 스스로 뉴스가 될 활동들을 멀리했다.

"대표님 한번 뵙기가 진짜 힘듭니다."

하진이 안으로 들어서며 말했다.

"그래서 뭣 좀 알아냈습니까?"

기문의 회전의자가 빙그르르 돌아 하진을 향했다.

"대표님의 일이야 굳이 캐지 않아도 다 아는 일 아닙니까? 워낙 유명하신 분인데……."

하진은 능쳤다.

"그럼에도 나를 찾아온 용건은?"

"그게, 일전에 담양에 내려가셨을 때 말입니다. 그날 대표님이 묵으신 호텔에 저도 갔었습니다. 도중에 길을 잃어서 한참 헤매긴 했습니다만."

기문은 하려는 얘기가 고작 그거냐는 눈길로 바라봤다. 할 말이나 어서 하고 가라는 표정이었다.

"그럼, 용건만. 그때 호텔로 가는 길에 살인 현장을 제가 목격했지 뭡니까. 대표님도 보셨는지 혹시 궁금해서 말입니다."

"내가 왜 그런 걸 봤을 거라고 생각하는 겁니까?"

"대표님을 만나려고 호텔에 전화를 걸었었거든요. 안 계시더라고요. 호텔 인근에 달리 갈만한 시설이 없으니, 야간 산책을 하지 않았을까 싶어서 말입니다. 좋은 산책 코스가 많더라고요."

"기자라는 양반이 불의 살인이니, 뭐니 하는 것들을 믿는 겁니까? 정신과 닥터를 먼저 만나보는 게 어떻겠소? 실력 좋은 닥터를 소개해 줄 수도 있는데……."

기문은 시큰둥한 눈길로 말했다.

"생태전문가 신일섭 교수를 섭외하러 가신 거잖습니까? 불의 살인이 벌어진 후에 대표님이 체크아웃을 하셨더라고요. 그날 숲에서 신 교수를 만난 것 아닙니까?"

"신문기자라더니 형사신가보군. 신 교수의 죽음을 조사하는 거라면 난 모르는 일이오. 신일섭을 만나러 그곳에 간 것은 맞지만, 급한 용무가 생겨서 그냥 올라왔습니다."

"새벽도 아니고 그 한밤중에 말입니까?"

"급한 용무가 생겼다하지 않았소."

기문의 불편한 심기가 얼굴에 내걸렸다. 기문은 회전의자를 돌려 하진을 등졌다. 더는 할 말도 들을 말도 없다는 듯이.

"그럼, 이건 어떻습니까? 불의 살인을 당한 이들 모두가 정기문출판사로부터 출간섭외를 받았다는 거 말입니다. 그것도 대표님한테 직접 말이죠."

"거 참, 성가시군. 당신의 말대로라면 내가 섭외한 이들이 모두 죽었어야 하는 것 아니오? 그날, 신 교수에게 출간 제안을 하러 간 건 사실이지만 약속은 없었습니다. 다음날에 그의 학교로 찾아갈 생각이었소. 결국엔 못 갔지만 말이오."

"시간이 금쪽같으신 분이 무작정 가셨다가 또 급히 올라오셨단 말입니까?"

하진이 눈을 휘둥그렇게 뜨고 말했다.

"아무튼 그 일에 대해 난 더 할 말이 없소. 황비서, 손님 배웅 좀 해드리게."

기문의 비서가 득달같이 달려와 하진을 문밖으로 몰았다.

"잠깐만요. 이거 한번 봐주시죠."

하진이 정신없이 숲을 벗어난 그날이다. 움직이는 불덩이 사진을 찍지 못한 것이 못내 안타까웠다. 하진은 현장을 다시 찾았다. 그곳엔 사람의 뼈만 덩그렇게 남아있었다. 어둡기도 했지만 범인의 흔적을 발견하는 건 힘들었다.

하진은 그날 자신의 차량 CCTV에 찍힌 영상이 있다는 사실에 안도했다. 그는 그날의 영상을 기문 앞에 내보였다.

"이런 영상은 얼마든지 조작 가능한 일이오. 도깨비불이 있어서 살인을 저지른 게 아니라면 말이오."

기문은 불의 움직임이 담긴 영상을 시큰둥하게 봐 넘겼다.

"신일섭 교수를 살해한 건 사악한 의지를 가진 불일 수도 있겠다. 이걸 보고서야 실감했습니다."

"그럼, 도깨비불을 잡으면 될 것 아니오. 취재를 하든가."

"도깨비불은 화기가 없어서 사람은커녕 아무것도 태우지 못합니다."

"도깨비불이 아니면, 거 있잖소 사람들이 말하기 좋아하는 그것 말이오."

"아, 자연발화 말씀이십니까? 대표님은 고작 36.5도에 불과한 사람의 몸에서 외부 작용 없이 자연발화가 가능하다고 보십니까? 자연발화라고 믿게 만들고 싶은 인간의 속임수라는 게 더 그럴듯하지 않습니까?"

"당신 말이 맞소. 얘기는 잘 들었소."

기문은 비서를 향해 손짓하고는 의자를 돌려세웠다.

하진은 비서의 손에 이끌려 쫓겨나왔다. 비서는 하진이 건물 밖에 세워둔 차에 올라탄 다음에도 지키고 서 있었다.

"갑니다, 가요."

혼잣말은 떨떠름했다. 하진은 차에 시동을 걸었다.

신일섭 교수의 사망에 관한 기사는 하진의 특종이 반려된 그 다음다음날이 되어서야 보도가 됐다. 숲에서 발견된 유골의 DNA를 재취하고 사망자의 신원을 확인한 다음이었다. 하진은 그 보다 앞서 신일섭 교수의 집으로 찾아갔다.

그날 밤, 신일섭을 숲으로 불러낸 이가 정기문이라는 것쯤은 충분히 짐작했다. 신 교수의 아내는 남편이 출간문제로 출판사 사람을 만나러 나갔다는 것을 확인시켜 준 터였다.

정기문은 그 밤에 그것도 굳이 왜 숲으로 신일섭을 불러냈을까. 이유는 하나였다. 신일섭은 자신의 책을 내는 일을 달갑지 않게 여겼다.

기문은 출간을 설득했을 것이고 신 교수는 기문을 만나기 전에 이미 거절했을 터였다. 국내 최고의 생태전문가가 되기까지 신일섭이 지나온 생은 충분히 관심을 살만했다. 어떤 면에선 감동적이기까지 했다.

기문은 한번 마음 먹은 것은 포기하지 않는 인물이다. 도영훈이 살해되고 그의 책은 정기문출판사에서 출간됐다. 도영훈의 에세이는 유고작이 되어서 더 큰 반향을 일으켰다.

그가 직접 썼는지는 확인할 길이 없지만 최우필 의원과 신일섭 교수의 책을 내는 것 또한 정기문의 계획에 다 들어있던 일이라는 것을 하진은 확인했다. 사망한 최우필 의원의 책을 출판사 측에서 준비 중이라고 하니 그 전에 계약이 이뤄졌다고 봐야 했다.

유고작이든 됐든 평전이 됐든 그들의 생이 담긴 책이 주목을 받기는 할 것이다. 기문이 그것을 염두에 두고 벌인 일은 아닐까.

하진은 심증은 가지만 확실한 증거가 없었다.

24

홍제는 오르의 뒤를 따라 걸었다. 지푸라기가 걸어가는 듯했다. 뭔가에 슬쩍 부딪기만 해도 오르는 금방 나자빠질 터였다.

"감당하기 힘들다는 거 알아. 나도 그랬으니까. 하지만 별 것 아니라고."

홍제는 다리에 힘이 풀린 오르를 부축하고 말했다.

"놔요."

오르는 허깨비 같은 팔로 홍제의 손을 뿌리쳤다. 조금만 더 생각했더라면 얼마든지 알 수 있는 일이었다. 불멸의 생을 가진 이가 가까이에 또 있지도 않을 텐데 말이다.

홍제를 만나기 이전으로 돌아갈 수만 있다면. 오르는 이미 홍제에게 건너간 마음에 어쩔 줄을 몰랐다. 부끄러웠다. 배낭을 도둑맞던 탈린에서부터 자신의 불운이 시작되고 있었던 것일지도 몰랐다.

귀화가 평생을 품어온 연인을 사랑하게 되다니. 오르는 홍제와 보낸 시간들이 이제와 수치스럽고 또 저주스러웠다.

"날 좀 봐."

쳐다볼 용기가 없는 오르는 담벼락에 대고 자신의 이마를 찧는다. 홍제는 그 사이에 손을 끼워 넣었다. 오르의 이마에 상처가 나는 것을 막았다.

"날 좀 내버려둬요. 혼자 있고 싶어요."

"그 마음 나도 알지. 하지만 어떻게 그래. 귀화가 리아를 낳고, 리아가 오르 너를 낳은 건 잘한 일이야."

"나를 비참하게 만드는군요. 귀화와 나의 관계가 당신에겐 아무것도 아니라는 건가요?"

"내게 마음 준 걸 후회하니? 아니면 억울하니?"

"모르겠어요. 그냥 막 혼란스러워요."

홍제는 불멸의 도깨비다. 혈연으로 맺어진 인간의 가족과는 거리가 멀었다. 귀화와 오르 자신의 관계를 알면서도 변함없는 사랑을 입에 올리는 홍제를 오르는 감당하기 어려웠다. 리아가 떠나고 귀화도 곧 떠나게 될 것이다. 홍제의 생에 있어 오르의 생은 잠시잠깐 스쳐가는 것에 불과할 것이다.

생로병사의 길을 걷는 인간에게 늙지 않는 홍제는 범죄자나 다름없다. 원망과 경멸은 시시각각으로 파도쳐 왔다. 오르 자신을 향한 것인지, 홍제를 향한 것인지 그것도 아니면 귀화를 향한 것인지 헷갈리고 오르는 혼란스럽기만 했다.

사랑한다는 말을 더는 듣고 싶지 않았다. 귀화도 사랑하고, 리아도 사랑하고, 오르 자신도 사랑하는 홍제다. 오르는 역겨웠다. 이를 악물었고 나리에 힘을 줬다. 꼿꼿하게 홍제를 뒤로 했다. 오르가 원하지 않는 일은 겪지 않게 해주겠다던 홍제의 약속은 이미 깨졌다.

며칠째 오르를 보지 못했다. 레스토랑에서 근무하고 있을 귀화의 모습도 보이지 않는다. 홍제는 아무도 없는 집 주변을 배회했다. 늦은 밤까지 기다리면 나타나지 않을까. 홍제는 기다렸지만 자정이 되어도 그들의 귀가는 이뤄지지 않았다.

"도대체 어디로 간 거야? 설마, 나를 피해 도망이라도 간 건가?"

홍제는 마당의 나뭇가지 위에 걸터앉아 있었다.

누군가 귀화의 집을 기웃거렸다. 좀도둑인가? 그렇다면 혼을 내줘야겠지. 홍제는 남자의 뒤로 사뿐 뛰어내렸다. 담장 안을 훔쳐보는 하진의 동작을 옆에서 따라했다.

"이 집에 누구 아는 사람이라도 삽니까?"

홍제는 능청스럽게도 물었다.

하진은 생각지도 못한 말소리에 고개를 돌렸다. 어디서 본 듯한 얼굴이다. 그리고 하진은 최우필의 유골이 발견된 호텔에서 봤던 남자를 떠올렸다. 짧은 순간, 홀연히 자취를 감춰버린 그 남자다.

"멀쩡하게 생겨서 남의 집은 왜 기웃거리는지 그 이유나 좀 압시다."

홍제는 게슴츠레한 눈길로 하진을 바라봤다.

"이 집에 삽니까?"

"내가 사는 집은 따로 있소만."

"그렇습니까? 그럼, 가던 길이나 마저 가시죠? 난 이 집에 사는 사람을 만나러 왔으니."

하진의 말은 퉁명스러웠다.

"이 집에 사는 사람, 누구?"

되묻는 홍제는 거만했다.

"리아요."

하진은 그냥 지르고 본다.

"죽은 사람을 만나러 오셨다? 무슨 꿍꿍이람?"

홍제는 수상쩍은 눈길로 하진을 노려봤다.

"리아를 알아요?"

하진은 경계심을 풀었다. 형의 친구였던 리아의 가족을 찾아왔노라고 먼저 속내를 털어놓았다.

"실은 나도 리아의 가족을 만나기 위해 기다리는 중인데, 며칠째 보이지 않으니 답답합니다."

홍제는 땅이 꺼져라 한숨을 내쉬었다.

"그런데 이 집에 사는 사람들과는 어떤 관계인지 물어봐도 됩니까?"

"대답하기 곤란하니 안 묻는 것이 좋겠소. 어찌되었건, 오늘
도 만나긴 그른 것 같으니 먼저 실례하겠소."

홍제는 서둘러 자리를 떴다. 뭔가 자신이 모르는 심상치 않은
일이 벌어지고 있다. 홍제는 꾸물대고 있을 시간이 없었다.

25

푸른 바다. 고즈넉한 섬. 헬기 이착륙장. 요트를 댈 수 있는 선착장. 별장으로 향한 나무계단. 작은 숲. 바위. 사방의 절벽. 헬기에서 바라본 섬의 모습이었다.

검은 양복의 그들은 오르를 미행했다. 그리고 납치했다. 끝까지 따라붙은 귀화를 떼어내지 못한 그들은 그 둘을 헬리콥터에 태웠다. 바다 위 외딴섬에 데려다놓고는 이렇다 할 말도 없이 사라졌다.

오르는 귀화와 함께 꼼짝없이 섬에 갇혔다. 그곳을 오가는 수염 난 남자는 말이 없었다. 소리를 못 듣는 것인지, 말을 못하는 것인지 알 수 없었다. 오르가 말을 걸어도 남자는 쳐다보지 않았다.

남자는 때가 되면 요트를 타고 나타났다. 가을의 섬은 쌀쌀해서 남자는 벽난로에 장작을 넣어주고 가는가 하면 먹을 것과 오르와 귀화가 필요로 하는 것들을 전달해주고 갔다. 어떤 날은 어디서 낚시를 했는지 농어, 쏨뱅이, 옥돔 등을 양동이에 담아 오기도 했다.

오르와 귀화 둘이 있는 섬은 조용해서 무서웠다. 해무가 섬을 삼킨 날에는 눈앞의 바다도, 선착장도 보이지 않았다. 소리 없이 찾아든 불청객이 가까이 있다고 해도 알아 볼 수 없을 정도로 짙어서 오르는 내내 긴장했다.

바다로 둘러싸인 섬에 누군가 나타난다면 요란한 소리와 함께 올 것임에도 그들은 별장 밖으로 나가지 못했다.

해무는 오후가 되어서야 겨우 걷혔다. 오르는 야외 데크에 서서 아득한 바다를 바라보고 있었다. 수평선으로 석양이 지고, 찬바람이 느껴질 즈음이다. 별장 안으로 들어서려던 오르의 몸이 낯선 소리에 반사적으로 움직였다.

높은 하늘에서 들려오는 소리. 그것은 분명 헬리콥터 소리였다.

"귀화 씨? 저 소리 들려?"

"드디어 오는 모양이네."

귀화도 긴장되기는 마찬가지다. 그녀는 하던 설거지를 멈추고 손을 닦았다.

그들은 야외 테크로 나와 섰다. 헬기는 그들의 머리 위에서 날았고 곧 섬의 머리에 착륙했다. 직접 헬기를 조종하고 온 양복차림의 남자가 내렸다.

"우리를 이곳에 데려온 사람이겠죠? 귀화 씨가 아는 사람?"

"내 주변엔 이런 호사스런 별장에, 헬기를 타고 다니는 그런 사람은 없는데……."

오르는 별장을 향해 다가오는 남자를 주시하다 주춤했다. 고층빌딩의 스카이라운지에서 만났던 정기문, 그다. 점점 가까이 다가오는 그의 모습에 오르는 몸이 굳어갔다.

자신이 쓴 글 속의 주인공을 만나기 위해 이런 짓을 한 건가?

오르는 머리가 멍해왔다.

*　26　*

　기문의 저택이거나, 홍제 자신의 거처 그것도 아니라면 출판
사 건물 어딘가에 있어야 했다. 기문의 행방이 묘연했다. 연락조
차 되지 않았다. 할 수 없이 기문의 비서가 사는 아파트를 찾아
갔다. 그라면 알 것이다.

　밤은 깊었지만 홍제는 지체할 수 없었다. 기문의 비서가 잠든
방으로 홀연히 침입했다.

　"누, 누구야!"

　비서는 어스름한 그림자에 자다 깼다. 황급히 방안의 전원을
켰다.

　"밤늦게 미안하오. 기문이 어디 있는지 알아야겠기에 이렇게
실례를 무릅썼소."

　홍제는 엄중했고 사뭇 부드러운 어조였다.

　기문의 비서는 멍해서 침대 난간에 주저앉았다.

　"여, 여긴 어떻게 들어온 겁니까? 당신은 누굽니까?"

"나는 기문의 홍제요."

"기문의 홍제?"

비서는 '기문의 홍제'에 반응했다. 나의 홍제가 그럴 순 없다고 기문이 홀로 화를 부리던 순간이 스쳐갔다. 천하의 정기문을 화나게 할 사람은 없었다. 그 앞에서 자신의 주장을 할 수 있는 사람도 없다. "나의 홍제가"는 비서의 귀에 꽂혀서 쉽게 사라지지 않았다. 자신이 모시는 정기문을 저토록 뒤흔드는 이가 누굴까, 궁금하기도 했다. 이렇듯 자다가 봉창 두드리는 식으로 만나게 될 줄은 예상하지 못한 일이다. 게다가 백발이 성성한 기문이 섬기고 두려워하는 이가 이토록 젊고 잘생긴 청년이라니. 기문의 비서는 믿기지 않았다.

"당신이 정말로 나의 홍제, 아니, 기문의 홍제입니까?"

"그렇소. 내가 바로 그 홍제지. 그러니 말해 보시오. 나의 기문이 어디에 있는지."

"자택에 계실 겁니다."

비서는 깊이 생각하지 않고 말했다.

"그랬으면 내가 이렇게 찾아왔을까? 기문이 믿고 신뢰하는 능력 있는 비서는 아닌 모양이군. 기문을 만나면 잔소리를 좀 해야겠군."

"그, 그게 무슨 말입니까?"

비서는 당황했다. 기문의 행방은 비밀이었다. 기자와 형사들이 들쑤시고 다니는 판이라 기문은 자신의 행방에 대해 비서에게조차 함구했다. 하지만 헬기의 상태를 물은 것만으로도 비서는 기문이 어디에 있을지 짐작했다.

"기문은 지금 위험하오. 그러니 그가 있는 곳을 알려주시오."

비서의 눈빛이 심하게 흔들렸다. 그리고 홀린 듯이 말했다.

"서쪽의 섬 별장에 계실 겁니다."

어쩔 수 없이 털어놓는 기문의 비서는 어깨를 축 늘어뜨렸다. 초인종 소리도 없이 자신의 방안에 들어와 있는 홍제였다.

"섬? 갑자기 그곳엔 왜?"

"저도 그건 모릅니다."

기문은 홍제가 마음에 들어 하는 기색을 보이면, 섬을 사들였다. 바닷가에 있는 거처만으로 충분하다고 했지만, 기문은 아니었다. 무인도를 사들이고 그곳에 별장을 지었다. 언제든 홍제가 이용할 수 있게 했다.

"고맙소. 계속 주무시오."

홍제는 기문의 비서가 보고 있다는 것도 아랑곳하지 않았다. 그의 창문으로 바람처럼 뛰어내렸다. 비서는 경악했다. 창문가에 달라붙어 밖을 내다봤다. 뛰어내린 홍제는 보이지 않았다. 대신, 파란 불빛 하나가 하늘을 향해 날아올랐다.

그리고 밤하늘을 나는 불꽃을 본 사람은 또 있었다. 리아를 찾아간 그곳에서 홍제를 만난 하진이었다. 그의 개코가 무작정 홍제의 뒤를 밟게 했다. 축지법을 쓰듯 재빠르고 바람처럼 가볍게 움직이는 홍제를 미행하는 일은 어려웠다.

하진은 집요함으로 따라붙었다. 그를 놓쳤다가 다시 찾고를 반복했다. 고층의 아파트가 들어선 곳에서 하진은 홍제를 놓쳤다. 어디선가 다시 나타날 것이다. 하진은 기다렸다.

이번엔 진짜로 놓쳤다고, 아파트 단지를 맥없이 돌아나가려던 하진은 끝내 보고야 말았다.

아파트 창문가로 뛰어내리는 누군가를. 그리고 떨어지던 그가 불꽃으로 변신했다는 것을. 그 광경을 목격한 하진은 얼이 빠질 수밖에 없었다.

불덩이가 사람을 덮쳤다. 사람이 불꽃이 되어 날았다. 불이 살인을 저지르고도 남겠다는 생각이 하진의 뇌리를 스쳐갔다.

27

　오르는 새벽부터 일어나 기문이 깨어나길 기다렸다. 기문은 섬에 도착하자마자 피곤한 기색으로 방에 들어가더니 나오지 않았다. 당장에라도 쫓아 들어가 따지려했지만 귀화가 말렸다. 기문은 아침이 되어서야 잠옷가운을 걸친 채로 야외 데크에 나와 섰다.

　"우리를 왜요? 고작 내 글의 진위를 확인하고 싶어서 이런 짓을 벌인 건 아니시겠죠?"

　오르는 밤새 억눌렀던 질문을 꺼내놓았다.

　"그동안 잘 지냈나? 인사가 늦었군."

　"뭐하자는 거예요?"

　"글쎄, 뭘 하면 좋겠나? 여기선 할 게 별로 없는데……, 먼 바다를 보는 게 다지."

　기문은 행동도 말투도 느긋했다. 한가로운 그의 시선이 수평선 끝에서 노닐었다.

"바다나 보면서 유유자적하라고 우리를 데려온 것은 아닐 텐데요? 이유 정도는 말해 줄 수 있잖아요. 아니, 그딴 거 다 필요 없어요. 우리를 집으로 돌려보내주세요. 그러면 신고는 하지 않을게요."

"이렇게 있으니 좋군." 기문은 오르의 협박에 코웃음을 치며 말했다. "오르 양은 살아있다는 게 뭔지 아나?"

"네에?"

"들끓는 욕망이라네. 모르는 사람들은 말할 걸세. 그렇게 갖고도 또 갖고 싶은 게 있냐고 말이지. 다들 뭘 모르고 하는 말이지. 인간의 부귀와 영화는 그리 중요한 것도 아니라네. 이곳에 하루이틀 더 머문다고 크게 달라질 것도 없으니, 나랑 같이 여유롭게 기다려보는 것도 나쁘지 않을 거야."

"뭘 기다리란 거죠? 우리를 납치하는 범죄를 저질러 놓고."

"그런가? 하지만 어쩌겠나. 어차피 내 도움 없이는 이곳을 벗어날 수도 없는데……. 그냥 기다리는 게 무료하다면 내 얘기나 한번 들어볼 텐가?"

오르의 의문 따위는 기문의 안중에 없었다. 뻔뻔스럽게도 귀화에게 커피를 부탁했다. 오르는 귀화를 말렸지만 그녀는 그것 말고는 또 할 일이 없었다.

기문은 양팔을 벌리고 비릿한 바다 공기를 폐 깊숙이 들이마셨다. 그러고는 오르가 듣거나 말거나 신데렐라가 된 소년의 서막을 모놀로그처럼 열었다.

"소년은 고립된 섬에 살고 있었지. 집채만 한 파도가 들이치고, 바람 잘날 없는 날들이 이어졌네. 그게 전부는 또 아니어서 밤이 되어도 소년은 편안히 잠들 수 없었지. 언제 태풍이 들이닥칠지 알 수 없고, 소년의 동굴 주변엔 여러 마리의 하이에나가 항상 어슬렁거리고 있었거든. 잠시라도 경계를 늦추거나 한눈을 팔면, 소년은 단박에 하이에나의 먹이가 될 판인 거지. 자면서도 항상 깨어있어야만 했네."

기문은 수평선에 시선을 꽂아둔 채 말을 이어갔다. 귀화의 옛날이야기에 귀를 기울이던 아이처럼 오르는 또 기문의 이야기를 시나브로 듣고 있었다.

소년의 밤엔 잠이 없고 낮에도 평화로움과는 거리가 멀었다. 물고기 한 마리도 잡지 못한 날이면 소년은 배를 주렸다. 상어 같은 큰 물고기에게 먹잇감을 빼앗기는 날들이 빈번했다. 주린 배를 채우기 위해, 자신의 목숨을 지키기 위해 소년은 매일같이 사투를 벌였다. 전쟁 같은 하루하루를 치열하게 버텨냈다. 겁을 먹고도 용감한 척 맞서고, 외로워도 외롭지 않은 척 의연하게 굴었다. 위험이 도사리는 섬이 아닌 다른 곳은 알지도 못했다.

살기 위해 먹이다툼을 벌이고, 그러다 하이에나들에게 먹히면 소년의 삶도 끝나는 것이라고 여겼다. 소년이 하이에나에게 곧 먹힐 일만 남았다고 한탄하던 어느 날이다. 웃기게도 말이다.

소년이 하이에나에게 먹혔다고 생각한 그때에 엉뚱한 세상이 소년의 눈앞에 펼쳐졌다.

소년은 자신의 삶을 맡긴 대가로 꿈같은 생을 얻었다. 더는 사투를 벌이지 않아도 되는, 원하는 것은 무엇이든 말만 하면 되는 그런 세상이. 거친 파도도, 드센 폭풍우도 더는 소년을 넘보지 못했다. 소년은 거칠 것이 없었다. 소년이 중년이 되자, 세상은 그의 손 안에 있었다. 장년이 되자, 세상은 그의 발밑에 놓였다.

이야기를 마친 기문은 바다에 뒀던 시선으로 오르를 바라봤다.

"그 소년이 당신이군요. 맞죠?"

기문은 수긍도 부정도 하지 않았다.

"신데렐라 소년의 불행이 뭔지 아나? 거절당하는 법을 모른다는 거야. 남의 생각을 묻는 방법도, 들어주는 방법도 잊어버렸지. 갖고 싶은 것만을 떠올렸고 또 그것을 손에 넣으며 살았지. 소년의 계획이 어긋나거나 실패한 적은 결단코 없었지."

"손에 넣을 수 없는 것이 생겼군요?"

오르는 호기심이 일었다. 자신을 미행하고 감시하지 않아도 될 일이었다. 납치하는 대신 섬 여행을 제안했다면 순순히 응했을지도 모를 일이다.

"오르 양을 왜 데려왔는지 알고 싶겠지. 노인이 된 소년의 마지막 소원을 위해서라네."

"내가 들어줄 수 있는 것은 아닐 텐데요?"

"오르 양은 내 마지막 소원의 제물일 뿐이지."

기문은 파안대소했다. 소년이 원하는 것은 뭐든 다 내어주던 홍제다. 기문은 불멸의 생에 꽂혔고 준비는 이제 다 끝났다.

오르는 소름이 돋았다. 기문의 광기어린 시선이 자신의 얼굴을 할퀴듯 달려들었다.

홍제가 그들 앞에 모습을 드러냈다. 오르가 두려움에 젖고 기문이 기괴한 웃음을 짓던 그때. 기문의 웃음이 더 한층 커졌다.

"생각보다 많이 늦으셨습니다, 삼촌."

기문은 웃음기를 거뒀다.

"안하던 짓을 참 많이 하는군. 엉뚱한 이들까지 데려다 놓고 뭘 하려는 거지?"

"삼촌이 오시길 기다린 겁니다."

"뭐어?"

홍제의 눈썹머리가 일어섰다.

"노여워하는 삼촌의 그 모습도 언젠가는 그리운 것이 될지도 모르겠습니다."

홍제는 기문의 말을 뒤로하고 오르에게 다가갔다. 오르는 잣바듬이 홍제의 손을 피했다. 그 사이 기문이 오르의 팔을 잽싸게 낚아챘다. 노인의 몸을 하고도 기문의 동작은 꽤나 민첩했다. 오르의 머리에 권총이 겨눠지기까지 모든 일은 전광석화처럼 벌어졌다.

홍제가 다가오려 하자, 기문은 금방이라도 방아쇠를 당길 태세를 취했다.

"이게 무슨 짓이지?"

홍제의 뜨악한 노여움이 기문을 향했다.

귀화는 비틀거리는 몸을 유리벽에 의지했다. 나무토막 같은 그녀의 손이 부들거렸다.

"걱정하지 말아요. 아무 일도 없을 겁니다."

홍제는 귀화를 부축해 소파에 앉혔다. 그러고는 노여운 기색을 그대로 드러낸 채, 기문을 맞대면했다.

"그러다 사람 잡겠군. 오르는 놔주고, 왜 이러는지 이유나 들어보자고."

기문은 씁쓸한 웃음을 머금었다. 홍제의 걱정과 염려는 오직 오르를 향해 있었다. 기문이 오르를 해칠까봐 노심초사하는 홍제의 모습이 기문의 눈에 그대로 와 박혔다.

"삼촌이 눈살만 찌푸려도 온종일 마음이 쓰였습니다. 삼촌을 위해 서투른 솜씨로 요리를 만들었습니다. 내겐 항상 삼촌이 먼저였습니다. 제 일보다 먼저였고, 제 아내보다 먼저였습니다. 삼촌에게 난 뭐였습니까?"

기문의 물음은 쓸쓸했다.

"그 모든 것이 나만을 위한 것이었나? 기문 자신을 위한 일이기도 했을 텐데……."

"어린 저의 생을 원한 건 삼촌이었습니다. 삼촌은 내게 놀라운 하루하루를 만들어주셨죠. 나로서는 상상할 수조차 없는 그런 행운을 누린 겁니다. 지금은 그로 인해 가장 불행한 인간이 되고 만 겁니다."

"나와 함께한 시간들을 후회하는군."

홍제는 담담했다.

"제가 얻고 이룬 그것들이 쓸모없다는 걸 깨달은 겁니다."

"인간인 네가 나처럼 되길 원한다면 비극이지. 만족을 몰랐다면, 그건 나로서도 어쩔 수 없는 일이야. 어리석은 인간."

인간의 욕망에는 브레이크가 없다. 혹시나 싶은 마음에도 홍제는 또 깜빡 잊고 있었던 것이다. 어리석은 것은 인간이 아니라 어쩌면 도깨비인 홍제 자신인지도 모른다. 불멸의 생인 홍제로 인해 기문이 누렸던 것들이 모두 퇴색했다. 그 모든 것이 하찮은 것이 되어버렸다. 기문은 탐할 수 없는 것을 원하는 욕망의 화신이 되어 버렸다.

"삼촌을 감동시킬 이야기를 달라고 하셨죠. 하지만 삼촌은 알고 있었던 겁니다."

"내가 뭘 알았다는 거지?"

"그런 건 존재하지 않는다는 것 말입니다. 수천 년을 인간 세상에 있었다, 했습니까? 삼촌의 심장은 그만큼 무뎌졌고 단단한

돌이 된 겁니다. 그런 심장을 울릴만한 감동은 이 세상 어디에
도 없단 말입니다. 그러니 무슨 짓을 해도 삼촌의 부탁을 들어
줄 재간이 내겐 없는 겁니다."

"알았으니, 놔주게. 겁에 질린 저 아이가 기문은 측은하지도
않아?"

"내 마지막 소원을 들어준다면 생각해 보죠. 고작 백년도 못
사는 주제한테 삼촌은 너무나도 크고 넓은 세상을 보여준 겁니
다. 그러니 나를 막을 순 없을 겁니다. 이 아이를 어떻게 할 생
각이냐고 물었습니까? 삼촌의 영생과 맞바꿀 생각입니다. 이 아
이를 살리고 싶다면, 삼촌의 영생을 내게 주십시오."

기문은 당장이라도 방아쇠를 당길 듯이 홍제를 겁박했다.

"줄 수 있으면, 좋겠군."

진심이었다. 영원히 산다는 것은 죽은 것과도 다를 바 없었
다. 그렇더라도 인간에게 내줄 수 있는 홍제의 영생은 또 아니
었다.

"방법이 있을 겁니다. 삼촌은 알고 있을 겁니다."

홍제는 기문의 요구에 무력감을 느꼈다. 인간에게 필요한 것
이라면 뭐든 안길 수 있지만 자신의 영생은 손을 쓸 수 있지 않
았다. 홍제의 상념은 길었다. 기문을 설득하는 것도 오르를 기문
의 총부리에서 구하는 것도 하지 못한 채로.

바람이 대치 상태로 있는 그들을 휘돌아나갔다. 기문은 느슨

해진 권총을 다시 겨눴다. 귀화는 오르를 구하기 위해 맹렬하게도 몸을 던졌다. 기문의 발길질 한 번에 나가 떨어지고 마는 귀화다.

"어쩌실 겁니까, 삼촌?"

기문은 무던히도 홍제를 재촉했다.

"너야말로 어쩔 셈이야? 그 방아쇠를 끝내 당길 건가?"

"내가 듣고 싶은 말은 그게 아닙니다, 삼촌!"

기문은 이성을 잃고 분노했다. 물밖에 나온 물고기처럼 흥분해 팔딱거렸다. 포기를 모르는 귀화는 기문을 향해 달려들고, 홍제가 기문을 향해 주먹을 날린 찰나다. 뒤로 자빠지던 기문의 손에 힘이 주어졌다.

타앙!

단 한 발의 총성이 그곳에 있는 모두의 생각과 움직임을 멈춰 세웠다. 달려들던 귀화는 그대로 멈췄고, 오르는 바닥에 무릎을 꿇은 채다. 기문의 손에 들려있던 권총이 데크 바닥으로 떨어지며 둔탁한 소리를 낸다.

하진은 총성을 듣고 헬기 조종사를 재촉했다. 헬기가 섬에 착륙하고 하진은 총성이 울린 별장에 도착했다. 하진의 운동화가 바닥에 또 달라붙었다.

28

홍제는 화살이 하늘을 수놓고, 총알이 빗발치는 전쟁터에서
도 홀로 살아나왔다. 죽을 고비를 넘기는 일 따위는 인간에게나
해당되는 일이었다. 바오바브나무에 갇혀 옴짝달싹하지 못할
때에도, 인간의 검이 심장에 박혔을 때에도 죽음은 홍제의 것이
되지 못했다.

"총 좀 맞았다고 내가 죽진 않아. 그런 애처로운 눈빛으로 보
지 않아도 돼. 내 걱정을 하지 말라고. 금방 거뜬해질 거라고."

바닥에 쓰러진 홍제는 자신했다.

"삼촌은 죽지 않아요. 홍제는 불멸의 생인 걸요."

기문은 바닥으로 번지는 검붉은 피를 바라보며 횡설수설했
다. 홍제를 잃게 될지도 모른다는 생각은 섬광처럼 스쳐갔다. 두
려움은 그제야 피어올랐다. 피를 흘리는 홍제의 모습에 기문의
팔다리가 제멋대로 움직였다.

하필이면, 이런 중차대한 순간에. 기문은 자신의 사지를 통솔

하지도 제어하지도 못했다. 무도병이 그의 두려움을 타고 춤사위를 선보였다. 젠장. 움직이지 않으려고 해도 빨간 구두의 아가씨처럼 기문의 팔다리가 제멋대로 움직였다.

뒤틀린 욕망과 뒤틀린 육신에도 살고 싶다는 생각은 지워지지 않았다. 기문은 자신이 떨어뜨렸던 총을 어긋한 춤사위로 주워들었다. 총구는 제대로 겨눠지지 않았다. 조준했다 싶음에도 총알은 엉뚱한 곳에 가 박혔다.

이번엔 제대로다. 기문이 자신의 머리에 대고 방아쇠를 당기려는 찰나다. 그의 손이 또 멋대로 어긋났다고 여겼다. 기문은 자신을 바라보는 홍제의 눈동자와 마주했다. 기문의 손목을 그가 틀어쥐고 있었다. 기문은 해맑게 웃고 있는 그 옛날의 홍제를 보았다. 어린 기문을 울게 만들던 따뜻하기만 했던 그 미소다.

기문의 비틀린 손이 어이없게도 홍제의 심장을 겨눴다.

타앙!

총알이 홍제의 심장을 관통하고 말았다. 홍제가 다시 바닥으로 쓰러졌다. 기문의 뒤틀린 악령의 춤사위도 그제야 멈췄다.

"괜찮아. 난 괜찮다고."

하지만 홍제는 쉽게 일어서지 못했다.

기문의 눈동자가 불현듯 묻는다. 왜 그랬냐고. 왜, 자신을 죽게 놔두지 않은 거냐고.

"네가 죽지 않아서 다행이야."

홍제는 안도했다. 그리고 좀 전과는 다르게 반응하는 그 자신의 몸을 알아챘다. 불멸의 육체로 통증이 칼날처럼 스며들고 자신 안의 뭔가가 서서히 빠져나가는 것을 느꼈다. 홍제의 얼굴 위로 오르의 눈물이 뚝, 하고 떨어졌다.

오르가 울고 있다. 홍제는 심장이 옥죄어오는 것을 느꼈다. 그럼에도 눈물을 흘리는 오르는 아름다웠다. '너의 홍제'를 되풀이해온 홍제의 입술을 뚫고 "나의 오르"가 새나왔다.

"나의 오르……, 나의 기문."

홍제는 그 어느 때보다 인자한 얼굴로 기문을 향해 손을 내밀었다. 기문은 그 손을 차마 잡지 못했다.

"왜, 나를 살리신 겁니까?"

어차피 죽을 목숨이란 말은 나오지 않았다. 기문은 아이처럼 울먹였다.

"죽는다는 건 생명 못지않은 기적이지. 그렇지만 하나뿐인 그 죽음을 그렇게 소비하는 건 아니지. 기문은 인간을 위해 많은 일들을 했어. 네 죽음은 그들의 것이야. 기문을 아는 모든 이들의 것이지. 기문의 생을 그들이 영원히 기억할 테니까."

기문은 꺼이꺼이 속울음을 게워냈다. 홍제에게 잡혀 울던 그날의 아이처럼. 홍제를 만나지 않았다면 해내지 못할 일들이었다. 그럼에도 홍제는 기문에게 모든 공을 돌렸다.

"이제 좀 웃으라고."

홍제의 말에도 기문은 웃지 못했다. 노인의 모습을 한 아이 기문일 뿐이었다.

모든 것은 홍제 자신으로부터 시작되었다. 기문을 탓할 마음은 애초부터 없었다. 그의 말처럼 감동에 무뎌진 홍제의 심장인 것이다. 홍제는 인간의 죽음을 갖고 싶었다. 기문이 얻을 수 없는 영생처럼 죽음은 결코 홍제의 것이 될 수 없었다. 그럼에도 지금 이 순간, 심장을 관통한 기문의 총알에 홍제의 생이 스러져간다.

생의 유한함은 얼마나 고귀한가. 하나의 죽음이 수많은 생명을 위해 남긴 것들은 또 얼마나 감동적인가 말이다. 홍제는 어리석고 아둔한 인간을 닮아갔다. 경멸은 사랑받지 못한 홍제의 옹졸한 마음이었다.

희열은 생이 사라지는 가운데로 찾아들었다. 홍제를 위해 울어주는 인간이 눈앞에 있지 않은가. 장구하고 지난한 세월 동안 홍제가 기다려온 것은 저들이 아니었을까.

홍제는 마지막 숨으로 오르를 보고, 기문을 보고, 귀화를 보고 또 낯선 하진을 보았다. 졸음이 쏟아지듯 홍제의 눈꺼풀이 절로 감겼다.

죽음이 내 것이 될 줄이야. 나는 이제 자유다.

홍제는 아득하고 깊은 수면에 빠져들었다.

29

노욕의 끝. 기문은 환희에 물든 홍제의 죽음을 망연자실 지켜 봤다.

"나와 함께 해줘서 고마워!"

홍제의 마지막 말이었다. 한줌의 모래로 부서져 내린 홍제를 바닷바람이 거두어갔다.

기문의 몸이 또다시 뒤틀렸다. 그는 바람풍선 같은 춤사위로 모래바람이 된 홍제를 쫓아갔다. 해안의 모래사장에 이르러서 야 기문은 더 쫓지 못했다. 무릎을 꿇고 말았다.

기문의 유일한 가족, 홍제. 의지했고 따랐고 섬겼으며 또 추 앙했다. 그랬던 불멸의 홍제가 죽었다. 홍제가 이토록 허무하게, 이토록 쉽게 가버릴 줄은 정녕 몰랐다.

기문의 눈동자에 수평선이 가로놓였지만, 정작 그는 아무 것 도 보지 못했다. 총성에 사방으로 튕기던 홍제의 피가 눈앞에서 아른거렸고, 기문 자신의 얼굴에 달라붙었다.

눈살을 찌푸려야했다. 눈썹을 치켜 올려야했다. 홍제의 노여움이 기문 자신을 향해 날아와 박혀야 했다. 심장에서 뿜어져 나온 붉은 피를 휘장처럼 몸에 두른 홍제는 그 어느 때보다 평온했다.

모래사장에 무릎을 꿇은 기문은 얼굴마저 모래에 묻고 있었다.

"병을 앓고 계신 줄은 몰랐습니다."

하진이 기문의 곁으로 다가왔다.

"……여긴, 어떻게 알고 온 겁니까?"

엎어져 있던 기문이 상체를 일으켜 세웠다.

"아파트 창문에서 뛰어내리는 사람을 봤습니다. 분명, 사람이 었는데……, 제 머리가 어떻게 된 줄 알았습니다. 하늘을 나는 불꽃이라니."

하진은 실소가 절로 나왔다. 혼자만 봤다면 망상증 환자로 오해받았을지 모를 일이다. 기문의 비서도 함께였다는 것은 그나마 다행스러운 일이었다.

"심금을 울릴 감동의 이야기를 원했는데, 고작 그것뿐이었는데……. 삼촌의 부탁을 어떻게든 들어주고 싶었소. 결국, 내가 모든 것을 망쳤소. 나의 홍제가 죽을 줄은 정말 몰랐소."

기문은 악몽에서 깨어난 듯했다.

"홍제는 누굽니까?"

"그의 영생은 무던히도 탐나는 것이었소. 그런 불멸의 생이 왜 내 앞에서 사라졌을까?"

기문은 아직도 홍제의 죽음이 믿기지 않았다.

"불멸의 생이라고요?"

하진은 뚱딴지같은 소리에 고개를 갸웃했다.

"의사가 그러더군. 마음의 준비를 하는 게 좋겠다고. 말 같지도 않은 소리였소. 쥐의 소굴에서도 살아나왔고, 하이에나들에게도 잡아먹히지 않았는데, 이게 무슨 개뼈다귀 같은 소리냐고. 천하의 정기문이, 내가 죽는다고?"

기문의 말은 오락가락했다. 혼잣말인지 하진에게 하는 말인지 헷갈렸다. 기문은 어이없는 웃음을 짓다가도 어느 순간 정색했다.

천애고아였던 그가 부랑자 생활을 면하고 홍제 덕에 한평생 신나게 살았으니 억울할 것도 없어야 했다. 기문은 억울했다. 영생의 곁에서 자신 또한 영생의 존재라고 착각했던 것인지도 모를 일이다. 그랬는데, 불멸의 생이라 의심치 않았던 홍제가 떠났다.

"내 병을 치료할 의사가 국내에 없다면 다른 나라에서라도 찾으면 되지. 그럼에도 죽음을 피할 방법이 내겐 없었소. 내 운명의 시계는 얄궂고, 어떻게든 손에 넣고 싶었지. 내 앞에 늙지 않는 불멸의 생이 있는데, 어떻게 탐하지 않을 수 있었겠소. 내가 가질 수 없는 영생이란 것을 깨달아야 했는데, 나의 탐욕이 모든 것을 가렸소."

그것은 기문의 고해와도 같았다. 하진은 그의 말을 재촉하지 않았다. 그저 옆에서 가만히 듣고만 있었다.

"인간의 감동쯤이야 얼마든지 만들 수 있는 거지. 하지만 쉽지 않았소. 그들이 죽으면 감동이 될까? 내 계획이 실패하더라도 살인은 삼촌의 것이 되길 바랬소. 불멸의 몸에 새겨진 죄는 시간에 씻겨 언젠가는 흔적도 남지 않게 될 테니까. 불의 살인은, 자연발화의 사건은 그렇게 내가 만들어낸 거요. 시신을 태워 현장에 유골만 가져다 놓는 일이 쉽지만은 않았지만 사람들의 눈을 속이는 일은 쉬웠소. 당신 같은 사람을 속이는 건 어려운 일이지만 어쨌든 도깨비에게 어울릴법한 범죄잖소?"

기문은 자신의 죄를 가릴 것도 없이 그대로 털어놓았다.

"어떻게 그런 짓을?"

하진은 기문의 멱살을 잡았다. 혹세무민도 이런 혹세무민이 없었다. 턱이 삐뚤어지도록 주먹을 날려도 성이 풀리지 않을 터였다. 기문의 웃음은 기분 나쁘게도 쳐들어왔다.

"한 대 치고 싶소? 마음껏 치시오. 유진을 죽인 게 어떻게 불이겠소? 그 불을 다루는 사람인 거지. 아둔한 인간!"

그것은 홍제가 하던 말이다. 아둔한 인간. 기문은 하진을 향해 그 말을 던졌다.

며칠 사이 기문은 폭삭 늙은 듯했다. 매서운 눈초리는 흩어지고, 육신은 허물어진 허깨비.

하진은 그런 기문의 면상에 주먹을 날리고야 말았다. 저승길을 예약해 놓은 사람이라는 동정심은 일지 않았다. 도영훈도 최우필도 신일섭도 감동적인 이야기를 만들면 영생을 얻을 수 있을지도 모른다고 여겼던 기문의 희생자였다.

"다들 자기 분야에서 두각을 나타낸 이들이니 그렇다 치고 리아는 왜? 당신이 찾는 감동과는 상관도 없는데, 왜에?"

하진은 리아를 왜 죽였냐는 끝말을 맺지 못했다.

"왜 죽였냐고? 홍제가 자신의 아이로 믿고 있었으니까. 인간의 거짓말을 믿다니, 홍제야말로 어리석은 도깨비인 거요."

기문은 얻어터진 얼굴로 일그러진 미소를 지었다.

하진의 주먹이 다시 날아갔다. 기문은 모래사장에 대자로 뻗어 하늘을 올려다보았다.

"홍제는 나의 홍제요. 누구한테도 내줄 수 없는……, 당신이 나였더라도 그랬을 거요."

"나라면, 내가 당신이라면……."

하진은 차마 말을 잇지 못했다. 세상 사람들이 다 부러워하는 쉽게 넘볼 수 없는 인물이지 않은가, 기문은. 그럼에도 눈앞의 기문은 탐욕스러운 노인에 불과했다.

"나처럼은 하지 않았을 것이라고 말하려는 거겠지. 하지만 가

정이잖소. 당신은 불멸의 생과 살아보지 않았으니까. 그것이 어떤 것인지도 모르는 거요. 이제 다 끝났소. 생의 역경과 고비를 힘들게 딛고 일어선 인간이 한둘도 아닌데……."

기문의 생은 미흡했다. 인생의 절정에서 사라져가는 이들의 안타까운 죽음이 감동을 줄지도 모른다는 생각은 오해였다. 홍제가 없는 기문은 한심하고 불온한 인간에 불과할 뿐이다.

기문은 노구의 몸을 힘들게 일으켜 세운다.

"도망갈 생각이라면 안하는 게 좋을 겁니다."

"이 판국에도 생리현상은 어쩔 수 없으니, 참으로 웃기는 일이잖소."

기문은 고장 난 로봇 장난감처럼 숲을 향해 걸어갔다.

하진은 아득한 바다를 눈앞에 뒀다. 오롯한 섬이라 갈 곳도 숨을 곳도 마땅치 않은 곳이다. 기문이 나타나기를 기다렸지만 한참이 되어도 그는 돌아오지 않았다.

생리현상을 처리하는데 굳이 멀리 갈 필요가 있을까. 하진의 생각이 거기에 달했을 때였다.

하늘로 헬기 한 대가 날아올랐다.

하진은 기문이 사라진 숲을 멍하니 바라보았다.

펑!

맑은 하늘로 화염을 품은 회색연기가 피어올랐다.

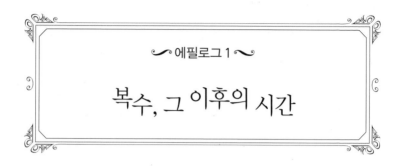

복수, 그 이후의 시간

홍제의 생 끝자락에서 무녀 비령은 홀연히 나타났다. 홍제는 비령을 향해 쪼르르 달려갔다. 비령이 짧은 순간 눈을 치켜뜨지 않았더라면, 너무 기쁜 나머지 덥석 껴안았을 것이다.

홍제는 호탕하게도 웃어젖혔다. 시간은 홍제뿐 아니라 비령의 몸도 관통하지 못한 채였다. 잠자리 날개 같은 그녀의 옷자락이 바람에 휘날렸다.

"이제야, 돌아왔군. 비령은 어찌 옛 모습 그대로요?"

홍제는 자신을 인간 세상에 내던진 비령을 무던히도 증오했다. 도깨비의 섬으로 돌아가기만 한다면 아작아작 씹어 먹어주겠다고 이를 갈았었다.

"어찌 옛 모습 그대로이겠습니까? 도깨비도 아닌 인간인 제가 그 긴 도깨비의 시간을 건너왔는데 말입니다. 원한도 증오도 무감해진 장구한 세월인 겁니다."

비령은 담담했다. 그 어떤 감정의 빛도 내비치지 않았다.

"세월 앞에 장사 없다더니 딱 그 짝이오. 당신이 이렇듯 내 앞에 있는 걸 보니, 내가 진실로 그리워한 이가 비령 당신인가 보오. 내가 그립지 않았소? 아, 거참. 그렇다고 휙 돌아서면 어쩌란 거요? 가지 마시오. 내 그냥 우스개로 한 말이니. 그 오만하고 거만하던 도깨비가 죽음을 맞이했으니 노래나 불러주오. 통쾌하다 여겨주오."

홍제는 환한 얼굴로 덩실덩실 춤이라도 출 기세다.

"흐르는 세월에 장사 없다는데, 홍제의 세월이 어디 웬만했어야죠? 도깨비의 섬에서라면 오만한 홍제의 콧대를 꺾어놨으니 춤이라도 추었겠지요. 수천 년을 건너오고 보니 그 마음도 이젠 돌이 되었나 봅니다."

비령은 담담한 가운데 쌀쌀맞은 구석이 있었다.

"내 이제 알았소. 그땐 누구라도 내가 없어지길 바랐던 거요. 아무튼, 미안하게 됐소. 인간의 죽음을 내 얻었으니, 모든 것이 끝난 거요. 벌칙을 온전히 이행하지 못해 또 미안하게 됐소만."

"우리의 내기는 막 끝났습니다. 당신이 벌칙을 완성해낸 겁니다."

"아니, 그게 무슨 소리요? 귀설의 이야기를 능가할 감동을 내 아직 찾지 못했는데…….”

“처음부터 홍제의 희생 없이는 끝나지 않을 벌칙이었습니다. 인간의 목숨을 구하기 위해 불멸의 생을 바쳤으니, 그만한 감동이 또 어디에 있겠습니까?”

“그것이 정말이오? 내가 귀설의 감동을 이겼단 말이오?”

홍제는 어린아이처럼 좋아했다.

“철들려면 멀었습니다.”

“내 속을 너무 많이 내보인 것이오? 하하. 그나저나 비령은 나를 기다린 것이오?”

“기다렸습니다. 그것이 인간의 내기를 주도한 내가 받은 벌이었지요.”

홍제의 지난한 인간 세상만큼 비령 또한 수천 년의 세월에 갇혀 있었다. 인간의 놀이로 홍제를 골탕 먹여야겠다고 벼른 그때부터다. 비령 역시 돌이킬 수 없는 길로 접어들고 있었다.

도깨비와 인간이 다름에도 무녀라는 신분을 등에 지고 홍제와 똑같기를 원했는지도 모를 일이다. 비령은 도깨비를 농락했고 하늘은 노했다. 비령은 어두운 동굴에 갇히고 혼령은 저 홀로 구천을 떠돌았다.

홍제의 벌칙이 끝날 그날만을 기다려왔다. 끝을 알 수 없는 기다림만큼 혹독하고 가혹한 형벌이 또 어디에 있을까.

“내 오만의 대가를 혹독하게 치른다고 여겼는데……, 비령의 시간에 견주자니 충분히 견딜만한 것이었소. 인간들의 욕망에 휘둘리고 이용이야 좀 당해줬지만 그 조차도 내겐 적잖이 흥미로운 날들이었소."

"그랬다면, 다행입니다."

비령의 분노는 누그러진지 오래였다.

홍제와 비령. 누가 더 오만했던가. 혹은 누가 더 굴욕의 시간을 보냈는가. 이를 다투는 일은 부질없다. 누가 더 저주 받은 세월을 견뎌 왔는가를 거론할 필요는 없었다. 그럼에도 홍제는 무녀 비령의 생각이 또 궁금했다.

"억울하지 않소? 비령 홀로 어두운 동굴에서 그 장구한 세월을 보냈는데?"

"어리석은 짓이었습니다."

"인간이 하는 짓이 다 그렇지, 뭘 또 그렇게 자책하시오."

"또 해보자는 겁니까?"

비령이 발끈한다.

"그, 그럴 리가 있소. 나는 이만하면 충분하오. 더는 싫소."

홍제는 손사래를 쳤다.

좀처럼 웃음을 모르던 비령이 홍제를 보며 웃음을 머금었다. 그 어떤 회한도 없는 얼굴로 비령은 발걸음을 먼저 뗐다.

"잠깐만 기다려주면 안 되겠소?" 홍제가 비령을 잡는다. "이제 가면 저들을 더는 보지 못할 것이니, 잠시만 내게 시간을 주시오."

"그렇게 당하고도 인간이 그리도 어여쁘단 말입니까?"

"에이, 아시면서 왜 그러시오. 싸우면서 정드는 것이잖소. 오
만불손. 안하무인. 그런 나를 위해 눈물을 보이는 인간들이잖소.
내 눈에 집어넣어도 전혀 아프지 않을 것 같소만."

"인간을 폄훼하던 도깨비 섬의 수령 홍제는 어디로 갔단 말입
니까?"

"거, 참. 쓸데없는 소리를 하고 그러시오. 변하지 않는 게 어
디 있겠소. 나도 변했고 비령도 변했잖소?"

"변했지요. 변하지 않는 게 있다면 그건 오직 한가지뿐일 겁
니다."

"세상에 변하지 않는 그런 것이 있단 말이오? 그것이 대체 무
엇이오?"

"알아맞혀 보십시오, 어디 한번."

"내기는 싫소. 벌칙을 또 받기는 내 정말 싫소."

정색하는 홍제의 모습에 비령의 웃음소리가 커졌다.

비령은 햇살을 디딤돌 삼아 바다를 건넌다. 변하지 않는 그것
이 궁금한 홍제는 비령을 쫓아 경중경중 햇살 디딤돌을 건너뛴
다. 무녀 비령은 홍제의 손에 잡힐 듯 말 듯 앞서갔다.

홍제와 비령은 천진난만한 아이들처럼 장난을 치며 바다를 건
넌다. 그들이 가는 길에 물꽃이 피어오르고 구름이 다리를 놓는다.

~ 에필로그 2 ~

감동의 아이

내 아이의 아빠이자 내게는 할아버지나 다름없는 귀화의 연인 홍제가 떠났다. 자신의 목숨을 바람에게 내주고 흔적도 없이 깨끗이 사라졌다.

홍제는 죽음의 고비를 숱하게 넘겨오면서, 자신이 죽지 않는 불멸의 존재라는 것을 깨달아온 터였다. 혹시나 하는 희망이 역시나로 변하는 순간에도 홍제의 생은 질기게도 이어졌다.

불멸의 생, 홍제.

그럼에도 홍제의 마지막 순간은 끝내 오고야 말았다. 그는 흥분과 감격으로 나의 이름을 불러댔다.

"오르야, 오르야! 내가 이상해. 하하하."

홍제는 자신이 죽는다는 것을 생각지 못했다. 왜 아니겠는가.

죽음은 그의 것이 아니다. 불현듯 찾아온 죽음의 기쁨과 마주한 홍제는 나와는 전연 다른 이유로 놀라움을 금치 못했다.

"내가 죽어가고 있어! 세상에나, 불멸의 생인 내가 죽어간다고!"

믿기지 않는 홍제의 얼굴로 만연한 웃음이 들어섰다. 그를 잃을지도 모른다는 내 슬픔은 안중에 없었다.

경이로운 건 홍제 그 자신의 존재였음에도, 그는 사라져가는 자신의 생명에 흥분을 금치 못했다. 그토록 갖고 싶어 하던 인간의 죽음이었다. 기적이나 다름없는 홍제의 죽음은 그가 수천 년 동안 봐왔던 인간의 것이다.

기적은 내 몸에서도 일어나고 있었다. 홍제의 아이. 거짓말일지라도 자신의 아이라 믿고 싶었던 것은 도깨비에겐 절대로 주어질 수 없는 것이기 때문이었다.

그토록 원하던 도깨비 홍제의 아이를 만날 수 있게 되었는데 말이다. 홍제는 바보처럼 자신의 죽음을 만끽했다. 홍제는 감탄에 감탄을 연발했고 나는 발만 동동 굴렀다.

당신의 아이가 나의 뱃속에 있다고 말해주었더라면 홍제는 죽음을 떨칠 수 있었을까. 모를 일이다. 생각지도 못한 자신의 아이가 생겼다면 홍제는 어떤 얼굴을 할까. 안타깝게도 홍제의 반응은 볼 수 없다.

내가 짐작할 수 있는 것은 단 하나다.

세상 밖으로 나온 자신의 아기에게 "나는 홍제란다. 그 누구도 아닌 너의 홍제!"라는 말을 해줄 것이라는 것. 수천 년 동안 홍제 자신이 만난 인간에게 줄곧 그래왔던 것처럼.

수평선 위로 고개를 내민 태양이 바다를 붉게 물들인다. 바다를 딛고 올라설 채비를 마친 것이다.

승천을 향한 안간힘!

붉은 기운을 바다에 뿌리고 하늘로 태양이 오른다.

뱃속의 아기가 보내는 신호의 간격이 점점 짧아지고 있다.

홍제의 아기가 용을 쓰며 길을 연다. 홍제의 아기가 빛을 보기를 원한다. 홍제가 머물렀던 세상을 원하고 있다.

나는 젖 먹던 힘까지 짜내 안간힘을 쓴다.

나의 뜨거운 태양을 세상 밖으로 내보내기 위해, 나의 마지막 외마디가 신령스런 주문처럼 퍼져나갔다. 내 안의 새로운 생명이 어둠을 물리고 빛의 세상으로 건너왔다.

홍제의 아이가 핏빛울음을 재야의 종소리처럼 쏟아낸다.

"어서 오렴, 겁내지 말고 내게 오렴. 작고 귀여운 나의 도깨비야."

홍제의 아이가 나를 보고 웃는다.

가슴이 뜨겁다.

뜨거운 눈물이 난다.

비 내리는 날, 창문가에 앉아 들려줄 것이다. 천둥번개가 치거나 눈발이 심하게 휘몰아치는 날에도 속삭이듯 들려줄 것이다. 시간을 지휘했던 불멸의 도깨비 청년 홍제에 관한 이야기를.

무엇보다 영생의 도깨비로 살다가 인간의 죽음을 맞이한 감동의 홍제를.

내 아이의 눈을 초롱초롱 빛나게 만들 세상의 이야기를 들려줄 것이다.

새로운 감동의 주인공이 될 나의 작은 도깨비에게.